매지리에서 꿈꾸다

매지리에서
꿈꾸다

변영희 소설집

도화

차 례

작가의 말

고추장아찌에 찬밥 한 술 말아먹고

저녁나절 소설집 교정지를 택배로 받았다.

교정보는 중간 중간 전화 받고 문자하느라 동, 동, 동, 뛰어다녔다.

호수공원에 사는 친구가 돈암동에 가서 떡 중에 제일 맛있다는 개피떡을 샀다면서 나에게 주려고 전화를 여러 번 했다고 한다.

소설을 안 쓰면 모를까 소설 쓴다고 자리를 잡으면 전화도 제때 못 받는 경우가 종종 있다. 앉아 있어도 늘 허둥지둥한다.

소설병病이 들어도 아주 깊게 든 것 같다.

눈 부릅뜨고 차분히 읽고 읽어도 볼 때마다 나타나는 오자처럼 쓰고 또 써도 성에 차지 않는 소설을 위하여 늦은 저녁 나는 식탁에 선 채로 고추장아찌에 찬밥 한 술 물에 말아 먹었다. 밥도 앉아서 먹지 못할 만큼 소설병은 더욱 도지거나 할 모양새다.

그동안 학문에 열을 쏟았다면 그것 역시 소설병을 치유하기 위한 고육책苦肉策인지 모른다. 하긴 굳이 치유할 이유도 없다. 소설병을 앓는 동안 백치처럼 순전純全해질 수 있기 때문이리라.

소설병은 매우 긍정적이다. 죽도록 소설을 써 내는 것 말고 모진 소설병을 치료할 달리 무슨 방법이 없다고 여긴다. 죽도록 소설을 써내므로하여 슬픔으로 이승을 떠난 분들을 조금이나마 위로해 드릴 수 있다면 더 바랄 것이 없을 것 같다.

어려운 여건에도 불구하고 소설집『매지리에서 꿈꾸다』가 세상에 나오게 되어 사랑하는 내 가족들과 그리고 도화출판사에 감사드린다.

2017년 晩秋 花井에서
文苑변영희

훈장勳章

겨울 안개는 집요한 감이 있다.

온종일 햇살 한 조각 비치는 일없이 짙은 안개 아니면 먹장구름만 뒤덮여 있는 날이 더 많다. 근래에는 기후 변화로 말미암아 가을다운 가을도 만나지 못하고 어영부영 겨울철로 진행되곤 하는 것을 피부로 느낄 수가 있다.

사람들은 사계절이 뚜렷하게 구분되지 않아 혼돈스러워했다. 이를테면 여름에 가을처럼 서늘한 날씨가 계속되어 냉해로 인한 농산물 수확에 막대한 손해를 초래하고, 여름 절기가 예년보다 길어지면서 무덥고 습한 아열대기후로 변한 것이며, 한 겨울에도 아파트 담장위에서 개나리꽃이 방긋방긋 피어나게 포근한 것 등이다.

하늘에 작은 별이 반짝반짝 빛나던 기억도 옛시조와 동요에나 등장할까 여간해서는 만나기 힘든 것 하며 점점 천지의 기운은 예측불허의 상황으로 돌입하여 그 속도가 점점 빨라지는 추세였다. 예측불허는 필시 자연현상에만 국한하는 것이 아니라 결혼풍속과 음식문화, 인간의 심성과 내면의 사유체계도 종잡을 수 없게 급변한다고 보아 틀린 말은 아닐 것이다.

기후온난화로 인한 바닷물의 수온 상승으로 쓰나미며 태풍이 자주 지구를 덮치고 지진이나 홍수 피해가 인간의 힘으로는 제어하기 어려울 정도로 자주 발생하여 자연재해에 대한 경각심을 일깨우고 있다. 최근에 발생한 중미 아이티의 지진 소식은 전 지구를 비통에 잠기게 하고 자연재해가 전쟁보다 더 무서운 결과를 가져올 수 있음을 확연히 깨닫는 기회가 되었다.

지구촌 곳곳에서 끊임없이 폭우 폭설 폭풍 폭염 소식이 들려오므로 조속한 시일 안에 기후위기를 극복하기 위해 근본적인 방책을 강구하지 않으면 지구에 살고 있는 모든 생명체의 생존에 막대한 영향을 미칠 것이 불을 보듯 뻔하다. 조만간 지구 아닌 다른 별세계로의 집단 이동설이 공공연하게 대두될지도 알 수 없다.

정숙여사가 TV 뉴스를 보면서 이런저런 생각에 잠겨있을 때 동호의 명료한 한국말이 들려왔다.

"고모! 어디 가요?"

동호가 필통같이 생긴 버스장난감을 가슴에 안은 채 제 아빠가 사온 붕어빵을 봉지 째 들고 먹고 있다가 수지에게 다가와 진지하게 질문한다. 수지가 얼른 대답을 하지 않자 동호는 재차 물었다.

"회사 가요?"

"오늘은 일요일이라 회사가 쉬는 날이에요."

수지는 잠시 바쁜 발걸음을 멈추고 동호를 바라본다.

"그럼 어디 가는데요? 나도 가면 안돼요?"

동호는 어느 사이 손에 쥐고 있던 두 가지 물건 중에 재빨리 붕어빵 봉지를 식탁 위에다 휙 던지고 운동화를 신을 태세다.

"안되는데요. 고모는 절에 가거든요. 부처님한테 동호가 아빠 엄마랑 아라 누나랑 미국에 잘 가게 해달라고 기도하러 가는 거예요. 동호는 엄마 아빠하고 누나하고 교회가야지요. 알았어요? 고모 혼자 다녀올 게요."

수지는 동호가 잘 알아들을 수 있도록 친절하게 설명을 했다. 왜냐하면 동호엄마는 한국에 오기 훨씬 전부터 교회를 다니고 있음을 알고 있다. 한국에 온 이후에는 남미의 한 작은 교회에서 시무한 적이 있는 목사님이 개척했다는 강동구의 ○교회에, 자그마치 왕복 5시간 이상 걸리는 먼 거리를 온 가족을 대동하고 다녔다.

"고모! 동전 없죠? 잠깐만요!"

갑자기 동호가 방안으로 뛰어 들어갔다. 동,동,동, 빠르게 뛰어가더니 곧바로 거실로 달려왔다. 주먹에 무엇인가를 꼭 움켜쥐고서.

"고모! 이거 부처님 갖다 주세요!"

동호가 가져온 것은 십 원짜리 동전 8잎 이었다.

"어! 동호야! 이거 뭐야? 왜 고모한테 주는 거야?"

수지가 어리둥절하여 동호가 쥐어주는 십 원짜리 동전 8개를 받아들었다. 동호는 그 말을 들었는지 말았는지 이번에는 식탁 앞으로 날아갈 듯 사뿐히 다가갔다.

"고모! 이거 갖고 가요!"

동호가 두 번째로 수지 손에 쥐어 준 것이 있다. 냅킨으로 돌돌 말은 붕어빵 한 개였다. 붕어빵은 아직도 따스한 온기가 남아 있고 조금 물렁했다.

"부처님 갖다 주세요. 알았죠?"

동호는 까만 눈을 동그랗게 뜨고 수지에게 다짐까지 한다.

"얘 좀 봐. 부처님께 공양물 받치는 건 어디서 알았지? 혹 전생에 이 녀석 스님 아니었을까."

수지는 냅킨에 싼 붕어빵 한 개를 받아 들고 그걸 어떻게 처리할지 얼른 생각이 나지 않는 모양이었다. 수지는 그럭저럭 동호와 타협이 잘 되어 무난하게 집밖으로 나가는데 성공하였으며 동호는 '고모 바이, 바이!'를 힘차게 외치며 장난감 버스를 품에 안고 온 집안을 뛰어다녔다.

정숙여사와 수지 두 사람만 살던 공간에 동호네 가족 4명이 더해지자 수정아파트는 일대 소용돌이가 몰아친 거나 진배없다. 소리 지르며 거실 바닥을 쿵쿵 뛰어다는 건 초등학교 2년생인 아라나 아라 보다 6년 늦게 출생한 동호나 별반 차이가 없다. 스위치만 넣으면 비행기 가는 소리 자동차 달리는 소리 등 등, 수정아파트엔 온갖 바퀴달린 물건들이 무차별로 소란을 피우고 있다. 아라와 동호가 큰 소리로 뛰어다녀 정숙여사는 귀가 먹먹할 정도다.

3년 전 동호가 태어났다는 소식을 국제전화로 듣고 정숙여사가 아기의 이름을 지으러 잘 아는 스님에게 갔다. 스님은 지극히 동양적인 아이가 태어났다고 말했다. 부모형제와 인연이 많고 타인을 배려할 줄 아는 상품근기를 가진 선비형의 아이라는 것이다. 아이의 성격이 동양적이든 서양적이든 나중에야 교수 선비가 될지언정 떠들고 법석난리를 피우는 데는 동서양이 다를 바가 없는 것 같다. 그동안 예비숙녀처럼 얌전하게 자라온 아라까지 다시 유아시절로 돌아간 듯 두 아이가 엉켜서 놀 때는 아파트 경비실에서 인터폰이 연속 울

렸다. 아래층 위층에서 조용히 해달라는 민원이 들어왔다고
했다.

동호의 아침잠은 정숙여사가 잠에서 깨는 시간과 거의 일
치했다. 아침밥을 일찍 먹어두는 습관도 비슷해서 동호가
수정아파트에 온 이후로 동호의 아침밥 시중은 정숙여사가
전담한다. 동호는 맵지 않고 담백한 미역국과 토란국, 그리
고 올리브유로 부쳐낸 두부와 쇠고기장조림에 넣은 무, 콩
자반 같은 반찬을 즐겨 먹었다. 물론 고기와 생선 류, 달걀과
우유제품을 선호하는 것은 두 말할 필요도 없다.

고춧가루나 고추장을 넣지 않고 매실 청으로 새콤달콤하
게 양념해서 구운 고기는 끼니마다 거르지 않고 잘 먹었다.
삼촌이 방부제며 착색료 등을 넣지 않고 만들었다며 그의 회
사에서 가져온 찹쌀떡도 동호는 잘 먹었다. 그래저래 동호
가 수정아파트에 온 이후 단시일 안에 동호의 체중이 몰라보
게 증가하는 것을 금세 알아차릴 수 있었다.

"아이, 비린 내. 생선 구웠으면 문을 열어야지."

집에 돌아온 수지는 현관에 들어서자마자 양쪽 베란다 문
을 활짝 열었다. 동호가 물고기(생선)를 달라고 하여 마침
손질해 놓은 굴비가 있어 정숙여사가 기름에 튀긴 것이 원인
이었다. 정숙여사가 환기를 시켰으나 별 효과가 없다.

'어휴! 하필이면 흐린 날 생선을 튀기셨어요?"

컴퓨터 앞에 앉아 있던 동호아빠도 한 마디 거들었다.

"내가 생선 비린내를 피웠어봐. 엄마가 야단야단 했을 거야. 동호가 먹고 싶다는데 엄마에게 비린내가 문제겠냐고."

중얼중얼하던 수지가 창문을 양쪽 다 활짝 열어놓은 것이 좀 지나쳤다 싶은 모양인지 창문을 도로 닫고 안방 문갑 위에다 호문목 향을 피웠다. 두 개의 향이 향로에서 가느다란 연기를 피워 올리자 특유의 향내음과 섞여 생선비린내가 감해지는 듯했다.

"동호! 물고기 맛있지?"

"오, 햄머니!"

동호와 정숙여사는 무슨 일이건 박자가 척척 잘 맞았다. 그러나 정숙여사는 심정이 편치 않다. 생선 비린내 처음 맡아 보니? 어디 냄새 안 피우는 음식 있는가 보아라. 청국장이나 김치찌개는 또 어떤가. 불고기는 불고기 냄새, 콩은 콩냄새. 그런데 왜들 유난을 떠냐? 니들도 다 그렇게 키웠어. 흥! 지들이라고 뭐 별다른 게 있는 줄 알아? 정숙여사의 일그러진 표정이 그 모든 말을 대신하고 있다.

동호는 굴비나 참치 갈치 고등어 등을 몽땅 합쳐서 물고기로 호칭했다. 롯데마트나 세이브죤 매장에 비치되어 있는 거대한 어항 속에 있는 예쁜 금붕어도 물고기였다. TV에서 이따금 보게 되는 커다란 고래나 식인 상어도, 거실 한 귀퉁이에 걸어놓은 작은 풍경에 매달린 고기형상도, 붕어빵 역시 동호의 지식세계에서는 다 같은 물고기였다.

동호에게 물고기 반찬으로 밥을 다 먹이고 나서 정숙여사는 빈 그릇을 설거지 그릇에 가져다 놓고 침대에 와서 벌렁 누워 버렸다. 두 눈을 지그시 감고 누운 정숙여사의 얼굴에는 여러 갈래의 감정들이 자잘하게 펼쳐져 있었다.

수지가 호문목 특선이라고 써 있는 향 통에서 향 두 개를 다시 꺼내 가지고 라이터로 향에 불을 붙여 거실 모퉁이에 놓인 향로에 꽂았다. 방안에도 거실에도 온통 향냄새로 가득 찼다. 두 개의 향은 상긋한 냄새를 풍기며 집안 곳곳으로 향냄새를 실어 날랐다.

어린 시절 제삿날이면 잘 드는 손칼로 향나무를 깎던 아버지 생각이 났다. 아버지가 깎은 향나무는 다른 어떤 나무보다 그 냄새가 독특했다. 향나무는 제사의 분위기를 한결 엄숙하게, 또는 성스럽게 하는데 일조를 하곤 했던 것 같다. 언제나 바쁜 아버지였지만 제사 때만은 생밤 치는 것과 향나무 깎는 일은 아버지가 도맡아 했다.

정숙여사는 아득한 시절의 제삿날 밤을 회상한다. 온 가족이 졸린 걸 억지로 참고 한밤중까지 기다렸다가 아버지가 제사상에 정성껏 절을 올리고 나면 남자형제들이 아버지 다음 차례로 절을 했다. 딸들은 맨 나중에 절을 했던 것 같다. 어떤 날은 맨 나중의 순서도 여자라는 이유로 생략하는 일도 있었다. 5녀 2남의 네 번째로 태어난 정숙여사는 제사음식을 장만하는 어머니를 제일 많이 도왔으나 제사상에 절할 때 번번이 그 순번에 들지 못했다.

정숙여사의 상상의 날개는 왜 과거로 치달린 것일까. 예전에 비해 여자들의 권리나 위상이 전에 비해서 현저하게 발전되어 있다고는 해도 여전히 전문 직업 없이 집에서 가사노동으로 지내는 여인들에게 인권이니 여권신장이란 말은 거리가 한참 멀다고 체념해서일까. 정숙여사가 정성껏 동호를 보살펴 주어도 누구도 그 일에 높은 값을 쳐주지 않아서인가.

초고속 지식정보화 사회로 진입하여 세상이 눈부신 발전을 거듭한다고 하지만 어느 일부분이거나 극히 작은 영역에서 여성의 신분과 지위상승이 인정될까. 정숙여사의 경우는 남녀평등이라는 헌법정신과는 위배된 환경에서 삶을 유지하고 있음을 부인할 수 없다. 엄마나 아내의 자리에 발목을 잡혀 사랑이란 명분으로 자기 자신은 천정에 매달아 놓거나 벽장에 가두고 타인을 보필하고 보좌하는 역할을 제외하면 별로 나아진 게 없는 실정이다. 흡사 기계의 부속품처럼. 또는 아무 때나 동원되는 잉여 노동력인양 함부로 취급되고 있지 아니한가.

보필이니 보좌니 하는 것도 일정한 보수나 보상이 주어지는 게 아니요, 거기에 연한이나 정년이 규정지어진 것도 또한 아니라는 데에서 여성들의 문제는 심각한 사회문제로 비화하고 있다고 할 수 있다. 아이 돌보며 음식 장만하고 허리펼 틈 없이 노력봉사 했어도 정숙여사에게 돌아오는 것은 생선비린내를 피운 주범으로서의 대우가 고작 아닌가. 정숙여사의 마음은 더없이 씁쓸했다.

동호엄마는 동호의 주식을 분유라든가 우유제품에 한정시켰다. 그것들은 대형 슈퍼에서 다량 구입하는 것으로 간단히 해결했다. 그 다음이 문제였다. 이유기가 되었어도 동호엄마는 동호의 단순하고 초라한 식사 패턴을 변경시키지않고 한 가지 방법만을 고수했다. 치킨 소시지 햄 피자 시리얼 등 패스트푸드 일색이다. 아예 주식이니 간식, 끼니라는개념조차 성립되지 않고 있었다.

"이제는 다른 음식물을 먹이는 게 좋을 거예요."

정숙여사는 동호엄마에게 힌트를 주었다. 아이의 성장 발달에 이유식이 어떻게 중요한지에 대해서 정숙여사는 말로하기보다 이유식에 관한 서적을 사다가 넌지시 전해 주는 방법을 사용했다. 때로는 직접 요리재료를 구입해 가지고 가서 손수 이유식을 마련해 주면서 시범을 보이기도 했다. 동호엄마는 그런 정숙여사의 호의나 수고를 달가워하지 않는 눈치다.

"안 먹어요. 동호 싫어해요."

동호엄마는 단호했다. 정숙여사가 해주는 이유식을 동호가 먹지 않는다는 이유를 들어 거절했다. 육아 부분에서 정숙여사는 당연히 밀려날 수밖에 없었다.

동호는 요구르트 요플레 주스 분유 따위 유동식만으로는 배가 차지 않는다. 치아가 나온 것은 음식물을 씹어도 좋다는 신호가 아니겠는가. 동호는 밤낮없이 칭얼대고 급기야는 배탈이 나서 병원 출입이 잦았으며 D대학병원에 입원하기도 했다.

배가 차지 않는 것보다 더 걱정되는 것은 시중에서 판매하는 조제분유에서 기준치를 초과하는 대장균 군#이 검출되었다는 보도였다. 대장균 군은 대장균을 포함한 비슷한 여러 세균을 통틀어 일컫는 것이다. 대장균 군이 검출됐다면 병원성 세균이나 바이러스가 있을 가능성도 있다는 의미라고 했다. TV 에 출연한 담당자는 대장균 가운데는 0—157처럼 병원성이 있어 설사와 혈변, 적혈구 파괴 등 직접 질환을 유발할 수 있고, 병원성이 없는 것도 있다고 애매모호하게 설명했다. 중요한 것은 아기와 유아들이 먹는 유제품도

신뢰할 수 없다는 사실이다.

동호엄마가 첫돌을 갓 지난 동호를 떼어놓고 첫 번째 출
국을 했다. 동호아빠는 사업차 동남아의 시장을 돌고 있어
정숙여사는 한국어에 서툰 아라의 학교생활과 어린 동호를
돌봐주지 않으면 안 되었다. 동호는 잠이 올 때나 배가 출출
할 때면 제 엄마를 그리며 구슬프게 울었다. 정숙여사는 동
호를 업었다가 안았다가 우유꼭지를 물렸다가 절절매기 일
쑤였다. 동호엄마 귀국 날짜가 예정보다 지연되자 동호는
우유조차도 잘 먹지 않고 잠도 깊이 자지 않고 서럽게 울었
다.

자기 의사 표시를 한국말로 하지 못하는 동호를 업고 정
숙여사는 동호가 울 때 같이 울었다. 아라가 학교에서 공부
를 마치고 집에 올 때까지 정숙여사와 동호는 기본적인 언어
소통에도 어려움을 겪어야 했다. 동호가 사용하는 말 가운
데서 단지 '아구아' 그 한 단어를 빼고는 정숙여사가 알아들
을 수 있는 게 거의 없었다.

동호엄마는 아이들에게 한국말을 가르치려는 의욕을 갖
지 않았다. 시청이나 YWCA에서 운영하는 다문화 가정에 대
한 교육시스템을 안내해주어도 동호엄마는 정숙여사의 조
언을 신중하게 고려하거나 귀담아 듣지 않았다. 때문에 동

호는 언어영역에서 외톨이였다.

정숙여사는 동호네 가족이 생소했으며 때로는 이방인으로 여겨졌다. 전 지구적인 기후 변화 못지않게 이것은 정숙여사 생애 가운데 가장 견뎌내기 힘든 세대차이 문화충격이었다. 지진이나 태풍에 견줄 만한 것, 졸지에 지구 반대쪽에서 몰아닥친 걷잡을 수 없는 해일, 쓰나미 현상에 해당했다. 정숙여사는 그들을 단지 먼데서 내방한 귀한 손님으로 간주하고 한국에 체류하는 동안 불편이 없도록 도와주려고 마음먹어도 뜻대로 되지 않았다.

"한국에서 낳고 자란 애들이라고 나은지 아세요? 요즘 애들 다 마찬가지에요. 시대가 그런 걸 어쩌겠어요. 즈이끼리 잘만 살아주면 돼요. 편하게 생각하세요."

정숙여사의 측근에서 한 마디씩 거들었다. 현대는 딸이 아니라 아들이 시집가는 세상이니 세월 탓으로 돌리고 편히 살라는 얘기였다. 잘못하면 아들만 힘들게 된다는 논리였다.

아라의 국어 읽기는 받침이 나오면 더듬거려서 무슨 발음을 하는지 알아듣기 힘들었다. 그러나 아라에게 교육의 효과는 신속하게 나타났다. 날로 증가하는 다문화 가정에 대한 정부의 선량한 정책과 학교 방침, 그리고 담임선생님의 배려와 관심 덕분이다. 아라의 타고난 영리함과 재치, 순발

력도 한몫 단단히 하고 있음을 알 수 있었다. 사교적이고 낙관적인 성격을 타고난 아라는 학교생활에 비교적 잘 적응하는 편이다.

먹는 음식과 자기 생각을 한국어로 말하는 것, 의사소통에 총체적으로 곤란을 겪는 것은 세 살 동호에게 유독 심각했다. 정숙여사는 틈만 나면 동호를 데리고 앉아 동화책을 읽어주고 동호와 함께 손뼉치고 춤을 추며 노래를 불렀다.

　　♪곰 세 마리가 한 집에 있어
　아빠 곰 엄마 곰 애기 곰
　아빠 곰은 뚱뚱해 엄마 곰은 날씬해
　애기 곰은 너무 귀여워 히쭉히쭉 잘한다♪

정숙여사가 일부러 가사를 빼먹고 우물주물하면 동호가 얼른 가사를 바로 잡아 주었다. 노랫말을 익히는 게 효과가 있었던지 잠자다가 늘 아구아! 아구아! 하면서 몇 번씩 물을 찾더니 그 '아구아'가 물로, 마미를 엄마로 또 빠삐를 아빠로 말했다. 정숙여사는 때는 이때다 하고 가장 쉬운 것에서 출발하여 장난감 명칭이며 눈에 보이는 대로 물건의 이름을 크게 불러주어 한국말을 하나라도 더 익히게 하려고 애를 썼다.

"동호가 어린이집에 안가겠다고 하는데 어머니가 한 번 원장님을 만나주시면 좋겠어요."

동호아빠의 전화는 동호엄마가 두 번째 출국했다고 전했다. 정숙여사는 다른 일 다 제쳐두고 어린이집으로 달려갔다. 별장지대처럼 번화가에서 한참 비켜서 있는 아이파크 단지에는 어린이집이 동마다 있었다. 예담어린이집은 108동의 맨 아래층이었다. 어린이집 옆 화단에 분홍색 철쭉꽃이 활짝 펴서 화사한 빛을 뿜내는 계절이었다.

"딩동 딩동!"

벨을 누르자 가까이 오는 인기척이 난 후 출입문이 빼꼼히 열렸다.

"안녕하세요? 여기 동호어린이가 있습니까?"

그때였다. 창문 쪽 놀이방에 있던 한 아이가 쏜살같이 방 밖으로 뛰어나오는 게 보였다.

"일단 들어오세요."

원장으로 보이는 40 중반의 여자가 정숙여사를 안으로 안내했다. 정숙여사가 어린이집 안으로 발을 들여놓기 무섭게 달려와 쓰러지듯 안기는 아이가 있었다. 비쩍 마르고 아시시해 보이는 아이, 정숙여사가 찾는 동호였다.

"핫모니!"

동호가 말했다. 이마 한 복판에 반창고를 덕지덕지 붙여

놓아 몹시 애처로운 형상이었다.

"세상에나! 우리 동호를 누가 그랬어?"

"아이들끼리 놀다가 저 모서리에 부딪힌 것 같아요."

어린이집 원장이 아무런 감정이 담기지 않은 음성으로 대수롭지 않게 지껄였다.

정숙여사는 어린이집 원장이 손가락으로 가리키는 '저 모서리'를 보았다. 책 같은 것을 넣어두는 낡은 서랍장이었다. 그 위에 판유리를 올렸는데 가장자리가 뾰족했다. 그 뾰족한 가장자리에 개구쟁이들이 뛰놀다가 머리를 부딪치면 피나고 찢어지는 불상사가 일어나리라는 것은 쉽게 짐작이 갔다.

"그럼 선생님은 동호 이마가 저 지경이 될 때 낮잠이라도 주무셨습니까?"

정숙여사의 울분이 격앙된 어조로 터져 나왔다.

"병원에서는 뭐라고 하던가요? X—RAY는 해보셨어요?"

정숙여사의 입술이 파르르 경련을 일으켰다.

"우리 남편이 동호 데리고 두 번이나 ○병원 다녀왔어요. 이마 한 가운데를 여덟 바늘 꿰맸는데 그게 잘 안 아물어서 한 번 더 꿰맸고요. 일주일 정도 지나면 실 빼러 오라고 했어요."

어린이집 원장은 강 건너 불구경한 이야기를 털어놓는 것처럼 힘도 들이지 않고 술술 주워섬겼다. 그만한 일은 항시 벌어지는 일이어서 별 신경 쓸 것도 없다는 듯 불손한 태도였다. 난데없이 정숙여사가 나타난 것이 그녀로서는 유감인 것 같았다. 정숙여사는 동호엄마가 한국에 없다는 말은 하지 않았다.

말이 좋아 다문화 가정 지원이지 어린이집 원장님은 동호 엄마는 물론이거니와 기실 세간에서 멸시해서 부르는 혼혈아인 동호, 그리고 예고 없이 어린이집을 방문한 정숙여사까지 싸잡아 깐보는 듯한 어투였다. 정숙여사는 시에서 다문화 가정의 아이들에게 보육비 지원을 해주는 것을 알고 있다. 보육비 문제로 동호가 불이익을 당할 이유는 없다고 보았다.

동호는 어린이집 원장과 정숙여사의 실랑이를 멍하니 바라보고 서 있을 뿐, 아프다고 울거나 무엇을 어떻게 해달라고 조르지도 않는다. 정숙여사는 동호의 침묵이 무엇을 말하는지 알 것 같다. 동호는 무엇이건 보채거나 희망할 수 있는 기운조차 없는 것이다.

"보험은 들었나요? 더 이상 문제 생기면 그때는 어떡하실 건데요? 애가 놀랐을 수도 있고 혹 뇌를 다쳤을 지도 모르잖아요."

정숙여사는 어린이집 원장이 내놓는 명함 한 장 달랑 들고 동호를 데리고 그곳을 나왔다.

　동호는 한국말을 못해서 봉변을 당한 것일 수도 있다. 한국말은 말할 것도 없고 동호 엄마가 줄기차게 사용하는 영어와 스페인어도 동호에게는 막막했을 터이다. 정숙여사는 얼마 전 신문에서 다문화 가정 2세들이 겪게 되는 어려움에 대한 기사를 읽은 일이 있다. 생업에 바쁜 부모, 특히 한국말에 서툰 어머니로부터 정확한 언어습득 기회를 갖지 못한 아이들이 자칫 그 어눌한 말투로 인하여 유치원과 학교에서 왕따 당하기 십상이고, 또래들과 어울리지 못하면서 발달장애 학습부진으로 이어져 학업을 포기하는 사례도 많다고 하는 이야기. 그것이 어찌 남의 이야기이랴. 동호의 경우와 비슷하지 않은가.

　"동호 많이 아팠어? 엄마는 언제 오니?"

　동호 얼굴은 울상이었다. 외롭고 서러워서 금방이라도 울음보가 터져 나올 듯 했다. 정숙여사는 동호의 작은 어깨를 꼭 껴안아 주었다. 그 순간 정숙여사는 아이들 간수를 소홀히 한 어린이집 원장인 그 여자보다도 동호엄마가 훨씬 더 미웠다. 괘씸했다. 나라마다 풍속이 다르고 시대가 변했다곤 하지만 어머니 입장도 아내 입장도 이건 아니다 싶었다.

　이제 막 초등학교에 편입하여 한국생활에 적응하는 아라와 생후 두 돌이 될까 말까한 어린 동호를 두고 자기나라에

간 것, 그것도 한 달이란 예정 기간을 훌쩍 넘긴 동호엄마가 정숙여사는 수수께끼였다. 그렇게 출국한 것이 한 번으로 그쳤냐 하면 도합 세 번이었다.

정숙여사는 무서웠다. 동호엄마의 모정의 정체가. 자식에 대한 과잉 관심도 우려할 점이 없는 것은 아니지만 절에 가는 수지에게 난데없이 8개의 동전과 붕어빵을 싸준 어린 동호의 속 깊은 정을 헤아리지 못한 것처럼 정숙여사는 동호엄마의 일련의 출국 스토리도 이해할 수 없기는 마찬가지였다.

"동호야! 뭐 사줄까. 어린이집에서 점심밥은 먹었어?"

정숙여사는 동호 손을 잡고 단지 끝에 있는 슈퍼마켓으로 갔다. 동호는 익숙한 솜씨로 가나쵸콜릿 두 개를 골라들고 나왔다. 정숙여사가 어디로 갈까봐서인지 힐끗힐끗 정숙여사를 돌아보면서도 동작이 매우 빨랐다. 슈퍼 아저씨가 거스름돈을 동호에게 내어주며 정숙여사와 동호를 번갈아 보며 아는 체를 했다.

정숙여사와 동호는 나무그늘 밑 벤치에 가서 나란히 앉았다. 5월 초였지만 잦은 비에 아파트 뜰에 심겨진 벚꽃나무는 꽃이 다 졌고 어린 잎새들이 바람결에 흔들렸다. 동네 아이들은 학교에 가 있거나 아이들 의사와는 무관하게 반 강제로 부모 손에 이끌려 어린이집에 간 탓일까 아파트 단지에는 적요함이 감돌았다.

"어린이집에 보낸다!"

밥투정을 하던 아이가 이 말 한 마디에 밥을 잘 먹고, 어린이집 보내겠다고 윽박지르기만 하면 말썽꾸러기들이 엄마 말에 순종한다고 하던가. 정숙여사는 친지로부터 그와 유사한 소문을 진작부터 들어 알고 있기는 했지만 동호의 경우는 좀 심했다. 이마를 두 번씩이나 꿰매다니! 게다가 피부과 의사선생님은 이마부위가 워낙 깊게 찢어져서 꿰맨 상흔이 없어지지 않을 것이라며 별도의 성형수술이 필요하다고 하지 않던가.

"동호야! 집에 가서 놀까?"

정숙여사는 동호엄마가 긴 여정을 마치고 한국으로 돌아오기까지 평소에 해왔던 자신의 부업인 논문작업을 미뤄두고 동호네 집에 머물며 동호의 벗이 되어 주었다. 동호가 가엽고 측은하기만 했다. 그것은 조손이라는 인간적 유대관계를 벗어나 한 생명체에 대한 순수한 연민이고 감상이었다.

동호엄마가 아이들을 두고 혼자서 무려 3 차례씩이나 출국한 일에 대해서 동호아빠가 이렇다 할 이유도 변명도 없는 것이 기이했다. 정숙여사는 내색하지 않았다. 동서양의 문화적 정서적 차이점, 또는 관습에 의한 상이점으로 너그럽게 이해해 보려고 했다. 어린 시절 제사음식을 장만하는 어머니를 돕고도 제사상에 절을 하지 못했던 이유를 캐묻지 못한 정숙여사는 여전히 묵언을 지켰다. 동호아빠는 정숙여사의 아들이기보다 동호엄마의 충직한 남편이기 때문이었다.

불행 중 다행인 것은 한국에서의 업무가 종료되어 머지않아 미국으로 귀환하는 동호네 일가가 수정아파트에 머물게 된 일이다. 정숙여사는 비록 짧은 기간에 불과하지만 동호를 위해 봉사할 수 있는 절호의 기회이다 싶었다. 세상에 태어나 겨우 5개월 만에 아빠의 나라 대한민국에 온 동호를 위하여 그 애가 즐겨먹는 음식을 장만해 보는 일이 정숙여사로서는 큰 보람이었다.

"햄머니! 똑 주세요!"

정숙여사는 '핫모니'가 햄머니로 변화한 것에 위로를 받을 만큼 동호의 한국어 실력은 몰라보게 향상되었다. 한국어 실력뿐 아니라 입맛도 변화를 보였다. 수정아파트로 옮겨온 이후부터 수시로 먹을 것을 찾았다. 특히 견과류 종류, 밤이나 호두 땅콩 등을 곧잘 먹었다. 과자보다 군고구마, 칼국수, 송편과 찹쌀떡을 더 좋아하는 것 같았다.

동호는 매번 떡을 '똑'으로 발음해서 정숙여사를 웃게 만들었다. 찹쌀떡 한 상자가 며칠 사이 텅 빌 정도로 끼니를 먹고 나서도 하루에 3~4개씩 잘도 먹었다.

"동호야! 먹고 싶은 것 있으면 말해. 내가 다 사줄 거야."

"근데요 핼머니. 나 사탕도 안 먹고 주스도 안 먹고 껌도 안 먹고 아이스크림도 피자도 다 안 먹어요. 치과선생님 진짜 무서워요. 치과 가기 싫어! 절대 안 갈 거야."

동호는 정색을 하고 말했다. 긴 문장인데도 한국어 발음이 똑 떨어지는 것이 어린이집 다니던 때와는 엄청난 차이를 보였다.

정숙여사는 동호의 이마에 허옇게 도드라진 흉터를 보았다. 그 흉터야말로 딱딱한 피부를 두 번씩 여덟 바늘이나 꿰매는 비운을 겪고서야 대한민국의 언어를 습득한 세 살 동호의 빛나는 훈장勳章이 아니고 무엇이랴. 한국인 아빠와 스페인계 엄마를 가진 동호의 한국말 사용은 값비싼 대가를 치루고 이루어낸 피와 눈물의 결실이었다.

한국말을 제대로 못하고 더듬거리니까 어린이집 아이들에게 따돌림 당했을 것이다. 선생님조차도 동호와 같이 한국말을 할 줄 모르는 다문화 가정의 어린이는 귀찮아하거나 소외시켰을 가능성도 배제할 수 없다. 지금처럼 자기 의사 표시를 명확하게 할 수만 있었더라도 이마를 여덟 바늘이나 두 번씩 꿰매는 불운은 일어나지 않았을지도 모른다.

정숙여사는 동호의 유창한 한국말 몇 마디에 그만 눈시울이 뜨거워졌다. 생후 5개월밖에 안된 아기가 아버지의 나라에 입국해서 그동안 그 애 홀로 겪어낸 신산스런 고난과 수모를 헤아리자니 왜 눈물이 나지 않겠는가. 오랜 시간이 흐른다 해도 결코 잊혀지지 않을 동호의 이마에 도드라진 상흔, 그것은 정숙여사의 영혼의 상처도 되는 셈이었다.

"동호 치과 갔었구나. 많이 아팠지?"

정숙여사의 말에 동호는 몸을 부르르 떨며 진저리를 친다. 어른들도 치과 하면 몸서리가 쳐지는데 세살 동호는 유치 나온 지 얼마 안 돼 아랫니를 두 개나 씌웠으니 오죽 아팠을까. 정숙여사는 살이 다 떨렸다.

"떡 다 먹고 치카치카 하자. 알았지?"

동호는 아침저녁 아라와 함께 열심히 이를 닦았으며 어쩌다 밖에 나가도 아라 누나만 주스를 먹고 자기는 안 먹었다면서 누나가 먹은 빈 주스 병을 들고 와 자랑하곤 했다. 치과에 가서 그 치료과정이 얼마나 처절했던지 동호는 주전부리로 배를 채우고 시판하는 주스를 입에 달고 다니던 버릇을 단번에 고친 바 되었다.

동호는 어린이집에서 재난을 겪고 난 후에 한국말로 무엇이건 다 표현할 수 있을 정도로 한국말 실력이 향상되었다. 이제는 별 어려움이 없을 것이라는 안심하는 마음도 잠시, 얼마 후면 미국으로 떠난다니 정숙여사는 만감이 교차했다. 정숙여사는 유쾌한 웃음과 존재감을 되찾게 해준 동호에게 살뜰한 정을 느꼈다. 자신이 준 것보다 오히려 동호에게 받은 게 더 많다고 여겨졌다.

동호를 위해서라면 그깟 생선비린내는 아무 것도 아니다. 동해바다에 나가 살아서 펄펄 뛰는 고래라도 잡아오고 싶은 심정이었다. 기후온난화의 가속화로 인해 바다 어족들의 생태에 변화가 오고 다른 곳으로 옮겨가거나 숫제 소멸되는 것들도 있다고 한다. 정숙여사는 동호가 즐겨먹는 물고기군은 영구히 바다 깊은 곳에 남아주기를 간절히 기원했다.

"애들 데리고 나갔다 올게요."

이른 아침 동호아빠는 인사할 데도 있고 한국을 떠나기 전에 애들에게 보여줄 것이 있다면서 외출을 서둘렀다. 창밖은 하얀 눈이라도 내린 듯 안개 벌판이다.

TV에서는 짙은 안개 때문에 비행기 편수가 결항 사태를 빚고 있으며 멕시코에서 처음 발병한 신종풀루를 어떤 방법으로 예방하는가에 대해서 보도했다. 무엇보다 손을 깨끗이 씻는 것이 신종풀루를 예방할 수 있는 가장 쉬운 방법이라고 하면서 신종풀루는 기온이 급강하면 더욱 확산되므로 어린이와 노약자는 주의를 요한다고 강조했다.

"동호는 집에서 놀게 두렴. 신종풀루 무서운데……."

동호아빠는 정숙여사의 말을 못 들었는지 묵묵히 동호에

게 코트를 입히고 목도리를 둘러준다. 세상의 모든 아빠들처럼 동호아빠의 자식사랑도 바야흐로 따끈따끈한 단계에 돌입한 듯 동호의 어린이집 사건 이후 동호네 가족은 4명이 똘똘 뭉쳐서 다니는 게 일반화되었다.

"어머님! 다녀오겠습니다"

검정색 목폴러 위에 자주색 점퍼를 받쳐 입은 동호엄마의 목소리는 전에 없이 다정했다. 동호엄마도 물설고 낯선 남편의 나라에 와서 적응하느라 나름대로 무척 힘들었을 것, 정숙여사는 현관을 나서는 그들 일가족을 바라보며 가만히 한숨을 내쉬었다.

그들이 외출하자 수정아파트엔 묘한 정적이 흘렀다. 일시에 모든 것들이 정지된 듯, 외부와 차단된 듯, 주방의 가스대도 세탁기도 청소기도 화분의 식물까지도 홀연히 그 정적 속으로 헤엄쳐 들어간 듯하다. 항시 그 자리, 그 서가에 조용히 꽂혀 있던 책들도 책상 위에 고정적으로 붙박여 있는 컴퓨터도 TV도 그들의 기능을 약간씩은 상실하고 있는 듯했다.

"동호가 지난번에도 우리 집에 오자마자 목탁을 꺼내가지고 와서 두들기더라고. 동호가 동자승과 달마대사 그림은 왜 그리 좋아하는지."

수지의 증언이었다. 삼촌이 군대시절 일요 법회에서 예불 드릴 때 사용하던 목탁은 동호의 또 다른 장난감이었다.

"글쎄 너희들이 생선비린내 난다고 하도 그래서 내가 방에 가서 누웠지 않겠니."

"음, 엄마 그때 화났었지? 그런 것 같아서 내가 바로 창문이랑 다 닫고 그 대신 향을 거실에 방에 두 군데나 피웠었잖아."

수지가 창문을 기세 좋게 열어젖힐 때는 정숙여사가 말릴 틈도 없었다. 냄새도 냄새려니와 막무가내로 밀려들어오는 겨울 찬바람도 견디기 힘들었다.

"그 날 동호가 방에 들어왔어. 날보고 일어나 기도를 하래요."

"핼머니! 기도해요. 이렇게"

정숙여사는 동호가 합장하는 모습을 재현했다. 향로 옆에 웬 물컵을 가져다 놓고 정숙여사에게 어서 일어나 기도하라고 채근했다. 정숙여사는 못이기는 척 몸을 일으켜 동호가 알아들을 수 있는 내용으로 기도를 했다.

"부처님! 동호가 며칠 후면 비행기 타고 미국에 갑니다. 동호 아빠, 엄마, 아라누나, 모두모두 건강하게 돌봐 주세요. 동호엄마는 동호를 떼어놓고 멀리 가지 않게 해주세요. 동호가 어린이집 가기 싫어하는 것 아시죠? 미국에 가면 순하고 착한 친구들 만나게 해주세요."

정숙여사가 일부러 큰 소리로 기도를 끝내고 고개를 드니 동호도 침대 끝에 서서 중얼중얼 하는 게 아닌가.

"나도 기도 했는데. 어린이집 친구들이 나랑 안 놀아줘요."

동호가 자기도 기도를 했다고 고백했다. 동호는 어린이집 친구들이 놀아주기는 고사하고 사정없이 밀어붙여서 서랍장 모서리에 이마를 다친 것이 가슴에 맺혔던 것 같다.

"그랬구나!"

수지는 정숙여사의 이야기에 고개를 끄덕였다.

동호가 별난 아이인가. 동호를 별나게 인식하고 싶어 하는 한국 국적을 가진 정숙여사와 수지의 의식세계가 별난 것인가. 동호의 전생을 불교와 접목해서 이해하려는 억지 발상인가. 달력에 나온 동자승을 보고 또는 달마대사 그림이나 관세음상을 좋아하는 동호에게 특별한 의미를 두고 싶어 하는 정숙여사의 해석이 잘못된 것인가. 태어난 지 5개월 만에 한국에 와 3년 여 머물다 떠난 어린 생명에 대한 그리움은 도도한 강물이 되어 수정아파트를 관통하고 더하여 강추위를 녹여내고 있지 아니한가.

올겨울은 대체로 따뜻하면서 가끔 기습적인 한파가 있을 것이라는 기상청 예보와는 달리 혹한과 잦은 폭설로 지구촌의 평화와 안정을 위협하고 있다. 기후가 변하고 생태환경이 변했듯 인간의 마음도 수시로 변화를 겪고 있다. 그러나 동호를 향한 정숙여사의 사무치는 그리움은 변하기는커녕 더욱 공고해질 전망이다.

"핼머니! 똑(떡) 주세요!"

짙은 안개 속에 필통같이 생긴 버스 장난감을 가슴에 안은 동호의 얼굴이 정숙여사의 시야를 가득 채운다. 그 애의 똘똘한 한국어 말소리가 들려오는 것만 같다.

"우리 숨바꼭질해요!"

정숙여사가 안 한다고 할까 싶어 술래는 저가 맡아 놓고 하겠다고 하던 아라의 애교스러운 음성도 들려온다. 정숙여사는 그들이 어디를 가건 한국어에 대한 애정이 그들의 삶 속에 영원히 남아있기를 빌었다.

정숙여사는 환하게 웃고 있는 동호 사진을 보면서 그리움을 달래본다.

복희 언니

간밤에 함박눈이 내렸다.

창밖으로 보는 설경은 놀라울 정도로 아름답다. 어느 화가가 이런 그림을 그려낼 수 있을까. 개인 하늘에 새벽달이 새아씨 얼굴처럼 말갛게 떠 있다. 설상첨월雪上添月이었다.

새벽달이 서쪽 하늘가로 자취를 감출 즈음해서 집을 나섰다. 한 달에 한 번 희영은 딸 정미와 함께 부모님 산소를 찾아간다. 부모님 살아생전 불효를 만회하려는 것일까. 그 발걸음이 어느덧 일 년이 넘었다.

먼저 온 눈이 채 다 녹지 않고 얼어 있더니 그 위에 또 눈이 내려 길은 완전무결하게 빙판이었다. 그들은 엉금엉금 기다시피 하면서 아파트단지 상가 건물을 지나 운정역으로 걸어간다. 운동화가 눈을 밟을 때마다 뽀드득 뽀드득 선명한 소리를 냈다. 그와 반대로 눈이 설 녹은 곳, 사람들이 밟고 지나간 곳은 많이 미끄러웠다.

바람이 분다. 회화나무 가로수에서 뽀얀 눈가루가 솔솔 흩날린다. 얼굴에 닿으면 찬 느낌이면서 상쾌하다. 앞서 걷던 사람이 갑자기 걸음을 멈춘다. 그 사람은 근린공원으로 이어지는 보도에서 사진을 찍는다.

희영이 발걸음을 멈춘다. 정미도 스마트 폰을 꺼내 눈 쌓인 가로수를 찍는다. 순백의 빛깔이 매우 강하게 느껴진다. 이야말로 천연의 크리스마스트리다. 세상은 눈 때문에 천 겹 만 겹 비단 옷을 걸친 듯 황홀하다. 눈꽃나무 행렬을 뒤로 하고 희영과 정미는 전철역으로 발걸음을 돌린다.

오정골 가는 길은 아무도 밟지 않은 새하얀 눈길이었다. 높아서 산이고 낮아서 들판인 겨울의 산야는 보면 볼수록 신비한 눈 나라였다.

오정골로 가려면 금강을 건너야 했다. 겨울 강은 진즉에 얼어 있었다. 대청호로 연결되는 금강 줄기가 꽁꽁 얼어 울룩불룩 장년 사나이의 근육처럼 불거져 나온 곳도 있다.

얼음 강은 발을 디디기 무서울 정도로 몹시 미끄러웠다. 꽁꽁 언 강 위에 햇살이 그 화사한 나래를 펴기 전에, 한 걸음이라도 더 빨리 강 저 쪽으로 건너가야 했다. 햇살에 얼음이 살짝 녹으면 강바닥은 더 미끄럽게 된다. 다른 선택이 있을 리가 없다.

해질 무렵 또 이 강을 건너서 밤이 되기 전에 집으로 돌아가야 하는 것이 숙제처럼 복희 언니 마음에 걸렸다. 복희 언니가 희영의 오른 팔을 꽉 잡았다. 희영은 복희 언니에게 한 팔을 잡힌 채 몸을 비스듬히 복희 언니 쪽으로 기울인다. 두 자매가 서로 팔을 잡고 있기는 하지만 얼음판에 넘어질듯 위험은 여전하다. 금강 가장자리 보다는 강 중심의 얼음이 더 두텁고 단단해 보였다.

얼음 강 위로 연속 눈가루 섞인 쌩한 바람이 불어온다. 귀가 따갑고 두 볼이 얼다 못해 숫제 감각이 마비된다. 발바닥으로부터 종아리를 타고 냉기가 퍼지면서 전신이 얼어오는 것 같다. 강안 저쪽에 희미하게 나타나는 초가 마을로 시선을 돌려 볼 엄두조차 나지 않는다. 강바닥만 내려다보며 조심스럽고 느리게 걸음을 떼어 놓는다,

쫘당!

희영이 얼음판에 나동그라진다.

"나를 꼭 잡으라니까!"

복희 언니가 잽싸게 희영에게 다가와 오른 팔을 내밀며 어깨를 홈칠 떨었다. 복희 언니도 강바람에 으스스 한기가 도는 모양이다.

"추운 날이구나!"

복희 언니가 기지개 켜듯 활짝 팔을 벌렸다. 그 바람에 복희 언니 팔에 매달려 걷던 희영이 얼음판에 다시 미끄러진다.

"하하하! 것 봐! 잘 붙들어야지."

복희 언니는 그럴 줄 알았다는 듯이 유쾌하게 웃어 제친다. 복희 언니의 웃음은 실로 오랜만이었다. 근래에는 전혀 만나볼 수 없는 명랑함이었다.

강은 오래 전부터 결빙 상태인데다 음력 섣달그믐이 낼모래니 추위가 절정이었다. 얼음의 결이 물결 모양으로 주름져 보이지만 미끄러질 때는 그 얼음 주름이 아무 역할도 하지 못한다.

강 얼음은 두 자매의 몸무게가 제법 나간다 해도 금이 간다거나 깨질 염려는 없다. 커다란 망치로 두들겨도 깨지지 않을 것이다. 금강의 얼음은 적어도 해동 전까지는, 아니 어쩌면 봄꽃이 피어날 즈음에나 서서히 녹을까 말까였다. 너무나 꽁꽁 얼어서 돌과 쇠보다 견고해 보였다. 그 두께가 가늠이 되지 않는다. 색깔은 투명한 강물 그대로이면서 연한 하늘빛 혹은 초록빛이지만 색깔에 관계없이 강은 심하게 얼어 있었다.

희영은 얼음위에서 몸을 일으켜 복희 언니에게로 다가간

다.

"희영아! 우리 기왕이면 미끄럼을 타면서 가자! 그게 빠를 것 같지 않니?"

이제 고작 500미터 쯤 걸었을까. 강을 둘러보니 아직도 건너야 할 얼음 강이 아득히 멀리 펼쳐져 있었다.

복희 언니는 어깨에 맨 가방을 먼저 얼음판으로 밀어냈다. 복희 언니의 가방이 얼음 위에서 빙그르르 한 번 도는가 싶더니 곧장 저만치 미끄러져 갔다.

"하하하! 재미있다. 자아, 희영아! 우리도 미끄러지자. 네가 먼저 해볼래?"

복희 언니는 희영이 대답할 틈도 주지 않고 희영을 얼음판으로 힘껏 밀어냈다.

"앗! 나 몰라, 아, 무서워……."

희영의 몸뚱이가 엉거주춤 얼음판에 주저앉은 채로 주르르 밀려나가 저만치 멀어졌다.

"어떠냐? 재미있지?"

복희 언니는 스케이트를 타듯 얼음판을 쏭쏭! 자유자재로 미끄러지며 앞으로, 앞으로 나아갔다.

겨울 햇살이 구름을 제치고 금강 얼음 위에 쨍! 하고 내리쬐었다. 그러나 얼음을 녹이기에는 역부족이다. 햇살 온기 덕에 얼음 위로 약간의 물기가 생겨 얼음판을 더 미끄럽게 할 뿐이다.

복희 언니는 희영 보다 훨씬 빨리 더 멀리 나아갔다. 가방은 가방대로 한 번씩 힘을 가해 밀쳐주면 사람보다 더 씽씽 달려갔다.

산이 가까이 다가선다. 찔레 열매가 흰 눈과 함께 환상적인 조화를 이루며 빨갛게 매달려 있다. 누우런 잎새 몇 개씩 달고 있는 상수리나무와, 떡갈나무 소나무 참나무가 어우러진 숲이 지척이다. 미끄럼을 타면서 얼음 강을 거의 다 건너온 게 확실하다.

"희영아 어때? 기분 좋았지?"

희영은 복희 언니 말을 수긍할 수 있었다. 얼음 강을 건너는 동안 진땀이 날 정도로 긴장했지만 추위는커녕 쌩한 겨울바람이 시원할 정도다. 몇 번의 미끄럼타기 동작으로 모험하듯 얼어붙은 금강을 건넌 사실이 희영은 대견했다.

"이제부터는 산길이다! 넌 첨이지만 나는 지난 가을에도 여길 한 번 다녀갔어."

둘은 자매 지간이었지만 나이 차이가 제법 있다 보니 복희 언니가 가을에도 이곳을 다녀갔다는 것에 대해서 희영은 까맣게 모르고 있었다. 희영이 참견할 사항이 아니었다. 희영의 세계에서는 이해할 수 없는 모종의 어떤 사건, 부모님과 맏이인 복희 언니에게만 통하는 일, 그런 암시가 강하게 전달되었을 뿐이다.

아버지의 장기간에 걸친 부재에 대해서도 희영은 아무에게도 물을 수가 없었다. 어머니는 6·25 여름 피난 이후 줄곧 자리 보존하고 누워있다. 앓아누운 어머니 옆을 지키는 것은 아버지가 아닌 호호 늙어 허리가 꼬부라진 외할머니였다.

아버지는 한 밤중에도 집에 오지 못 했다. 그 세월이 3년을 접어들고 있었다.

아버지의 부재와 어머니의 병상이 길어질수록 하루하루를 겨우 지탱할 만큼 곤궁한 살림살이가 계속되었다. 복희 언니 밑으로 두 오라비, 그리고 희영과 고만고만한 연년생 동생들은 늘 배가 고파 걸근댔다. 긴 바지랑대로 고드름을 따먹는 것도 이젠 그들에게 좋은 놀이가 아니었다. 함박눈 내리는 날 눈을 뭉쳐 입으로 쑤셔 넣는 것도 실증이 나 있다. 오직 따끈한 쌀 밥 한 그릇이 그들의 소원이었다.

이웃 사람들도 별반 다르지 않았다. 삼시 세 끼니, 아니 단 한 끼니라도 밥 한 그릇 보리고추장에 비벼 먹는 일이 그들에게 절실했다. 꽁보리밥이든 하다못해 안남미의 푸석한 쌀로 끓여낸 죽이든, 끼니 거르지 않고 배불리 먹고 싶다는 소망은 누구에게나 있었다.

더 시급한 것은 희영이 네 사랑채에 짱박고 있는 C도 경찰서에서 파견된 사찰계 형사 두 명의 완전한 철수였다. 그들이 찾는 것은 아버지의 행방이었다. 희영은 그들 형사 두 명이 왜 희영이 네 사랑채를 점거하고 노상 안마당과 뒤곁을 어슬렁거리는지 이해할 수 없었다.

사찰계 형사가 주둔하는 한 아버지의 사업이 망하는 것은 시간 문제였다. 공장 창고에 가득 쌓여 있던 피륙들은 언제 누가 가져갔는지도 모르게 원단 한 필 남지 않고 바닥이 드러났다.

늘 출근하던 미싱 기술자 아저씨들도 하나 둘 발걸음을 끊어버렸다. 공장의 기계들은 녹이 슬었다. 재봉틀 돌리는 소리 대신 빚쟁이들의 원성만 높아갔다. 그 와중에 불청객인 사찰계 형사의 등장은 복희 언니의 우수를 만들어냈다. 희영의 두 오라비는 일없는 형사들의 장난 상대가 되었다.

외할머니 말로는 어머니가 아버지 대신 경찰서에 불려가서 매를 맞고 새빨간 피를 양동이로 쏟았다고 했던가. 어머니가 본래 몸이 부실한 게 아니라고 외할머니는 말했다.

전쟁이 터지자마자 소식 빠른 사람들은 다 남쪽으로 도망가고, 피란이 뭔지도 모르는 어리숙한 사람들만 뒤쳐져서 반빨갱이 노릇에 인생을 망친 사람들이라고 외할머니는 무시로 푸념했다. 외할머니는 말하는 중간에 자주 푸, 푸, 하고 한숨을 내쉬었다.

"남편 간 곳을 대시오! 안 불으면 당신 목숨이 어떻게 된다는 것 알고 있지? 순순히 불지 않으면 당장 총살 시켜버리겠소!"

당시 고문이나 총살은 법도 필요 없을 정도로 흔한 일이 되었다.

사찰 당국이 어머니를 시도 때도 없이 호출하여 쇠가죽 끈을 휘둘러 댄 때문에 어머니는 여름 찜통 같은 더위에도 더운 줄 모르고 덜덜 몸을 떠는 것이라고 하였다. 피를 너무 많이 쏟아서 사람이 허해진 것이라고 외할머니는 후렴구를 넣듯 덧붙였다.

이른바 어머니의 병은 다른 데서 온 게 아니라는 외할머니의 해설이었다. 그 쇠가죽 끈이란 것은 날이 시퍼런 칼 날 위에서도 결코 끊어지는 일이 없는, 튼튼하기가 그야말로 쇠가죽인 것, 그 쇠가죽 끈의 후유증이라는 것이다.

총 칼 들고 전선에 나가지는 않았지만 어머니는 전쟁 피해자였다. 영 혼 육에 심한 상처를 받은 것이다. 어머니의 병세는 겨울이 깊어가면서 더 심해져 아무 때나 어디서나 헛소리를 질러대곤 했다.

외할머니로 말할 것 같으면 6·25 피난길에서 남편과 아들을 잃은 전재민이었다. 딸 네 명을 내리 낳은 후 요행히 막내로 아들 하나 얻었다. 외할머니는 남편과 함께 그 막내아들을 잃은 슬픔을 위로받을 수조차 없는 딱한 형편에 처해 버린 것이다.

인사불성으로 앓고 있는 희영 어머니를 빼고는 외할머니의 다른 딸들 역시 행방이 묘연했다. 휴전협상이 끝나 더 이상은 대포 쏘는 소리, 비행기 폭격, 피비린내 나는 전투도 사라진지가 오래인데도 외할머니의 딸들은 쉬이 돌아올 줄을 몰랐다.

"희영아! 너는 어때? 공부 잘 하고 있지?"

산길로 나오자 복희 언니가 물었다. 학교 이야기를 할 수 있는 것은 지금 이 시간 밖에 없다고 여겨서인가. 나이보다 조숙한 희영은 그러나 아무 말도 하지 않는다. 전쟁은 희영의 모든 감관을 무디고 질긴 것으로 변화시켰다. 웬만한 일로는 울지도 웃지도 않게 된 감수성의 실종이랄까.

"빨갱이가 뭐야 언니?"

희영의 질문 역시 다소 엉뚱한 구석이 있다.

친구들은 희영에게 빨갱이라고 놀렸다. 쉬는 시간에 고무줄놀이를 할 때 친구들은 희영을 사정없이 발로 차거나 발을 걸어 넘어뜨리기 일쑤였다. 평소에 친하게 지낸 병만이 녀석이 더 심했다. 병만이는 자기 아버지가 6·25 발발 이태 전에 월북, 그 애 어머니가 삯바느질로 모자가 겨우 먹고 사는 처지인데도 유독 희영에게는 매정하게 굴었다.

교실에서 밖으로 나올 때 희영을 앞질러 달려가 신장에서 희영의 운동화를 꺼내 멀리 던져버린다든지. 신발을 신으려고 엎드리면 확! 밀치는 것으로 강한 적개심을 드러냈다.

희영은 담임선생님에게 병만이의 고약한 심술을 이를까 생각을 해보았지만 어쩐지 담임선생님도 전과 같지 않았다.

전쟁 후에 반애들 대부분은 월사금을 밀린 상태였다. 한두 달이 아니라 아예 전쟁을 기점으로, 학년이 올라갔어도 월사금을 가져오지 않는 게 관행처럼 되어갔다.

담임선생님은 유독 희영을 호명하여 교단 앞에 세워놓고 머리를 쥐어박는 일이 잦았다. 간혹 밀린 월사금을 가져오라고 집으로 돌려보내는 날도 있었다.

B초등학교는 시내와는 십리 거리였다. 초등학생 걸음으로 집에 다녀오기는 꽤 먼 거리였다. 희영은 울며 그 먼 길을 걸어서 집으로 쫓겨가곤 했다.

학교에서나 동네 골목에서 대장 노릇을 하던 희영의 두 오라비도 어느 날부터 급우들에게 소지품을 빼앗기고 책가방도 없이 빈손으로 집에 돌아오는 일이 종종 있었다.

희영은 이래저래 학교에 가는 날 수보다 결석하는 일수가 늘어났다. 희영은 그러나 학교에서 벌어진 일을 누구에게도 털어 놓을 데가 없다. 어머니의 깊은 병이 이유였다.

빨갱이에 대해서는 희영이 진즉부터 묻고 싶던 질문이었

다. 집에는 사찰계 형사가 잠복하고 있으므로 형제끼리도 말을 마음 놓고 할 수 없는 사정이었다. 말 한마디 행동거지 하나로 사찰계 형사에게 빌미를 잡히면 언제 어떻게 어머니가 잡혀갈지 아무도 모르기 때문이었다.

"빨갱이? 빨갱이는 빨간 거야. 너 그 해 여름 오정골에 피난 갔을 때 말이다. 달밤에 대야에 물을 부어 물속에 거울을 놓고 보던 것 생각나니?"

복희 언니가 말했다.

바위에 앉아 잠시 쉰 다음 그들 자매는 일어나 걷기 시작했다. 얼음 강에서 구른 탓인지 시간을 앞당겨 오정골에 도착할 수 있을 것 같았다.

희영은 산길을 걸으며 깊은 생각에 잠긴다. 아버지와 어머니는 피난 나올 때 챙겨온 비단 옷감이며 패물 따위를 가지고 산마을 가가호호를 방문하여 양식으로 교환하는 것으로 일을 삼았다. 대개는 날이 캄캄 어두워서야 집에 돌아왔다.

맏이인 복희 언니와 두 오라비 그리고 희영은 대부분 근처 산을 돌아다니며 먹을 것을 찾거나 땔감을 모았다. 죽어 넘어진 나뭇가지나 솔가지를 긁어모으는 일은 생각처럼 쉽지는 않았다.

달이 높게 떠올라 밤이 이슥해서도 부모님이 돌아오지 않을 때, 복희 언니는 두 오라비에게 우물물을 길어다가 대야에 물을 담아 가져오게 했다. 희영은 방안에 있는 색경을 가져왔다. 대야를 중심으로 모여 앉아서 대야 물속에 잠긴 색경을 통해 빨간색과 파란색의 변화를 주의 깊게 관찰했다. 덤벙대는 두 오라비도 입을 열지 않았다. 말은 고사하고 숨소리도 죽였다.

희영은 생인손을 앓고 있었다. 곪아터진 오른쪽 무명지 손가락을 낡은 천으로 둥둥 감고 다녔다. 병원에 갈 수도 없고, 어떤 약도 구할 수도 없었다. 밤에는 통증 때문에 잠을 잘 수 없어 자주 뒤란에 나갔다.

대야 물에 잠긴 색경에서 청색과 적색의 색깔에 변화가 일어나는 것을 보는 것이 희영과 형제들에게 지대한 관심사였다. 아버지 어머니의 귀가가 늦어도 잘 견뎌낼 수 있었다. 빨간색이 더 넓게 나온 날 그들은 침묵했고, 파란색이 더 두드러진 날 그들은 환호했다.

산속 생활은 오래 가지 못했다.

해가 설핏해서 집에 돌아온 부모님은 사립문 앞에 버티고 선 인민군과 맞닥뜨렸다.

"동무들! 두 손 머리에 올리고 뒤돌아 걸어 갓!"

인민군 두 명이 아버지 어머니 가슴에 따발총을 들이대고 큰 소리로 명령했다. 사춘기의 복희 언니와 두 오라비는 의

용군으로 붙들려 갈까 두려워 날래게 달아났다. 희영과 동생들이 그 장면을 지켜보았다.

툇마루에는 아버지 어머니가 온종일 집집을 찾아다니며 마련해온 밀가루와 보리쌀 자루가 덩그마니 놓여있었다. 그날 밤 아버지와 어머니가 돌아오지 않을 것이라고는 아무도 상상하지 못했다.

밤이 점점 깊어가는 데도 아버지 어머니가 돌아오는 발걸음 소리를 들을 수 없었다. 희영의 뇌리에 아버지 어머니의 겁에 질린 모습이 선명하게 입력되어 있다.

"지금은 그럼 파란 색이 더 많아진 거야?"

그때처럼 오른손 무명지가 폭폭 쑤셔오는 듯 낯을 잔뜩 찡그리며 희영이 물었다.

"이긴 편도 진 편도 없어. 색깔이 사라졌어. 그냥 중단한 거란다."

"그런데 왜 형사들이 우리 집에 살아?"

그들에게 우툴두툴한 산길이 얼음 강을 건너는 것보다 별로 수월하지 않았다. 산길은 뻔히 보이면서 멀었다.

집에서는 외할머니의 한숨과 어머니의 신음 소리에 눌려서, 거의 말을 잊고 살기 일쑤였다. 더구나 아침 9시 정도 되면 어김없이 출근하는 사찰계 형사 2명의 존재는 그들 형제뿐 아니라 이웃들에게도 두려움의 대상이었다.

"우리가 오늘 아버지한테 가는 것 절대 비밀이다. 너 알지? 아버지도 어머니도 아무런 죄가 없어! 나쁜 건 전쟁이야! 그리고 편을 가른 어른들, 미국과 소련이 더 잘못이 많단다."

희영은 복희 언니의 말을 알아들을 수 있을 것도 같고, 알아듣지 못하고 고개만 주억거리는 대목도 있었다.

"다리 아프면 쉬었다 가자. 경치가 너무 좋구나!"

복희 언니가 펑퍼짐한 바위에 걸터앉는다. 바위 가장 자리에 담장이 넝쿨이 바짝 마른 채 엉겨 붙어 있었다.

두 자매가 사이좋게 걸터앉은 바위 주변은 겨울 경치가 그만이다. 잎새가 거의 다 떨어진 겨울나무라고 해서 정취가 전혀 없는 것은 아니었다. 오히려 더 애잔하고 고즈넉했다. 마르고 쪼그라진 한해살이 식물들, 싸리 망초 갈대 억새 풀도 겨울 산을 겨울 산답게 나름대로 제 역할을 다하고 있었다.

높은 산 아래로 그보다 작은 산이, 그 아래에는 또 그보다 더 포근해 보이는 언덕과 초가집들이 금강 지류를 굽어보며 첩첩히 포개져 있는 아늑한 산촌이 눈앞에 펼쳐졌다.

"죄가 없다면서 아버지는 왜 집에 못 오시는 거야?"

"나도 잘은 모르겠어. 아버지가 그때 서울에서 늦게 돌아온 이유 같아. 우리가 다른 집보다 한참이나 늦어서 지금 가는 곳으로 피난을 갔잖아. 그런데……."

복희 언니는 말을 끊고 희영을 물끄러미 바라본다.

무궁화호 기차가 J역에 정차했다. 서울을 출발한지 2시간이 경과 되었다.

희영이 어린 시절 복희 언니와 함께 왔던, 얼음 강과 그림 같은 산길은 기억 속에서 가물가물 사라져 갔다. 그 시절 희영이 본 것은 꽁꽁 언 금강과, 평화롭게 보이던 산마을, 그리고 온 산에 깃든 아름다운 겨울 풍경이었다.

"기차여행으로 안성맞춤이야. 두 시간은 지루할 새도 없고!"

희영이 객실 선반에 얹어 놓은 가방을 내리며 무심히 말했다.

이른 시간이어서인지 내리는 승객은 많지 않았다. 역 앞 광장에는 영업용 택시가 줄을 서 대기하고 있었다.

"남쪽이라 서울보다 훨씬 따뜻한 것 같다. 그때는 왜 그리 춥던지."

희영이 복희 언니와 함께 얼음 강을 건너던 날을 회상하는지 그 눈길에 진한 그리움이 내비쳤다.

택시가 J역 주변의 번화가를 벗어나 ○○초등학교 앞을 지나자 왼쪽 둑 아래로 가느다란 물줄기가 보이기 시작했다.

"봄여름에 오면 더 아름답겠는걸. 드라이브 코스로 제격 같아!"

정미가 창밖에 푸르게 펼쳐지는 대청호를 바라보며 감탄했다. 정미에게 외갓집 산소 여행이 그다지 불편하거나 성가신 일은 아닌 듯 목소리가 밝았다.

택시로 달려가는 거리는 잠깐이었다. 희영은 그 잠깐 사이 단꿈을 꾸듯 옛 추억에 빠진다. 복희 언니와 얼음 강을 건너와 담쟁이 넝쿨이 휘감긴 차디 찬 겨울 바위에 앉아 쉴 때의 그 서늘한 냉기. 그리고 인기척에 놀라 눈 쌓인 겨울 산을 날아오르던 산 꿩들이 눈에 보이는 듯했다.

대청호 물줄기가 좀 전에 비해 더 넓게 푸르게 보이기 시작했다. 호수 옆으로는 길을 넓히고 둑을 새로 쌓는지 신축 공사를 알리는 현수막이 겨울바람에 펄럭이고 있다.

충청의 명소인 대청호가 그들 눈앞에 펼쳐졌다. 복희 언니와 미끄러지면서 걷던 꽁꽁 언 금강과 함께 진득한 서러움이 희영의 가슴으로 파도처럼 밀려왔다.

"대청호 다 왔습니다!"

택시가 대청호가 마주 보이는 곳에 정차했다.

오랜 가뭄에 물이 줄어 호수가로 모래톱이 드넓게 형성되었으나 겨울 호수는 고요하고 맑았다. 호수 위로 길게 늘어진 전깃줄에 참새 떼들이 파란 하늘을 배경으로 조르륵 앉아 있는 형상이 한가롭다.

희영과 정미가 택시에서 내렸다.

"여기는 언제 와도 새롭단 말이야!"

희영이 혼잣말처럼 뇌이며 가방을 들고 앞장서서 산속으로 걸음을 옮겨 놓았다. 산길은 그새 퍼진 햇살로 눈이 녹아 질퍽거렸다. 수북하게 쌓인 낙엽 속에서 식물들은 죽지 않고 파릇파릇 선명한 초록빛을 뿜어내고 있다. 대청호 골짜기는 봄의 기운이 이미 소생한 것 같았다.

산속으로 깊이 들어갈수록 높이 자란 소나무 숲에서 상긋한 수향이 뿜어져 나온다. 소나무 숲에서 무슨 신호처럼 솔잎이 뚝, 뚝, 떨어진다. 산속으로 들어온 희영과 정미에게 환영 인사하듯 은근하다. 온갖 나무와 물과 산 냄새가 실린 산바람은 습도가 높았다.

물기 머금은 산 흙이 신발에 달라붙는 것을 피해 낙엽 쌓인 곳으로 발걸음을 돌리려다 희영이 휘청! 미끄러진다. 그바람에 희영이 들고 가던 가방이 아래로 굴러간다.

"아이크! 저! 가방!"

희영이 밤늦게까지 준비한 각종 제물이 가방에 들어 있었다. 다행히 가방은 조금 구르다가 큰 나무에 걸려 멈추었다.

"엄마! 또 복희 이모 생각했구나. 발을 헛디딘 것 보니까. 그렇지?"

정미가 저 밑으로 구르다 멈춘 가방을 주어가지고 올라오며 말했다.

"글쎄, 아니라고도 말 못 하겠다. 여기만 오면 복희 이모와 언 강을 건너 산길을 걷던 생각이 나거든."

"언 강을 건너? 요즘처럼 이렇게 걷기 좋은 둘렛길도 아니었을 테고?"

"응. 아주 오지였어. 예쁜 꿩들이 푸드득거리고 사방에 눈이 쌓여 경치 끝내주었지!"

순간 희영은 다시 또 휘청! 하더니 낙엽 위에 미끄러졌다.

"너희들 언제까지 예서 지낼 생각이냐? 네 아비 어미가 있는 곳으로 가라!"

작은 할아버지는 펄펄 끓는 가마솥 뚜껑을 열어 쇠죽을 퍼내면서 다부지게 말했다. 뜨거운 김과 함께 구수터분한 쇠죽 냄새가 희영 형제들에게 시장기를 부추겼다.

"사랑방 구들을 손 봐야 하니 너희들은 어여 다른 데 갈 곳을 알아봐라!"

아버지 어머니가 인민군에게 끌려 간지 며칠 지나지 않은 때였다. 작은 할아버지의 성화에 못 이겨 희영 형제들은 사랑방에서 소 외양간 옆, 헛간으로 밀려났다. 흙바닥에 지직 자리를 펴고 지내야 했다.

소 여물 씹는 소리가 쉬지 않고 이어지는, 게다가 물것들이 많아 여름 짧은 밤에 잠을 설치기 일쑤였다.

헛간에서 지낸지 서른 날이 지나도 인민군에게 끌려간 부모님 소식은 들을 수가 없었다. 그런데 헛간에서도 나가라고?

복희 언니는 연년생인 네 살 막내 동생을 들쳐 업었다. 동생 또 한 명은 큰 오라비가 업었다. 작은 오리비와 희영 등 동생 여섯 명의 분대장인 복희 언니가 선두에서 걷기 시작했다. 해가 완전히 떨어지기 전에 금강을 건너야 했다.

숲길은 쉬이 어두워졌다. 산에 어둠이 덮이자 먼데서 짐승 우는 소리가 들려왔다.

"앗! 늑대다!"

동생을 업고 가던 큰 오라비가 놀라 소리쳤다.

"으앙!"

등에 업힌 동생이 울음을 터뜨린다.

"늑대도 우리를 해치지 못해! 어서 걸어가! 늦으면 뱃사공도 집에 가고 없어. 산속에서 밤을 지낼 수는 없잖아. 조금만 더 가면 나루터야!"

복희 언니는 늑대가 놀라 도망치도록 큰 소리로 악을 썼다.

"배고파!"

"발 아퍼."

"그만 가!"

동생들이 보챘다. 복희 언니 등줄기로 진땀이 개울처럼 흘러내렸다.

"언니! 그때 언니의 장래 희망이 뭐였어?"

희영이 복희 언니에게 장래 희망을 물었다.

"그 상황에서 무슨 희망? 아무 것도 생각이 안 났어. 무사히 강을 건너 밤을 새더라도 부모님이 계신 곳으로 가고 싶은 마음뿐이었어. 오직 그 생각뿐이었다고!"

복희 언니와 희영은 산길을 다 빠져나와 마을로 들어섰다. 초가집 서너 채가 돌담에 둘러싸여 있고, 멀리서 보면 그 집들은 규모가 제법 큰 한 집안처럼 보였다.

초가집 앞으로는 대청호가 휘돌아 흘러 오정골 마을을 호위하고 있는 듯했다. 물과 산과 들이 조화를 이룬 곳, 평화로운 산마을이었다.

"아버지는 이곳 오정골이 무섭지도 않으신가봐. 여기서 인민군에게 잡혀가고 지금 또 사찰계 형사를 피해 여기에 머무르시다니!"

희영은 그 점이 궁금했다.

"피신도 하루 이틀이지. 워낙 오래 가니까 아버지는 다 포기하고 그냥 농사꾼으로 지내시는 거야."

"형사들이 쫓아오면 어떻게 해?"

"아버지에게 죄가 없으니까 꼭 잡겠다 그건 아닌 것 같아! 게다가 아버지 대신 어머니가 당할 거 다 당한 거 그 사람들도 알거 아니겠어?"

초가집 중에서 가장 규모가 큰, 산 중턱에 있는 집으로 올라가며 복희 언니가 말했다. 그러나 희영은 무서웠다. 사찰계 형사들이 희영 자매를 뒤따라와 덜미를 잡을 것만 같았다.

"어서 오너라! 너희들 오느라고 고생했지?"

당숙모가 대문을 밀고 나오며 큰 소리로 외쳤다. 덜 익은 생참외 한 개도 따먹지 못하게 인색을 떨던 작은 할아버지가 돌아가시고 이제 살림살이는 당숙에게 넘어가 전에 비해 집안 분위기가 부드러웠다.

"너의 아버지! 당숙이랑 산에 가셨는데 곧 오실 때 됐다. 춥지? 어여 들어가자!"

복희 언니와 희영이 신발을 벗고 대청마루에 올라섰다. 대청마루에 올라서니 사방이 탁 트인 것이 금강 뿐 아니라 복희 자매가 방금 올라온 그림 같은 산길이 훤히 내려다 보였다.

"오! 너희들 왔구나! 금강이 단단히 얼어서 이 녀석들이 어찌 올까 걱정했다!"

아버지와 당숙이 복희 자매에게 반색을 했다.

"아버지!"

복희 언니와 희영이 아버지 품에 안겼다.

"너희 엄마 건강은 좀 어떠시냐? 외할머니는 잘 계시고? 동생들도 잘 있지?"

아버지는 무엇부터 물을지 몰라 허둥거렸다.

"어서 뜨끈한 국이랑 밥 좀 내와요."

당숙이 당숙모에게 이르고 복희 자매를 아랫목에 앉게 했다.

"복희 너가 큰 일 하는구나. 너희 어머니랑 외할머니 고생이 오죽 심하시겠니?"

당숙이 복희 언니와 희영을 바라보며 말했다.

"여기요. 약식 가져왔어요. 아버지께서 약식을 좋아하신다고 외할머니가……."

복희 언니가 가방에서 보퉁이를 꺼내 펼쳐놓았다.

"무슨 약식을 다? 어린 것들이랑 살기도 어려울 텐데. 아무튼 추운 날 예까지 오느라고 너희들이 애썼다!"

아버지가 눈시울을 붉혔다.

"나는 겨울이나 나고 서울로 가게 될 것 같다. 외할머니 말씀 잘 듣고 너희 어머니 잘 보살펴 드려라. 내 말 알겠지?"

그 겨울 언강을 건너 아버지를 만나러 간 이후 복희 언니와 희영은 다시 그곳에 가지 않았다.

"그래서 그 다음 이야기는 외할아버지 상경이신가?"

정미의 질문에 희영이 어이없는 웃음을 터트린다. 지나놓고 보면 슬픈 일도 색깔 고운 문양으로 수놓아지는 것을 실감한다.

"전쟁 때문에 엄마랑 이모가 너무 고생했다."

"나야 뭐 어려서 잘 몰랐지만 복희 이모는 고생 많이 했지!"

마침내 산소에 도착했다. 앞은 대청호 물이요 뒤편은 울울한 숲이었다.

걸을 때는 잘 몰랐더니 산소 앞에 돗자리를 펴고 앉자 당장 한기가 몰려왔고 손이 시렸다. 꽤나 추운 날씨였다.

희영은 가방을 열어 집에서 가지고 온 음식들을 접시에 담아 상석위에 진설했다. 생시에 아버지가 좋아하는 약식도 올렸다.

희영은 산소 앞에서 한동안 무릎을 꿇고 묵상했다.

'부모님! 정미랑 저가 왔어요. 휴전 후 어머니가 앓아누웠을 때 너무나 배고파서 외할머니가 정성껏 쑨 녹두죽을 냄비째 퍼 먹은 것, 그리고 신장병에 좋다하여 혜민 병원 원장 사모님이 사온 수박을 몽땅 썰어 동생들과 나누어 먹은 것, 어머니의 아픔보다 저희들 배고픈 것만 생각한 불효를 용서해 주세요. 그게 잘못인 걸 뒤늦게 깨달은 것도 이해해주시기

바랍니다.'

희영이 기도문도 아니고 넋두리도 아니게 마음속으로 긴 말을 늘어놓았다. 절을 올리면서 희영은 연신 목이 메었다. 수박 한 쪽이 금보다 더 귀한 시절의 이야기였다.

"정미야! 너도 잔을 올려라!"

정미가 두 손으로 술잔을 받아 산소를 향해 올린다.

"우리 어릴 때 명절에는 집에서 막걸리를 담았단다. 술은 어른들이 마시고 우리는 술 찌게미를 먹었는데 술 찌게미가 요즘의 어떤 음식보다 향그럽고 맛났어!"

"그랬어? 그게 무슨 맛이지?"

간소하게 제사 의식을 마친 그들은 잠시 정담을 나누었다.

"여기 오면 엄마는 누가 젤 생각나?"

"그야 부모님이지. 아니 복희 이모야. 복희 이모는 동생들을 이끌고 산길을 걸어서 그 밤 배를 타고 금강을 건너가지 않았겠니? 오정골 할아버지가 인민군이 또 찾아 올까봐 우리를 쫓아냈거든."

그 고생이 열여섯 복희 언니에게 과했던 것일까. 복희 언니는 병명도 없는 큰 병을 앓다가 부모님보다 일찍 세상을 떠났다. 전투 없는 길 위에 고달픈 분대장이었던 복희 언니는 한 줌 가루가 되어 대청호 언덕에 뿌려졌다.

"우리 산소에 자주 오자! 복희 이모가 우리가 온 걸 알면 기뻐하시겠다!"

"봄에 오면 흰나비 한 마리가 날아와 내 팔에 앉곤 했어."

"혹시 복희 이모가 흰 나비로 환생한 건 아닐까."

"아마, 그럴지도 모르지."

어디선가 참새가족이 떼를 지어 날아와 산소 주변을 맴돌았다. 희영이 고시내! 하면서 숲속으로 던져버린 음식 냄새를 맡은 것일까.

서울로 돌아오는 길에 희영은 내처 잠에 빠졌다. 꿈속에 복희 언니가 등장한 것인가. 잠든 희영의 얼굴에 환한 미소가 어른거리는 것을 볼 수 있었다.

정미가 목에 감았던 머플러를 풀었다. 머플러의 접힌 부분을 활짝 펴서 희영의 어깨에 얹어주었다.

무궁화 2107호 기차는 눈 덮인 겨울 산야를 전후 사방에 거느리고 힘차게 달려갔다.

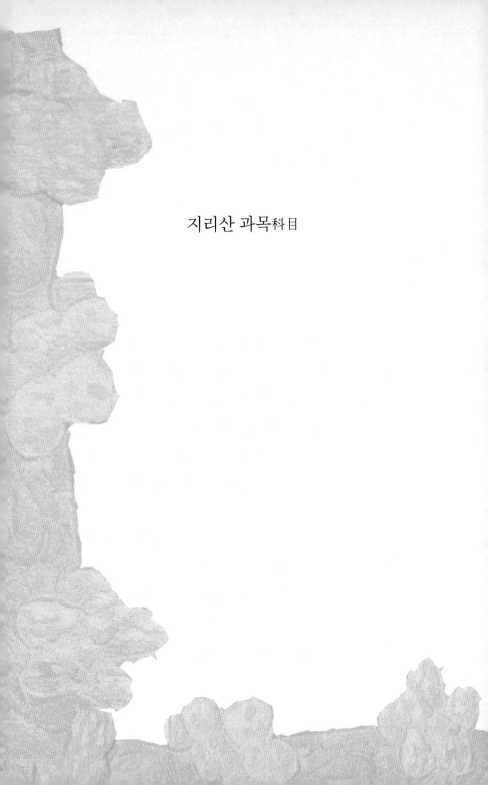

지리산 과목科目

지희文池喜는 화정동 네거리 신호등 앞에 서 있다. 빨간색 신호등이 파란색으로 바뀌기를 기다리는 게 분명하다. 지희가 서 있는 앞과 뒤로도 대여섯 정도의 행인들이 가던 발걸음을 멈추고 우두커니 서 있다. 우두커니가 아니라 추운 날씨 탓에 초조해 보이기도 한다. 어떤 사람은 아예 오른발을 보도 가까이 내놓고 신호가 바뀌기만 하면 냉큼 달려 나갈 태세를 취하고 있다.

하루걸러 또는 이틀 걸러 눈이 내리던 날씨가 비교적 맑고 파란하늘을 보이고 있다. 겨울 날씨가 파란 하늘에 흰 구름을 적당히 거느릴 정도면 차를 몰고 온천여행을 다녀와도 무리하지 않을 듯하다. 겨울은 역시 온천이 최적이다. 더구나 야외 온천이면 운치가 더할 것이다.

눈 내리는 날의 야외온천. 생각만 해도 가슴이 따스해지지 않는가. 따끈한 물속에 몸을 담그고 고개를 들어 풀풀 날리는 눈발을 바라보는 일이야말로 겨울철 서정으로는 으뜸이 아닐까.

고속도로는 연일 내린 눈으로 도로면이 미끄럽고 연쇄 추돌 사고가 이어진다는 보도였다. 겁이 많은 지희에겐 미끄러운 고속도로를 달리는 일이 결코 쉽지 만은 않은 일이다.

지희는 건너편의 주상복합 건물을 올려다본다. 건물 벽면에 각종 간판들이 다닥다닥 붙어 있어 어느 간판이 어느 층에 속하는지 헤아리기가 쉽지 않다. 아무튼 그 주상복합 건물 2층에 하나은행이 있고, 지하에는 수영장이 있다. 그리고 4층에서 6층까지는 내과 치과 안과 한의원 약국 등 병의원이 자리 잡았고, 7층부터는 주거용 아파트라는 것을 이 동네에 주민등록을 이전하고서야 대강 알게 되었다. 주상복합 건물 반대쪽에는 인근 대형마트에 비해 매년 높은 매출 실적을 올린다는 세이브 존이 위치해 있고 그 출입구는 밤낮없이 고객들의 발걸음이 이어지는 곳이다.

지희가 생각에 잠겨 동서 좌우를 살피는 동안 신호등은 파란색으로 바뀌었고 좀 전에 지희의 앞뒤에 멈춰 서 있던 다른 사람들은 이미 길을 건너가 흔적도 없이 사라져간 후였다. 지희는 추호도 동요함이 없이 천천히 점퍼 주머니에서 가죽장갑을 꺼내 손에 끼었다.

다시 파란불이 켜졌다. 지희는 앞을 똑바로 보고 발걸음을 떼어놓았다. 등에 짊어지고 있는 검정색 배낭이 지희의 걸음걸이 속도에 따라 이쪽 어깨에서 저쪽 어깨로 왔다 갔다 하면서 잠시 뒤뚱거렸다. 배낭에 든 물건들은 무게가 꽤 나가는 것으로 보였다.

두터운 점퍼 칼라가 거의 목선에 치켜 올라가 있었지만 지희는 지퍼를 조금 느슨하게 밑으로 내릴 생각은 하지 않는다. 털모자가 달린 점퍼에 머플러, 가죽장갑 등으로 무장했으나 전체적으로 지희의 차림새는 어딘가 어설퍼 보인다.

그러나 지희 자신은 횡단보도에 오래 서 있던 그 무표정과 침묵의 형태에서 변한 게 없었으며 추워 보이는 기색도 아니다. 어쩌면 지극히 편안하고 자유롭기까지 한 것이 무엇인가 초탈한 듯한 태도였다. 그도 아니라면 집을 나서기 전부터 심신이 지쳐있거나 의욕이 없어 보인다는 표현이 어울릴 것도 같다.

지희는 점퍼 주머니에서 핸드폰을 꺼내 시간을 확인하는 것 같다. 무엇에 자극을 받은 듯 지하철역 구내로 들어서자 지희의 행동거지는 갑자기 활기를 띠기 시작했다. 그녀는 곧장 개찰구로 달려가더니 잰 걸음으로 계단을 내려갔다. 그녀의 발소리에는 일정한 음률이 실려 있어 그 음률은 그녀

자신의 건강을 재는 척도로도 인정할 수 있을 정도였다. 산뜻하고 날렵한 걸음걸이였다. 대체로 메스꺼움 증상이 심하지 않을 경우에 한해서 지희의 동작들은 다른 이들과 비교하여 별반 차이가 나지 않았다.

지하철이 전역을 출발했다는 자막이 뜨고 1, 2분 경과했을 때 노란선 안으로 한 발 더 나가 서 있으라는 안내 방송이 나오면서 3호선 대화행 지하철은 지희의 눈앞에 정지했다. 승객들이 내리자 지희는 서슴없이 지하철 안으로 성큼 발을 들여 놓았다. 서울시내와 반대 방향인 대화행은 앉을 자리가 없는 상태였다. 출근시간이 한참 지난 후에도 대화행 지하철이 왜 이처럼 많은 승객들로 붐비는지 지희는 그 이유를 알 수가 없다.

대곡역으로 가는 동안 빈 들판이 나른하게 펼쳐지고 여러 동의 비닐하우스가 빈 들판 한가운데를 점령하여 겨울 채소를 키우는 중이었다. 대규모의 비닐하우스는 출입문이 닫혀 있거나 혹 열려 있다고 해도 비닐하우스 안에 어떤 작물이 자라고 있는지 보이지 않았다. 투명한 비닐장막을 통하여 푸른 색깔이 언뜻 비치는 것 같기는 했다. 아마도 상추, 쑥갓, 치커리, 케일 등의 쌈 채소이거나 철 이른 딸기 꽃이 하얗게 피어나고 있는지도 모른다.

이 구간은 다른 구간과 달리 지하가 아닌 지상을 달려 지루하거나 답답하지 않은 면이 있었다. 지희는 이곳을 지날 때면 일부러라도 감고 있던 눈을 뜨고 기꺼이 창밖을 두리번거리면서 살펴보곤 했다. 멀리 산 밑에 지은 지 오래된 단독주택들이 보이고, 주변엔 크고 작은 무덤들도 더러 있는데 산과 나무와 집들과 어울려 그 무덤들은 햇볕 잘 드는 양지에서 살아있는 자들과 동거 동락하는 듯한 인상을 주었다.

반대편의 거리 풍경은 별다른 감흥을 일으키지 않았으나 여름에 다녀본 기억으로 거기 그 자리쯤에 회화나무 가로수가 연녹색 꽃잎을 휘날리며 길 양 편에 죽 열 지어 서 있던 것을 기억해 낼 수 있었다. 회화나무는 벚꽃나무나 은행나무와는 또 다른 색감과 멋스러움으로 다가와 큰 골짜기란 뜻의 대곡역을 지날 때 무료함을 덜어 주는 역할을 했던 것 같다. 아카시아 비슷하게 생긴 꽃술이 만개하여 퍼뜨리는, 지하철 승객들은 눈으로 회화나무의 향기를 맡는 셈이었다.

백석역이다. 겨울철이었으므로 대지 위를 달리는 동안에 지희가 달리 더 볼 것이 있는 것은 아니다. 고작 잠시잠깐이지만 그녀의 고단한 나들이를 약간은 덜 고단하게 감해준다거나 얼마 후면 닥치게 될 고통이나 두려움에서 자유로울 수 있도록 무마시켜 주는데 큰 공헌을 하고 있다. 지희는 눈을 감았다. 눈을 감음으로 해서 얻어지는 심리적인 효과나 위안이 결코 작다고만은 할 수 없다.

왜 하필이면 마을 이름을 마두, 즉 말의 머리라고 했을까. 언젠가 이곳을 승용차로 지나며 그 말뜻의 유래를 읽었던 것 같은데 지금 그걸 유추해낼 수는 없다. 어쨌든 마두역을 지나면 지희가 내려야 하는 역이 한 역으로 줄어든다는 사실만이 반가울 따름이다.

마두역에서 꽤 많은 사람들이 내리자 지하철 안은 한결 넓어진 듯 했다. 어깨를 비비며 두툼한 털 코트가 끼이도록 잔뜩 붙어 앉아있던 사람들이 좀 더 너른 자리로 옮겨 앉는 것이 보였다. 그들은 종점인 대화역까지 가거나 거기서 내려 더 먼데로 마을버스나 시외버스로 갈아타야 하는 장거리 승객들인 것 같다. 지희는 장거리 승객은 아니지만 갑자기 자리가 넓어지자 투박한 운동화를 벗고 두 다리를 의자 위에 올려 무릎을 쭉 펴주었다. 지희가 정발산역에 도착하기까지 적어도 얼마 동안은 무릎을 펴고 갈 수가 있었다.

시골집 대청마루에 앉아 있기라도 한 듯 몸 전체가 편안했다. 윤이 나게 잘 닦여 진 대청마루는 온 가족들이 만나는 대화의 장소요, 따뜻한 음식을 나누는 화목한 자리였다. 부엌과 통하는 문으로 구수한 음식 그릇들이 대청마루의 교자상으로 연속 날라지고 어머니의 정성을 맛보는 가족들의 웃음소리가 대청마루의 큰 기둥에 유리구슬처럼 매달리던 소중한 자리 아니던가. 지희는 툭 트인 앞마당에서 대청마루

를 지나 뒤란으로 달려가던 상쾌한 바람을 끌어안듯 윗몸을
앞으로 숙였다 뒤로 젖히며 그 동작을 반복한다.

정발산역이다. 정발산鼎鉢山이라는 역 이름이 흥미를 끌
었다. 높지도 험하지도 않은 큼직한 무쇠 솥단지를 엎어놓
은 듯한 산기슭에 위치한 동네인 듯했다. 역 이름이 정발산
이든 함지박이든 지희는 이곳에서 내릴 수밖에 없다.

지희는 내려놓았던 배낭을 짊어졌다. 새삼 무게가 느껴지
는 것이 지난 가을 소설가들의 섬진강 세미나에서 돌아온 후
에 배낭 안에 든 책과 쓸데없는 잡동사니를 꺼내지 않은 것
을 떠올렸다. 시간이 없어서가 아니라 이건 순전히 불건강
으로 인한 일종의 직무유기이고 게으름에 해당한다.

지희의 몸 형편은 한겨울 눈보라 앞에 선 나목처럼 사정
없이 흔들리고 있었으며, 건강한 육체에 건전한 정신이 깃든
다는 말처럼 몸뿐만 아니라 마음도 한 마디로 뭉뚱그려 진술
할 수 없을 만큼 무기력 내지 무의욕의 증후로 쫓기는 나날
이었다.

신체 어느 부위 어느 기관에 고장이 발생하였는지 그 원
인은 어디서부터 유래했는지, 현재 나타나고 있는 그런 모든
예후들은 어디로 진전을 도모하고 있는지 지희의 몸과 마음
은 그런 실상을 이해하지도 제대로 숙지하지도 못한 채 애매
모호한 지점에 봉착하고 있었다.

여름에서 가을을 넘겨 겨울에 이르도록 컴퓨터 앞에서 낮밤을 보낸 그 후유증으로만 쉽게 해석을 해본다. 그렇다면 아침 출근해서 종일토록 아니지, 일 년 내내, 더하여 평생을 컴퓨터와 생활해야하는 직장인들은 어쩔 것인가. 유독 지희에게만 그와 같은 못 견디는 이상 증세들이 날개 돋친 듯 기승을 부려 지희의 건강을 몽땅 흩으려 놓는 것은 아닐 터였다.

혹 지희의 척추뼈 속에 박힌 네 개의 금속 기둥이 컴퓨터에서 방출되는 전자파에 예민하게 반응했을 수는 있다. 양쪽 옆구리와 갈비뼈가 아픈 것 같기도 하고 명치끝이 답답하고 등허리 쪽이 결리는 원인을 그렇게만 설명할 수 있는 일인가는 의심의 여지가 있기는 하다. 또 있다. 머리에 열이 펄펄 치올라서 동지섣달에도 땀이 후끈 쏟아진다든지 지희가 현재 느끼고 있는 제 증상들을 설명하기에는 턱없이 부족한 감이 들었다.

가장 견디기 힘든 것으로는 메스꺼움이었다. 시도 때도 없이 메스꺼운 건 또 무슨 까닭이란 말인가. 지희가 겪고 있는 메스꺼움의 정체는 해석하기 곤란한 점이 있다. 임신부의 그것은 음식 냄새를 혐오하거나 냄새에 왈칵 구토가 치미는 것인데 반하여 지희가 수개월을 두고 굳센 의지로 견뎌내고 있는 메스꺼움의 양태는 몸의 기운을 저 바닥 아래로 다

운시키는데서 그치지 않는다. 한 보시기의 호박죽마저 숫제 거들떠보지도 못하게 식욕을 깡그리 소멸시키는 점이었다. 그 몹쓸 놈의 메스꺼움이 정점에 이르면 지희가 늘 하던 대로 책을 읽을 수도 사람들의 말소리를 알아들을 수도 없게 되어 메스꺼움은 지희의 일상에 불안감을 증폭시켰다.

'악랄한 메스꺼움 네가 이기나 내가 이기나 어디 한 번 해 보자'

지희는 이른바 메스꺼움과의 전쟁을 선포했고 이를 악물고 나박김치 국물을 숟가락으로 떠 마시며 호박죽 한 보시기를 목안으로 밀어 넣었다. 그렇게 몇 달을 버텨온 것이다. 그 호박죽 한 보시기마저 위내시경 검사를 위해 거른 지희는 그간의 생활방식에 혁신을 꾀해야 하는 때임을 자각하기에 이르렀으며 호박죽을 더 먹어서도 안 먹어서도 안 되는 까닭을 규명하기 위해 힘겹게 집을 나선 것이다. 더 미루고 말고 할 때가 아니라는 것쯤 지희는 알고 있었다.

지희는 지하철 표를 내고 씩씩하게 출찰구를 빠져 나왔다. 씩씩하게라는 말은 사실과 어긋나는 표현일 수 있다. 타인에게 자신의 쇠진한 모습을 들키지 않으려는 음모성이 내재된, 현실과는 동 떨어지는 어휘이기 때문이다.

호박죽 한 보시기 정도의 빈약한 식사 내용물로 근근이 버텨온 그간의 건강상태로 보아 지희의 발걸음은 절대 씩씩

할 수가 없는 것이다. 그것은 몸 조건을 배려하지 않고 단지 지희의 마음이 씩씩하게 라는 쪽으로 움직여 주기를 바라는 희망사항일 뿐 실제에 있어서 지희의 발걸음은 폭 엎어지기 일보전이어서 얼음판이 되었든 나무등걸 밑이든 아무데라 도 풀썩 주저앉고 싶은 심정이 간절하였다.

출찰구를 빠져나오기는 하였으나 밖으로 나가기에는 계 단이 까맣게 높아 보였고 이곳에서는 엘리베이터도 쉽게 발 견되지 않았다. 발견을 못하는 엘리베이터가 아니라 숫제 이 역에는 밖으로 나가는 통로는 모조리 계단뿐이어서 지희 에게는 아득한 저곳이었다.

지희는 마른 침을 꿀컥 삼켰다. 지희는 손잡이에 의지하 여 한 계단 한 계단 조심스럽게 계단을 올라갔다. 집에서 나 올 때 아예 콜택시를 부르지 않은 것을 후회하고 싶었다. 지 희는 병원을 가야 한다는 강박관념 같은 것에 등을 떠밀려 집을 나서긴 했으나 편리한 교통수단으로 택시를 이용할 생 각은 미처 하지 못한 것이다.

돌 지난 아기가 걸음마를 연습하듯 힘겹게 마지막 계단을 올라 밖으로 나왔다. 땀에 젖은 지희 곁으로 겨울바람이 시 원하게 지나갔다. 지희는 가죽장갑을 벗어 점퍼주머니에 쑤 셔 넣었다. 빈 택시가 지희에게 다가왔다. 높은 계단을 올라 온 지희는 많이 지쳐있었다. 택시가 어느 골목으로 어떻게

달리든 지희는 눈을 떠 살펴보고 싶지도 않았고 그럴 필요성
도 느끼지 않았다. 잠시나마 쉬고 싶다는 그 한 생각이 지희
의 어질어질한 뇌리를 여지없이 채우고 있었다. 예의 메스
꺼움이 심해지면서 택시가 방향을 틀며 급히 내달릴 때는 속
엣 것이 되넘어 올 듯 위태로웠다.

"손님! D대학병원에 다 왔습니다."
지희는 택시에서 내려 D대학병원의 자동문으로 지치럭,
지치럭 걸어 들어갔다. 지희의 머릿속은 커다란 공동처럼
휑하니 비어 있고 몹시 어지러웠다. 안내 데스크는 어둑한
데 자리 잡고 있었다. 지희는 2층으로 가기 위해 에스컬레이
터에 올랐다. 1층과는 달리 이곳은 부지런한 환자들이 가족
들과 함께 대기 중이었다. 환자 숫자보다 가족들의 숫자가
단연 많아 보였다.
"문지희 씨. 오늘 위내시경 검사가 있네요. 금식하고 오셨
죠?"
간호사가 지희가 내민 용지를 보며 말했다.
"네!"
"호명할 때까지 2번 방 앞에서 기다리세요."
지희는 간호사를 향해 머리를 끄덕 숙이고는 빈자리를 찾
아 앉았다. 혼자 온 사람은 지희 뿐인 듯 환자들은 둘 셋 정

도 가족을 동반하고 있는 사람들이 대부분이었다.

"○○ 씨! 보호자 분 안 계세요?"

보호자를 찾는 간호사 음성이 가파르게 들렸다. 그리고 이내 우르르 검사실로 달려가는 가족들의 발걸음 소리가 이어지고 얼마 안 있어 들것에 실려 나오는 환자를 발견했다. 지희가 2층으로 올라왔을 때 지희 곁에 앉아있던 할머니였다. 실신 상태인 할머니 이마에 하얀 머리칼이 뒤엉켜 있었다. 들것에 실려 할머니가 긴 복도를 지나가고 그 뒤를 가족들이 따라갔다.

"문지희님! 2번 방으로 들어가세요!"

지희의 이름이 불리어지자 지희는 왈칵 싫은 생각이 들었다.

'마침내 올 것이 왔구나'

하는 자포자기 심정에 이어서

'검사를 받어 말어? 지금이라도 도망가 버릴까?'

지희의 내면에서 이와 같은 생각들이 순식간에 교차했다.

들것에 실려 검사실 밖으로 나온 할머니와 그 가족들이 저만치 멀어져 간다. 들것에 실려 나온 사람은 그 할머니 말고도 두 세 사람 정도 더 있었다. 검사실에 자기발로 걸어 들어간 환자들이 위내시경 검사를 마치고는 너나없이 들것 신세를 지고 있었다. 들것에 실리는 순간 간호사는 들것에 실린 환자의 이름을 크게 불렀고 그 가족들을 찾는 것을 지희는 똑똑히 보았다.

지희는 겁이 나고 불안했다. 위장내시경 검사는 전에도 받은 바 있어 그게 치과와 산부인과 다음으로 얼마나 견뎌내기 힘든 고역인가에 대해서 잘 알고 있었다.

지희는 2번방으로 들어갔다. 2번방에는 지희보다 먼저 온 환자가 두 명이나 간이의자에 대기 중이었다.

"문지희 씨죠? 이거 드시고 이쪽으로 오세요."

간호사가 작은 컵에 든 점액질 같은 무슨 약제를 지희에게 내주었다. 지희는 희부연 액체가 담긴 조그만 유리컵을 받아 홀짝 목안으로 넘겼다. 새큼하면서 떫떨하고 질리는 맛이었다. 두 번째로 그만한 크기의 잔에 든 물질을 또 받아 삼켰다. 이것 또한 혀에 닿는 감촉이 혐오를 넘어 불쾌의 극치였다.

"인후마취제입니다. 이걸 마시면 목에 고통이 덜하거든요."

간호사가 말했다. 그 요상한 맛을 가진 액체가 목안을 통과하기가 무섭게 목안이 얼얼해지면서 굳어갔다. 지희의 안색은 털이 숭숭 돋아난 송충이를 씹은 형상으로 변화되었다.

"엎드리세요!"

지희가 송충이 씹은 얼굴을 미처 수습할 사이도 없이 간호사는 반쯤 얼이 나간 채 엉거주춤 서 있는 지희를 간이침대가 있는 구석으로 떠밀었다. 그리고는 아무런 말도 없이 엉덩이에 주사를 놓았다. 어떤 용도로 주사를 놓는지 설명은 할 필요가 없다는 듯이, 아니면 설명한들 환자가 뭘 알겠으며 또 알면 어쩔 건데 하는 듯이. 아마도 그런 의도들이 충분히 숨어 있을 법했다. 위내시경 검사에 국한한 것이 아니라 병원에 오면 그와 같은 일들은 환자들 누구나가 이의 없이 감수해야 하는 관행이나 불문율 같은 것이다.

'아니야. 나 이거 안 해, 못해! 진짜 안 되겠어!'

지희는 인후마취제를 삼킨 탓에 말조차 나오지 않았다. 머리를 좌우로 돌리면서 강렬하게 내면의 자기 자신을 향하여 노오! 안 돼! 하고 외쳤다. 지희는 의자에 놓아둔 점퍼와 가방을 움켜쥐었다.

검사실에서는 짐승의 울부짖는 소리 같은 것이 처절하게 터져 나왔다. 그 소리는 적어도 병색이 짙어진 남자, 그리고 연세가 제법 높아 보이는 사람이 내는 고통의 소리였다. 고통을 호소하는 소리에도 건강의 기준은 있을 것이다. 건강한 사람이라면 기괴한 소리를 내지 않고서도 까짓 위내시경 검사 따위는 수월하게 끝낼 수 있을 게 아니냐. 그런데 저토록 괴로워하는데도 왜 수면 내시경 검사를 하지 않는 것일까. 지희는 그 부분에서 전혀 자신이 서지 않았다.

"몇 분 동안이죠?"

지희가 핸드폰을 열어 시간을 확인하면서 간호사에게 검사실 내부에서 들려오는 저 단말마의 비명이 몇 분이면 끝나는가 라고 질문했다. 그 순간까지만 해도 지희는 처절한 울부짖음을 감수하고라도 의사선생님의 검사 명령을 따르지 않으면 안 된다는 순진한 논리를 유지하고 있었다.

"5분에서 10분? 그 정도죠."

손에 환자들 이름이 가득 적힌 용지를 들고 있던 간호사가 지희 얼굴을 힐긋 쳐다보며 대답했다. 그때 지희 앞에 대기하던 두 환자 중에서 한 명이 검사실 커튼을 열고 검사실 안의 침대 쪽으로 다가갔다. 그리고 곧 숨 막히게 울려오는 신음소리. 예의 짐승 울부짖는 소리가 또 났다.

5분에서 10분이 한 시간보다, 아니 하루 한낮보다 길고 끔찍했다. 기다란 플라스틱 관이 위장 구석구석을 휘젓기라도 하는 듯, 깊은 겨울 눈 쌓인 산골짝에서 울려오는 산짐승의 울부짖음 같은 비명소리는 검사실은 물론 복도에 앉아 기다리는 다른 환자들에게도 막대한 공포심을 심어주고 있었다. 그에 비하면 겨울 눈밭에서 사나운 산짐승들이 컹! 컹! 하고 짖어대는 소리는 약과였다. 깊은 겨울에 먹이를 구하는 산짐승의 절규에는 최소한 소름 돋는 공포심 같은 건 없을 터였다.

"어으아 으아 으으어……."

육척장신의 사내가 굵은 몽둥이를 높이 쳐들고 죄인의 맨 몸뚱이를 마구 두들겨 팬다고 해도 저런 살벌하고 참람한 소리가 터져 나올까. 생명 자체가 깡그리 무너져 내리는 듯한 그 소리에 지희는 진저리를 쳤다. 앞의 환자가 냈던 비명소리보다 이번에는 그 강도가 더 센 것으로 여겨져 지희는 자신도 모르게 입술을 깨물었다.

"으어어! 으으 으으."

검사실에서 지금 막 위내시경검사를 받고 있는 환자는 '아'라는 발음조차도 버거워진 게 틀림없다. 횡경막 저 아래에서 치밀어 오르는 실낱같은 기력 한 끄트머리라도 남았을 때 입을 크게 벌릴 수 있고 '아' 소리를 내볼 수가 있는 것이지 이제는 '아'도 '어'도 아닌 해괴망측한 울림으로 낙착된 감이 없지 않다. 혹 입원해 있는 중환자인가.

그때였다. 검사를 기다리기 위해 대기실에 있던 지희가 벌떡 몸을 일으켰다.

'아니야. 나, 환자 못해, 안 해!'

그렇게 부르짖는 것과 동시에 지희는 잽싸게 검사실 밖으로 몸을 날렸다. 병원 오기 전부터 어지러워 메스꺼워 하던 타령 대신 지희의 몸 어느 부위에서인지 출처를 알 수 없는 속도감과 활력이 솟아났다. 지희는 엘리베이터도 사양하고 한달음에 계단을 허겁지겁 내려갔다.

"문지희 씨! 검사실로 들어오세요. 문지희 씨!"

간호사가 큰 소리로 지희를 부르고 있었다. 지희는 뒤돌아보지 않았다. 몇 번이나 미끄러질 뻔 곤욕을 치르며 계단을 내려온 지희는 쏜살같이 원무과 접수실과 수납 창구를 돌아서 D대학병원 정문을 통과했다.

팔과 다리가 제멋대로 휘청거렸지만 바닥에 픽! 하고 쓰러지지 않은 건 전적으로 하나님의 보우하심, 그리고 부처님의 가피와 조상님의 음덕이었다고 평할 만하였다. 수개월에 걸쳐 보약처럼 먹어온 호박죽의 기적인지도.

지희는 몸을 돌려 팔에 걸치고 있던 점퍼를 꿰어 입은 후, 배낭을 가슴에서 등허리로 옮겨 맸다. 쓰러질 듯 아슬아슬한 고비를 겨우 넘기고 지희는 버스정류장의 의자에 털썩 주저앉았다. 차가운 냉기가 사방에서 달려와 지희의 몸을 감쌌다. 안개 낀 겨울 하늘이 저 멀리 보였다.

'죽으면 죽었지 절대로 환자는 싫어, 환자 안 할 거야!'

지희의 말을 귀담아 듣는 사람은 주변에 아무도 없다. 지희는 악을 쓰듯 복창했다. 악을 쓴 것 같았으나 그건 말뿐이었다. 악을 쓰기는커녕 지희의 체력은 진즉에 동이 난 것이나 다름없었다. 호박죽의 기적은 그리 오래 가지 않았다.

지희는 목이 탔다. 목이 타들어가면서 인후 마취는 서서히 풀리는 조짐이었지만 뻑뻑한 느낌은 여전했다. 그 뻑뻑해진 목에서 터져 나오는 소리로 악을 쓰듯 외치고 있는 지희는 누가보아도 평범하게 보이지 않았다. 환자노릇에 대한 심한 자괴감, 그리고 오래 전부터 뇌리에 각인된 '환자는 죄인'이라는 인식이 지희로 하여금 큰소리치게 한 간접 배경인지도 모른다.

지희는 배낭을 열어 물병을 꺼냈다. 가까운 곳을 나서더라도 작은 물병 하나는 꼭 챙기는 습관은 이런 경우 아주 요긴했다. 지희는 한 병의 물을 쿨럭쿨럭 단번에 마셨다. 찬 물줄기가 기도를 지나 위장으로 내려 갈수록 몸 안에 서서히 생기가 살아나는 듯했다. 그러나 인후마취제가 머물렀던 부위를 $500ml$ 의 물로 씻어주기에는 태부족이었다. 특이한 냄새가 입 안 가득 그대로 남아 있었다.

'어떤 경우에도 환자노릇은 땡이다!'

7278 버스가 다가오자 무작정 올라탔다. 자리에 앉자마자 지희는 굳게 다짐하였다. 그리고 결심을 공고하게 해두기 위해 두 주먹을 꼭 쥐었다 폈다. 그렇게 몇 번 되풀이했다. 슬슬 졸음 끼가 몰려왔다. 경기도 서북에서 출발하여 신촌으로 가는 7278 버스는 국방대학원 가는 길을 옆에 하고 힘차게 달려갔다. 길 양편에 잎 떨군 앙상한 가로수들이 버스 창밖으로 휙휙 지나가고 있었다.

지희는 포근한 수면에 깊숙이 빠져들었다. 무엇에도 비길 수 없는 행복한 휴식이었다. 병원에서 도망쳐 나온 일 같은 건 어디에도 끼어들 수 없었다. 여기서 도망이란 단어는 어딘지 신경을 거스르게 한다. 지희는 병원에서의 검사 거부가 갖는 의미에 대해서 생각을 길게 이어갈 뜻이 없다. 금쪽같은 시간 소비하고 병원에나 다니며 죄인 노릇은 더 이상 하지 않겠다는 엄정한 선택과 강한 의지의 소산이기 때문이다. 발병의 원인이 지희에게 있다고 한다면 회복이나 치유의 방법도 지희 자신에게서 도출해 볼 수 있다고 믿고 싶었다.

지희의 경험으로 미루어 보건대 환자는 온전한 인격체가 아닌 부득불 누군가의 보호를 받아야하는 약자 입장이었다. 지희가 도움을 베푸는 주체가 아니라 도움을 받아야하는 약자로서의 환자 입장을 단연코 탈퇴한다는 데에 대해서 누구도 반론을 제기할 수 없는 일이다. 애초 환자로 등록할 때 누구의 조언이나 부축을 받지 않은 것처럼, 환자노릇을 마감하는 데 있어서도 지희는 자신의 의사를 십이분 존중했다고 볼 수 있다.

지희는 매우 안온해 보였다. 비록 불편한 버스 좌석이지만 잠자고 있는 지희의 얼굴엔 승리의 미소마저 감돌았다.

차가 밀리고 시간이 제법 지체되고 있다. 연세대학교의 새로 지은 건물을 뒤로하고 차량행렬이 신촌 오거리까지 길게 이어졌다. 버스가 자주 급정거했다. 그럴 때마다 지희가 앉아있는 앞자리는 심하게 요동치는 듯했다. 지희는 부스스 눈을 떴다. 메스꺼움의 집요한 공세를 깜빡 잊고 경기도에서 서울로 진입한 것은 지희에겐 행운이었다. 비록 4, 50분에 불과했지만.

지희가 잠에서 깨어나자마자 소위 그 끈질긴 메스꺼움은 재연되었다. 메스꺼움뿐이면 차라리 다행이었다. 왈칵 토할 것 같은 기미도 나타났다. 아랫배가 뒤틀리게 꼬집어 뜯는 것이 빈 위장에 냉수를 들이켠 게 화근이었다. 심장도 급하게 뛰었다. 명치끝이 뻐근하고 숨찬 증세가 지희를 점점 곤욕스럽게 만들었다. 지희가 내려야 하는 7278버스의 종착역은 아직도 세 정거장이나 남아 있다.

남들이라고 다 견뎌내는 것을 공연히 유난떨다가 혹 더 큰 곤경에 처하는 것이 아닌가. 어떡하지? 하는 절박한 후회의 감정이 살며시 지희의 내부에서 머리를 쳐들었다. 검사를 받고 결과에 따라서 약도 먹고 치료를 받아야지 어쩌자고 어린애도 아닌데 병원을 뛰쳐나와? 지희는 울지도 웃지도 못하고 자리에서 일어선 채 발을 굴렀다. 허리를 구부정하게 구부린 지희의 모습이 보기에 안쓰러웠다. 지희는 신음소리를 흘리며 안절부절 한다.

버스가 정차했다. 지희는 구르듯 버스에서 내렸다. 막상 버스에서 내렸으나 갈 곳이 마땅치 않음을 깨달았다. 지희는 무작정 H백화점 후문을 향해 걸었다. 어디든지 가서 일단 앉고 보자는 속셈이었다. 등에 걸머진 배낭이 거추장스러웠다. 지희는 배낭을 등에서 내려 가슴에 싸안았다. 후문을 밀치고 들어서니 마침 빈 의자가 있었다. 쇼핑을 하기 위해 H백화점에 오면 언제나 그 자리에서 친구를 기다리던 곳이다. 정문 쪽에 비해서 사람들이 덜 붐비는 장점이 있었다.

지희는 위급할 때 흔히 하던 버릇대로 가슴을 펴고 복식호흡을 했다. 깊게 천천히 하는 호흡은 아무리 심한 고통도 잠시 멈추는 효험이 있다. 사람들이 쉴 새 없이 출입문을 열고 닫았다. 지희는 아랑곳 하지 않았다. 지희의 심호흡이 얼마간 안정을 잡아갈 무렵 어디선가 큰 외침이 들려왔다. 지희는 가까스로 정신을 차리고 그 외침의 향방을 탐색했다.

"야아! 너 문지희? 여기서 뭐해?"

큰 소리의 주인공은 오순자吳順慈였다. 양손에 쇼핑백을 들고 막 후문으로 나가려는 순간 눈을 감고 있는 지희를 발견한 것이다. 오순자는 놀라움을 금치 못했다. 오순자 옆에 일행인 듯한 다른 여인이 두 사람을 번갈아보며 고개를 갸우

뚱했다. 그녀 역시 무거워 보이는 쇼핑백을 들고 있었다.

"어머!"

지희는 화들짝 정신이 들었다. 두 사람은 곧잘 H백화점 후문에서 만나 쇼핑을 하거나 식사를 했으니 오늘의 만남도 결코 우연은 아닌 셈이다.

"우리는 지리산 산막에 가는 길이야. 먹을 거랑 좀 사느라고 백화점에 들렀어. 마침 잘됐다. 지희야 너도 같이 가자!"

순간 메스꺼움을 비롯한 기이한 증상들은 어디론가 증발했다. 겨울 바닷가에 선 것처럼 상쾌한 바람이 지희의 전신을 훑고 지나갔다. 예상하지 못한 일이다. 지희는 운동화 끈을 고쳐 맸고 그들을 따라 밖으로 나왔다. H백화점 정문 앞에 승용차가 기다리고 있다가 그들이 다가가자 문이 열렸다. 지희는 운전석에 앉은 오순자의 남편에게 가볍게 목례하고 차에 올랐다.

"여름에 가고 안 갔잖아 오래 비워 놓으니 세를 달라는 사람도 있고, 좋은 사람 만나면 인계해줄 수도 있을 것 같아."

오순자는 생수 병을 지희에게 건네주었다.

"너 괜찮은 거지? 피곤해 보이는데 시원하게 생수 좀 마셔 둬."

지희가 생수 한 병을 다 마시고 나자 오순자는 초콜릿을 주었다. 지희는 초콜릿을 받아 입안에 넣었다. 달고 고소한

성분이 지희의 입안에서 사르르 녹았다.

"어쩜 산막에 가는 마지막 기회가 될지도 몰라."

사는 곳에서 멀리 떨어져 있어 관리에 어려움이 있고, 무엇보다도 오순자의 자녀들이 미국에 살고 있어 여름 휴가철에 오는 일도 뜸해 지리산 산막을 다른 사람에게 넘기고 싶다는 얘기를 지희도 전에 들은 일이 있었다.

"지희 너 참 잘 만났어. 너 거기 가서 소설도 마무리하고 며칠 쉬고 싶어 했잖니. 글쎄 관리인 아저씨가 고구마를 세 가마니나 캤다는 거야. 거긴 워낙 깊은 산 속이라 오고가는 사람도 없고 고구마를 먹어줄 사람이 있어야지. 고구마뿐이겠니. 밤이며 곶감 그리고 산나물 말린 것도 지천이란다. 겨울에도 봄동이랑 파, 시금치가 밭에 그냥 새파랗게 살아있대."

지리산 자락의 겨울나기는 그래서 별 어려움이 없다는 걸 암시하는 말인 듯했다.

"언니 그럼 우리가 고구마만 먹다가 오는 거유?"

오순자의 후배가 말했다.

"그러니까 아까 백화점에서 이것저것 장만한 거지. 우리가 화전민이냐 고구마만 먹게."

지희는 조용히 잠이 들었다. 생수 한 병과 초콜릿이 그녀를 나른한 잠 속으로 유인한 것일까. 두 사람의 대화가 자장

가가 되어 준 것일까. 지희는 기실 집을 나설 때부터 지쳐있 기는 했다. 그만큼이라도 움직인 데에는 호박죽이 아니라 지희의 성격이 작용했다. 쉽게 말하자면 성질머리였다. 유 치원 과정에서 여고시절까지 함께 지내온 오순자에게도 흉 한 꼴을 보이기 싫어하는 지희의 높은 자존심 같은 것.

그들을 실은 차는 남산 지하터널을 빠져나오자 속력을 내 어 달려갔다. 지희는 메스꺼움과 어지러운 증상에서 자유를 찾은 듯 옅은 코를 곯았다. 남쪽으로 갈수록 하늘엔 구름이 더 많고 안개라도 낀 듯 창밖은 부옇게 흐려있었다.

"얘 좀 봐! 잠을 못잔 모양이네. 근데 내가 지리산 가는 건 어떻게 알았지?"

오순자는 지희에게 자신이 목에 들렀던 스카프를 풀어 덮 어주었다.

"이 친구가 발동이 걸린 날은 끼니도 놓치고 컴퓨터 앞 에서 밤을 홀딱 지새운다니까. 글쟁이들 심리를 내가 잘 알 아."

오순자는 지희의 일상을 꿰뚫은 것처럼 말했다. 깊은 잠 에 떨어진 지희의 귀에는 시종 아무런 소리도 들리지 않았 다.

"납치해 가도 모르겠네."

오순자의 후배가 잠든 지희를 그윽이 돌아보는 눈치더니 그녀 역시 살포시 눈을 감았다. 운전석에서 오순자의 남편이 백미러를 통해 '안전운전은 나에게 맡기고 당신도 눈 좀 붙여' 하는 듯이 오순자에게 사인을 보냈다.

"이거 침대칸이 따로 없군. 그런데 당신 말야. 저 친구 만나기로 약속했던 거야?"

오순자의 남편은 그 점이 몹시 궁금한 것이다. 시장 보아온다고 백화점에 가더니 난데없이 지희를 데리고 나타난 오순자에게 벌써부터 묻고 싶은 말이었다.

"그건 아니야 여보, 내가 살 것 다 사고 막 후문으로 나오다가 거기서 만난 거야. 눈을 감고 누굴 기다리고 있더라고 그게 나지 누구겠어."

오순자는 신이 나서 혼자서 부르고 썼다.

"참 희한하지. 쟤하고는 어릴 때부터 그랬어. 내가 가면 쟤가 오고 어디서건 잘 마주쳤다고요. 호호호"

"자아! 사모님들 그만 일어나시죠. 드디어 목적지에 도착했습니다."

오순자가 손뼉을 짝,짝 쳤다. 긴 잠에 들었던 두 여인이 눈을 떠 주변을 돌아보았다. 싸늘한 겨울바람이 모과나무를 스치고 지나갔다. 땅바닥에 떨어진 모과를 보고서 지희는 그 나무의 이름을 알아냈다.

다리 하나만 건너면 지리산 ○○골로 가는 길 위에서 승용차는 멈춰섰다. 거기서부터는 각자 짐을 들고 200미터 정도를 걸어서 올라가야 한다. 겨울 가뭄에 골짜기 물은 줄어 있고 그나마 살얼음이 잡혀 슬쩍 건드리기만 해도 그 얼음조각은 바스러질 것 같았다. 지희는 물살에 살얼음이 조금씩 깎여 나가는 것을 바라보았다.

"무슨 잠을 그렇게 자노? 지희야 이제 정신이 좀 드나?"

맑고 훤해진 지희의 안색을 보고 오순자가 말했다. 지희의 메스꺼움이 겨울 지리산에 다다라 완전히 자취를 감춘 것 같았다.

오순자가 H백화점에서 들고 온 쇼핑백을 양 손에 들고 앞장서고 그 뒤를 오순자의 후배가 그리고 지희, 가장 부피가 큰 짐을 걸머진 오순자의 남편은 맨 뒤에서 걸었다.

지난 번 내린 눈이 녹지 않아 바위길이 미끄러웠다. 낙엽이 쌓인 인도도 미끄럽기는 마찬가지였다. 사람들의 기척을 알아차린 듯 산새가 푸드득 날아갔다. 상수리나무는 누렇게 말라버린 이파리들을 겨우내 매달고 있었다. 누런 떡잎 같은 것이긴 해도 햇볕에 반사되어 나목들 틈새에서 나름대로 겨울 산의 매력을 받쳐주고 있었다.

절간으로 말하자면 일주문 같은 것, 즉 두 개의 커다란 바위가 양쪽으로 버티어 서 있고 그 바위에는 수월선원水月禪

院이라는 글자가 새겨져 있었다. 바야흐로 지리산 중턱에 자리한 수월선원에 당도한 것이다. 좀 더 걸어 들어가니 소나무 숲에 제법 커 보이는 종을 매달아 놓았다. 이따금 맑은 종소리로 숲을 깨우고 근처를 지나는 등산객을 불러들이기도 하는 듯 미더운 느낌이 들었다. 그곳은 지리산의 오묘한 산기운으로 가득 찬 오순자 내외의 산막 즉 고요동산, 명상나라였다.

"어서들 오시지요.!"

관리인 내외가 앞서거니 뒤서거니 출현하여 오순자와 오순자 남편의 짐을 받아들고 안채 건물로 빠르게 발걸음을 옮겼다. 그들이 가는 곳 그 너머로 성긴 대나무 숲이 울울하고, 미끈하게 잘 자란 소나무와 낙엽송이 하늘을 찌를 듯 수월선원의 아담한 건물을 뺑 둘러 외호하고 있었다. 계곡에 물 흘러가는 소리도 돌돌돌 들렸다. 맑은 바람이 불어오자 향긋한 수향이 날아와 코끝을 자극했다.

오순자의 남편이 20대 한창 나이에 지인의 소개로 이곳에 머물며 오직 공부에 매진하여 사시에 합격, 그 인연이 소중해 아예 이 땅을 사들였다고 했다. 여름철이면 아이들을 데리고 온 가족이 피서를 즐기던 곳이지만 오순자 내외는 자식들의 초청으로 미국 이민을 신청해 놓은 상태라고 하였다.

그들 일행은 선방에 들어가 편안하게 명상에 들어갔다.

굳이 단전호흡이니 명상이니 할 것 없이 조용히 앉아서 휴식을 취하는 동작이었다. 지희는 가부좌로 자신의 몸 상태를 관찰하면서 선정에 들었다.

그들이 선원 밖으로 나오니 너른 주방에 식사가 마련돼 있었다. 관리인 내외의 정성과 수고가 잘 차린 밥상에 드러났다. 표고버섯을 넣고 끓인 우거지 된장국이며 가지볶음, 산더덕 구이 깻잎장아찌 오이지무침 등은 이 산에서 손수 경작해 얻은 것인 듯 정갈하면서 순한 맛 일색이었다.

"이곳에 남을 사람은 남아도 좋아요!"

오순자가 먼저 후배를 돌아보며 농담처럼 말했다. 오순자의 선량한 남편이 그 말에 빙그레 웃음을 보였다. 20대 시절 주말이면 오순자가 반찬거리를 싸들고 이 산막을 찾아오곤 했던 일들이 떠오른 것일까. 그의 얼굴은 풍성한 추억거리로 행복에 겨운 듯했다.

"지희야! 너 컴퓨터 앞에서 걸핏하면 밤새고 그러지 말고 여기 수월선원에서 명상센터 반장님 해보렴? 지리산이 고향이다, 어머니다 생각하고 편히 좀 쉬어!"

오순자의 말을 받아

"〈자연으로 돌아가자—테크노스트레스에서〉 S대 교수가 쓴 의학칼럼 읽어보셨나요? 저도 위장병 심장병 여기 와서 다 고쳤어요."

오순자 남편이 말을 이었다.

'자연의 품속에서 건강하게 지음 받은 우리의 몸이 컴퓨터, 휴대폰, 텔레비전 등 감정이 없는 기계와 함께 하는 환경에 둘러있어 인체의 유전자가 적응하기 벅차다는 이야기. 장시간 모니터를 대하므로 눈에 피로를 느끼고, 컴퓨터를 작동하면서 조바심 불안감을 느끼며, 컴퓨터를 작동하기 위해 많은 지식을 필요로 하게 되어 심리적인 부담감까지 가중되는 것이 이른바 테크노스트레스'라는 것이다. 숲이나 산, 강 등 자연을 찾는 것이 더할 나위 없는 치료법이라는 것. '자연의 몸으로 돌아가기 위해 매일 10분씩이라도 깊게 천천히 호흡함으로써 부교감신경을 자극하여 긴장을 늦추고 감정을 다스리는 것이 최상의 방법'이라고 그 칼럼은 친절하게 소개하고 있었다.

그 칼럼뿐 아니라 오순자 남편의 경험담도 지희는 익히 알고 있었다. 고시 공부 그건 목숨 내놓고 매달려도 패스하기는 하늘에 별 따기 아니던가. 그 별 따기 공부로 망가진 몸 기관부위를 오순자 남편은 이곳에 머물러 지내는 동안 감쪽같이 치유 받았다고 했다. 훌륭한 의사는 자연이라는 말을 부연했다. 물소리 새소리 바람소리 들으며 자연의 품속에서 지내는 사이 육신 곳곳을 침투한 병소들은 하나 둘 사라지게 되었다고 호언했다. 새삼스럽게 놀랄 뉴스도 아니었지만 지희로서는 귀가 번쩍 뜨였다.

"우리는 서울 가서 정리할 것도 있고 하산합시다. 두 분은 잘 계시다가 오시오."

이틀 밤이 지나자 오순자 내외는 의레 지희가 산막에 남게 될 것을 예측한 듯 관리인부부가 챙겨주는 지리산의 선물을 받아들고 서둘러 산을 내려갔다. 오순자의 후배가 산을 내려가는 그들 부부에게 아쉬운 듯 손을 흔들었다.

"친구야.!"

지희의 그 소리는 싸아한 산바람을 따라 앞산을 넘어 멀리 달아나는 형국이었다. 소리가 바람에 실려 간 것이 아니라 지희의 입안에서 뱅뱅 돌다가 만 것일 수도 있었다. 지희는 큰 바위에 올라앉아 멀어져가는 오순자 내외를 하염없이 바라보았다.

"여보! 이상하지? 내가 백화점에서 나오는데 거기에 글쎄 문지희가 앉아 있는 거예요. 기도를 하는지 명상을 하는지 삼매지경인 것 같았어요."

"그래서 기도를 하든 명상을 하든 그건 지리산 과목科目에 해당한다고 판단한 거요?"

"지희는 지리산하고 친해져야 빛이 나요. 내가 안다고 요."

그들의 대화는 승용차가 금강휴게소에 정차할 때까지 심

심찮게 이어졌다.

"친구 하나는 똑 떨어지게 잘 두었군. 내 말이 틀렸소?"

"나 말이유 아님 지희 말이유?"

"글쎄 누굴까. 당신이 한 번 알아 맞혀 보시죠. 허허허."

"저런 능청. 호호호."

겨울하늘은 함박눈이라도 퍼부을 듯 점점 흐려지는데 오순자의 웃음소리는 먼 허공으로 높이 날아갔다.

어머니 꽃, 하얀 무궁화

대낮 같이 달이 밝았다. 원능골 산 아래 다 쓰러져가는 초가집에도 달빛은 부엌 안까지 깊숙이 침투했다. 아이들은 마을에서 한참 떨어진 냇물에 내려가 큰 대야 가득 물을 퍼 가지고 왔다. 그 일에 앞장 선 것은 두석이였고 졸병처럼 뒤따르는 것은 두석이보다 세 살 아래인 점백이였다.

초가집 안방에서는 두석이 아버지가 구들장이 꺼지도록 거푸 한숨을 내쉬고 있다. 깊은 혼수에 빠진 두석이 어머니는 이따금 헛소리를 외칠 뿐이다. 외마디 비명 같기도 하고 혹은 누군가를 호되게 질타하는 것 같기도 했다.

'헛! 허어이! 악! 치치 이이…….'

그 소리가 한 번씩 터져 나올 때는 소름이 끼칠 정도로 험악한 기운이 감돌았다.

어머니의 머리맡에는 우그러진 양은 쟁반이 놓여있고 쟁반에는 다 식어 파리 몇 마리가 교대로 날면서 잠시잠깐 앉았을까 말았을까 한 녹두죽 대접과, 반으로 쪼개진 수박 위에 달챙이 놋숟가락 한 개가 얹혀 있었다.

"임자! 어여! 눈을 좀 떠보아요!"

두석이 아버지의 목소리에 간곡함이 묻어나왔다. 죽 한 숟갈이라도, 물 한 모금이라도 그 입에 넣어줄 요량이었지만 어머니는 아무런 반응이 없다.

아이들은 머리를 맞대고 한참을 수군거리더니 뒤꼍으로 몰려갔다. 두석이가 돌담 근처 무궁화나무 옆에 대야를 내려놓았다.

깨진 색경 조각을 들고 뒤따르는 점백이, 그리고 방굴이와 언년이 만식이 등 동네 아이들 서넛이 두석이의 달빛 사업에 적극 가담했다. 그 밤 깨어 있는 것은 달빛과 아이들, 그리고 안방에서 어머니에게 수박 한 조각, 죽 한 숟갈을 권하는 두석이 아버지와 초가집 뒤란의 무궁화나무 두 그루뿐이었다.

무궁화나무 두 그루 중 하나는 보랏빛 꽃을 피웠고 또 한 그루는 하얀 색깔의 겹 무궁화나무였다. 사람들이 모두 피난을 떠났어도 무궁화 꽃은 기죽거나 슬퍼하지 않았다. 두석이 네가 떠나온 C시의 집에도 무궁화나무는 하얀 꽃을 피웠다. 화단 중앙에서 조금 비켜난 울타리 쪽에 심겨져 연달아 꽃을 피우는 모양새였다. 겹으로 피는 무궁화 하얀 꽃은 푸른 초원에 하얀 비단을 점점이 얹어 놓은 듯, 모시옷을 입은 하연순 여사의 수줍고 청초한 모습 그대로였다.

"이것 봐라! 여기서는 잘 보인다!"

두석이 목소리가 달밤을 타고 주변의 나지막한 산으로 퍼져갔다.

점백이가 대야 물에 손가락을 집어넣으려 한다.

"물이 흔들리면 암 것도 안 보인단 말여!"

두석이가 점백이에게 말했다.

"자 봐! 빨강색이 줄어들고 있어."

점백이가 빨강색이 줄어든 것이 자기 공적인 듯 큰소리로 말했다.

초가집 안방 문이 열리는 기척이 났다. 열리는 게 아니라 막강한 힘으로 콱! 밀어붙이는 소리가 밤의 정적을 갈랐다.

"임자! 어딜 가려고? 지금 야밤인 거 몰라? 어허 참!"

탄식하는 소리에 이어 두석이 아버지의 고무신 끄는 소리가 들려왔다.

"헛! 허어이! 악! 치치 이이⋯⋯."

두석이 어머니가 기성을 지르며 방문을 박차고 툇마루를 뛰어넘어 마당으로 내려섰다. 맨발에 단속곳 바람이었다.

"헛! 허어이 악! 치치 이이!"

새하얀 광목천을 입으로 찢는 소리일까? 소름끼치는 비명과 함께 그녀는 도리질을 한다. 허공에 대고 두 팔을 휘젓는다. 달빛이 그런 그녀에게 그림자를 지어 준다. 어머니가 도리질을 하면 그림자가 도리질을 하고 어머니가 팔을 휘두르면 그림자도 팔을 휘둘렀다.

"어여! 들어가요! 그러다 고뿔 걸린다고, 어여!"

아버지가 어머니 팔을 붙잡으려고 나선다.

"헛! 허어이! 악! 치치 이이!"

어머니는 허공에 대고 헛소리를 한 번 더 내지르더니 그 자리에 맥없이 주저앉는다. 아버지가 다가가 어머니를 덥석 안았다. 몸피가 줄어 예닐곱 난 아이처럼 가벼웠다.

초가집 마당은 다시 고요가 찾아왔다.

"자, 봐라! 지금 빨강색이 더 넓게 퍼졌단 말야?"

대야 물에 잠긴 색경에는 태극 문양의 동그라미 형태가 나타났다. 동그라미는 빨강색과 청색 두 가지 색으로 나누어져 있었다. 그런데 그 범위가 서로 다르다. 청색보다 빨강색이 훨씬 넓게 보인다.

아이들의 눈이 휘둥그레진다.

"어? 이거 태극기잖아?"

초등 1학년인 만식이가 놀라 물었다. 학교에 다니다가 어머니가 줄줄이 낳는 동생들 돌보느라 2학년에서 학업을 멈춘 방굴이와, 금년 봄 3학년에 올라간 언년이도 두 눈에 호기심을 담고 대야 물과 두석이를 번갈아 쳐다본다.

"시방 아군이 밀린다는 거여 이건!"

두석이의 해설에 아이들은 또 한 번 놀랐다.

"형! 청색이 우리 국군이야?"

"웅! 그렇다니까."

아이들은 두석이의 해설에 무서움을 느낀다. 점백이, 방굴이와 언년이, 만식이가 하늘 한 번 보고, 대야 한 번 쳐다보고 그리고 두석이를 쳐다보았다.

달은 점점 높이 떠서 온 마을을 밝게 비추었다. 달빛이 대야 물에 폭 잠겨서 요술을 부리고 있었다.

밤이 이슥했다. 산촌의 초가을 밤은 제법 서늘했다. 하얀색 무궁화 꽃잎이 밤이슬에 젖어 그 형체가 점점 오그라들고 있었다.

"얘들아! 그만 집에 가자!"

두석이가 먼저 일어섰다. 아이들이 하나 둘 집으로 돌아갔다.

두석이는 아버지 곁에 누웠다. 들창문으로 달빛이 쏟아져 들어왔다.

"헛! 허어이! 악! 치치 이이…….”

어머니의 비명이 달밤의 적요를 흔들었다.

어머니가 벌떡 몸을 일으켰다. 오랫동안 식음을 전폐한 여인네로는 보이지 않을 만큼 그 기세가 놀랄 만큼 강해보였다.

쪽 머리가 풀어져 가슴께로 흘렀고 입가엔 허연 거품이 엉겨 붙었다. 목소리는 쇠어 가닥가닥 끊어진다. 어머니는 무슨 말이든 하고 싶다. 말이 되어 나오지 않을 뿐이다. 답답하여 자꾸 소리를 만들어 뱉는다.

아버지가 잠을 깼다. 달빛이 들창문을 지나서 아랫마을 뒷산 중턱에 걸려 있었다. 새벽이 머지않은 시간이었다.

"야! 이 악질 반동 에미나이! 바른대로 말하라우야!"

한 마디 소리를 내지를 때마다 산골 이발소에서 면도날을 갈을 때 사용함직한 굵다란 가죽 혁띠가 어머니의 몸을 향해 휘리릭! 날아왔다.

"헛! 허어이, 악! 치치 이이……."

그녀가 몸을 피한다는 게 오히려 역효과를 냈다. 등, 이마, 머리 정수리, 배, 팔뚝 언저리에 가죽 혁띠가 더 세게 날아왔다.

입술이 짓이겨지고 머리 부분과 이마는 여러 갈래로 찢어졌다. 흐트러진 머리칼 사이로 붉은 피가 낭자하게 흘렀다.

"헛! 허어이! 악! 치치 이이…….

하연순 여사는 피를 내뿜으며 알 수 없는 소리를 반복했다. 피의 소리에 이어 쇠심줄을 끊듯이, 혹은 돌덩이를 부수듯 이를 뿌드득! 오지게 갈았다.

'헛! 허어이! 헛, 허, 어, 대체 이게 무슨 짓이야? 치워라! 이놈들아!'

그 소리가 입안에서 맴돌다가 얼도 뜻도 없는 망측한 발음이 핏줄기를 튀기며 하연순 여사의 입에서 새어나왔다.

"바른대로 불으라우! 살고 싶으면 우정식 반동새끼 숨은 곳을 빨리 말하라우! 이 독종 반동 에미나이!"

철썩! 철썩!

가죽 혁띠가 공중에서 휘리릭! 하고 내려오면서 하연순 여사의 아랫도리를 서너 차례 강타했다. 어떤 손이 하연순 여사의 저고리 고름을 우악스럽게 잡아 뜯었다. 그 서슬에 치마 단이 툭 터지고 속곳이 줄줄 흘러내렸다.

"이 반동 에미나이! 마구 두들겨 패라우!"

누군가가 옆에서 명령을 내리고 있었다.

휘리릭!! 소리가 날카롭게 울렸다. 연속 내려치는 가죽 혁띠의 공격에 하연순 여사의 몸이 허무러진다. 그녀는 더 이상 어떤 항거도 못한다. 그녀는 눈을 허옇게 뒤집어 뜨고 기절해버렸다.

괴뢰군들은 이웃사람 중에서 유독 하연순 여사를 들들 볶았다. 반동에 악질이란 단서를 하나 더 붙였다. C시의 유지급인 남편 우정식 씨는 대한청년회 창립멤버였고 하연순 여사는 대한부인회 간부였다.

"바른대로 불면 집에 보내준다! 자, 말해! 니 남편 어디 숨겨놨나?"

이북에서 넘어온 빨갱이보다 C시에 사는 신생빨갱이가 더 기승을 부렸다. 신생빨갱이는 하연순 여사에게 안면이 있는 사내였다. 그는 하필 하연순 여사의 면상을 수차례 후려쳤다. 이마에서 코언저리로 굵은 선이 그어지면서 새빨간 피가 주르르 흘러내렸다.

"헛! 허어이, 악! 치치 이이……."

얼굴을 감싸느라 몸을 넙죽 숙이고 두 팔을 올리자 또다시 악마의 가죽 혁띠가 하연순 여사의 등허리를 강타했다.

하연순 여사는 '헛! 허어이' 외에 더 말을 잇지 못한다. 서른다섯 하연순 여사의 몸이 통나무 쓰러지듯 나동그라졌다.

"헛! 허어이 악! 치치 이이……."

그녀가 죽을힘을 다해 울부짖던 외마디 비명도 달빛 속에 스러졌다.

그녀의 몸 깊은 곳에서 유난히 붉고 진득한 피가 콸콸 쏟

아져 나왔다. 사람형체를 띤 생피 덩어리였다. 바로 그 순간
그녀의 몸 안에 깃든 생명체가 유명을 달리했다.

하연순 여사가 사망한 한 줄 안 것일까. 죽을 것이라 예상
한 것일까. 괴뢰들이 황급히 움직였다. 거적때기를 가져와
그녀를 둘둘 말았다. 그들은 신작로 복판에 그녀를 내던지
고 도망갔다. 달빛이 그 모든 정황을 지켜보고 있었다.

이웃사람들이 네댓 모여왔다. 묘안이 없었다. 보다 못해
옆집에 사는 점백이 아버지가 지게에 그녀를 짊어지고 달밤
을 달려 원능골로 숨어들었다. 이웃들도 인민군들의 눈을
피해 간단한 가재도구를 싸들고 원능골로 옮겨 왔다. 점백
이네 친척이 원능골 토박이라고 했고, 어려서 출가하여 작은
암자를 꾸린 하연순 여사의 사촌언니가 그 근처에 살고 있다
고 했다.

○○천을 건너 산등성이를 타고 시오리쯤 올라가다가 소
나무 숲에 이르면 두 갈래 길이 나타난다. 한쪽은 소나무 숲
저 아래로 푸른 들판이 이어지고, 반대쪽은 금광으로 이름난
B면으로 가는 자갈과 모래밭 길이었다.

원능골은 푸른 들판 그 너머로 큰 산 작은 산이 겹겹으로
둘러싼 작은 마을이었다. 산 밑에 초가집 몇 채가 있었다. 전
쟁이 터지자 서둘러 피난을 떠난 마을에는 개 한 마리 남아
있지 않았다.

원능골은 마을로 올라오는 외길만 있어 무슨 일이 일어나든 곧 그 기척을 알아낼 수 있는 장점이 있었다. 사람들은 두석이 네를 제외하고는 낮에는 주로 산속에 파 놓은 방공호에서 지내다가 밤이 되어서야 마을로 돌아왔다. 더러는 양식을 채집하러 들에 나가기도 했으나 모든 활동에 제약이 따랐다. 대개는 위험을 감수하고 깊은 산으로 헤매고 다녀야 산나물이라도 캐올 수가 있었다.

"……국민 여러분! 안심하십시오. 무슨 일이 있어도 수도 서울은 사흘 안에 사수할 것이니 국민 여러분은 정부와 군을 믿고 맡은 바 임무에 충실해 주시기 바랍니다……."

두석이 네는 말할 것도 없고 점백이 방굴이 언년이와 만식이 네는 라디오 방송을 철석같이 믿었다. 그들은 피난 떠나기를 주저했다.

"……전 국민은 군을 신뢰하고 미동함이 없이 각자의 직장을 고수하면서 군 작전에 협력하기 바란다 ……."

라디오 방송도 며칠 못가 먹통이 되어버렸다. 그리고 얼마 후 하연순 여사의 참혹한 비극은 막이 올랐다.

C시의 중앙에 위치한 하연순 여사의 집은 C도와 C시를 아우르는 북조선 인민공화국 여성동맹위원회 사무실로 접수되었다. 이불 한 채, 식량 한 톨 끄집어내지 못한 채 하연

순 여사는 아들과 함께 뒤란의 골방으로 내몰렸다.

붉은 완장을 찬 애송이 인민군을 비롯하여 나이 든 장교들 몇이 수시로 드나들었다. 이층 창문에는 '남조선 해방'이라는 대형 글씨가 나붙고, 김일성을 찬양하는 플래카드가 사진과 함께 대문 위에 내걸렸다. 우정식 씨의 일층 사무실은 그들의 아지트가 되었다. 너른 마당에는 화단의 수많은 화초들과 무궁화나무를 짓뭉개고 쌀가마니가 산처럼 쌓여갔다. 그 쌀은 전선의 인민군에게 보낼 미수가루를 만든다고 했다.

하연순 여사는 매일이다시피 집 밖으로 끌려 나갔다. 도 경찰국 소속의 관용차가 대문 앞에서 부릉거리면 두석이가 잽싸게 뛰어나왔다.

"야잇! 악질반동 새끼! 저리 비키지 못해!"

따발총을 빼어들고 애송이 인민군이 어머니를 따라가려고 떼를 쓰는 두석이를 위협했다.

그런 날 저녁이면 어머니 하연순 여사는 옷과 전신에 피칠갑을 하고 파김치가 되어 돌아왔다. 밤새 끙끙 앓는 소리를 냈다. 두석이가 어머니의 형상에 놀라 울음을 터뜨리면 어머니는 두석이 입을 막는 시늉을 해보이며 눈물을 펑펑 쏟았다.

어머니가 끌려갈 때마다 두석은 장독대 옆 화단에서 막

익기 시작한 꽈리를 땄다. 풋내 나는 꽈리를 입에 넣고 씹으며 한 여름의 공포와 허기를 달랬다. 무슨 기척이 나거나 발소리가 들리면 소년은 뒷문에 붙어있는 목욕탕의 커다란 무쇠 솥 안에 들어가 납작 엎드렸다. 기억조차 하기 싫은 악몽이었다.

깨어진 색경을 대야 물에 담그면 잠시 후 희한한 현상이 벌어지는 것이다. 달밤에 펼쳐지는 행사는 피난민 아이들의 유일한 놀이였다.

태극 문양의 두 가지 색깔은 자주 범위가 변했다. 변화의 모습은 아이들에게 색다른 세계를 보여주었다. 빨강색 청색의 변화를 보고 두석이를 비롯한 어린이들은 전쟁의 현재상황과 집에 돌아갈 수 있는 희망을 짐작으로 알아낼 수가 있었다.

어른들은 아이들의 일에 일체 참견하지 않았다. 그들은 날만 새면 먹을 것 걱정이 태산이었다. 내일 죽음이 닥친다고 해도 우선은 보리죽이라도 맘껏 먹을 수 있으면 더 바랄 것이 없었다.

하연순 여사의 사촌 언니, 해명海鳴 스님의 안내로 산골짜기 초가집에 우정식 씨가 출현했다. 한강 다리가 끊기자 그는 무작정 피난민 무리를 따라나섰다고 했다. 가다가 멈추고 걷다가 졸면서, 밤을 낮처럼 낮을 밤처럼 쉬지 않고 걸어서 천신만고 끝에 고향으로 내려왔다는 이야기였다. 그의 행색이 말이 아니었다. 그러나 그보다 더 심각한 것은 거동을 못하는 하연순 여사의 건강과 실어증이었다.

우정식 씨야말로 식량 구하는 작업을 자유롭게 수행할 수 있는 형편도 아니었다. 느닷없이 방밖으로 뛰어나가 헛소리를 질러대는 하연순 여사를 지키고 있어야 했다. 이따금 해명 스님이 가져다주는 보리쌀 몇 되와 밀기울이 그들의 연명 수단이 되었다.

해명 스님이 원능골에 다녀갈 때는 양식 뿐 아니라 이따금 C시의 소식이며 시국에 대해 전해주었다.

"머지않아 좋은 일이 있을 것 같습니다. 기다려 보십시다."

우정식 씨는 아이들이 모여 앉은 뒤란으로 갔다. 보름이 지나 달빛은 저번처럼 밝지는 않았다. 그러나 뒤란은 더 적요하고 더 소슬한 바람이 불어왔다. 죽음 같은 긴 여름이 끝나고 가을이 깊어가고 있었다.

"아버지!"

두석이가 대야 앞에서 큰 소리로 아버지를 반겼다.

아이들이 일제히 대야에서 물러나며 우정식 씨에게 자리를 내주었다. 아이들의 눈이 달빛을 받고 환하게 빛을 뿜었다.

"아버지! 청색이 훨씬 늘었잖아요. 보세요! 반을 넘었어요."

대야 물에 잠긴 색경에는 청색이 면적을 넓혀가고 있었다. 적과 청의 대립구도가 확실하게 바뀐 모습이었다.

"그래? 청색이 뭔데?"

"아저씨! 청색은 아군이예요! 우리 국군이 이기고 있어요!"

아이들이 신이 나서 외쳤다.

우정식 씨는 문득 해명 스님의 말이 떠올랐다. '머지 않아 좋은 일이 있을 것 같습니다'라는

"애들아! 그만 들어가 자거라. 밤바람이 제법 차구나."

아이들은 하나 둘 제집을 찾아 들어갔다. 원주민들이 피난을 떠난 빈 집은 그들의 임시 거처요, 달밤의 행사를 은밀하게 진행할 수 있는 비밀의 성소이기도 했다.

대야 물에 달빛이 고요히 내려앉았다. 아이들이 자리를 떠난 후에도 빨강색은 점차 줄고 청색이 그 자리를 확보하고 있었다. 달빛이 물과 거울과 함께 이루어내는 양상은 그 시각 청색의 대길을 예고하고 있는 듯 했다.

댓돌 밑에서 처연히 울던 귀뚜라미 소리가 뚝 그쳐 있고, 숲을 흔드는 바람소리가 이따금 귓가를 스쳤다.

쿵! 쿵! 쿵!

대포소리가 먼 곳에서 둔중하게 들려왔다.

쿵! 쿵! 쿵!

더 자주 연달아 들렸다.

"두석아! 우리는 여기를 떠나야 된다! 어서! 옷 입어라!"

아버지는 어머니에게 포대기를 들씌워 들쳐 업었다. 해명 스님이 소리 없이 다가와 아버지 등에 업힌 어머니의 홀쭉한 볼을 쓰다듬었다. 해명 스님의 두 눈에 눈물이 맺힌다.

"가다가 요기라도 하고 가시게!"

해명 스님이 아버지 손에 무언가를 쥐어 주고는 새벽안개 속에 소리 없이 사라져 갔다.

"아버지! 우리만 가는 거예요?"

두석이는 친구들과 함께 달빛과 물, 색경이 함께 연출하는 달밤의 행사를 더는 계속할 수 없는 점이 섭섭했다.

그들은 큰 길을 피해 길이 아닌 길, 마을 뒤 고샅으로 돌아서 나왔다. 잡초와 잡목이 어우러진 등성이에 무궁화나무 몇 그루가 열 지어 서 있었다. 마을이 생기면서부터 그 자리에 있었던 것일까. 무궁화나무 등치는 제법 실해 보였다. 새벽이슬을 머금고 함초롬히 꽃잎이 벌어지려는가. 어둠가운데 하얀 꽃빛깔이 돋보였다. 꽃송이들이 서로 소곤거리며 두석이 네게 작별인사를 하는 것 같았다.

C초등학교에서는 전 학년이 식목일에 무궁화나무를 심었다. 실습농원 가장자리에 심은 무궁화나무가 자라서 차례로 꽃을 피웠다. 벚꽃처럼 미친 듯이 한꺼번에 피어나는 게 아니었다. 한 송이 두 송이 질서 있고 침착하게, 어떤 때는 여러 송이가 더불어 피어나는 무궁화 꽃. 어제 피었던 꽃에 이어서 내일은 또 다른 나무, 다른 가지에 솟아오르는 연보랏빛 무궁화 꽃. 흰 색깔도 있고 분홍색도 있었던가. 미술시간에는 무궁화 꽃 그리기 대회가 열렸다. 운동장에 나 앉아 크레파스로 무궁화를 색칠하던 일, 아, 왜 지금은 그렇게 할 수 없는 거야.

전쟁은 왜 일어났는가. 어머니는 왜 인민군에게 집을 통째로 빼앗긴 것도 모자라 그들에게 수시로 불려나가 거동을 못할 만큼 저 지경이 된 것인가.

다른 이웃들은 C시의 집으로 돌아가는데 아버지는 왜 서울로 가자하시는가. 무궁화 꽃을 보는 순간 왜? 왜? 하면서 잡다한 생각들이 두석이의 감각을 괴롭혔다.

두석이 네 일가는 산길로, 숲속의 외진 길로 돌아서갔다. 고단한 행군이었다. 그러나 많이 걸어도 하루 십리 정도가 고작이었다.

쿵! 쿵! 쿵!

대포소리가 더욱 잦아지는가 싶었다.

"곧 우리 국군이 서울로 올라올 겁니다!"

간혹 산길에서 만난 피난민들이 전해준 소식이었다. 그들도 서울로 간다고 했다.

어머니는 죽은 듯 아버지 등에 엎드려 있다. 어머니를 들쳐 업은 아버지는 비지땀을 흘리고 걸어간다. 돌부리에 넘어지기도 하고 발걸음이 가끔 휘청거리는 기미를 짐작할 수 있다. 두석이는 더욱 힘을 내어 아버지를 따라갔다.

국어시간에 배웠다. 무궁화 꽃은 은근과 끈기가 생명이라는 것을. 두석이는 꽃이 피어나는가 하면 지고, 지는가 싶으면 피어나는, 초여름부터 가을까지 꾸준히 피어나는 무궁화 꽃이 신기했다.

벌레도 잘 타지 않고 추위와 더위에도 잘 견디는 식물, 철난 아이처럼 덕성스럽고 무던한 무궁화無窮花! 무궁화 꽃잎 다섯 개는 나무, 불, 흙, 쇠, 물을 말하며 오색五色, 오미五味, 오행五行, 오성五星을 뜻한다고 국어선생님 말씀이었던가. 여기서 잠시 C초등학교 3학년 두석이의 머릿속은 혼란스러워진다. 혼란스러운 두석이의 기억력은 전쟁이 일어난 후 겪게 된 극심한 배고픔과 죽음에 버금가는 공포 때문일지도 모른다. 누구에게도 토로할 수 없는 두석이만의 위기의식! 어머니 하연순 여사에 대한 깊은 슬픔 때문이었다.

일제 강점기시대 애국자들은 나라 사랑하는 마음으로 산

간에 숨어들어 몰래 무궁화 묘목을 길렀다고 한다. 무궁화
는 누가 돌보지 않아도 수더분하게 잘 자라 꽃을 피웠다. 그
런데 일본경찰은 무궁화나무를 보는 족족 불살라버리거나
뽑아버렸다고 했다. 외딴 무덤가에 무궁화나무가 저 혼자
자라 꽃피고 있으면 그들은 그 무덤까지 파헤쳤다고 하던
가. 그 이유는 무궁화가 우리나라 국화이기 때문이라고 했
다.

     ♪무궁화 무궁화 우리나라꽃 삼천리강산에 우리나라꽃
     피었네 피었네 우리나라꽃 삼천리강산에 우리나라꽃 ♪

두석이는 1학년 때 배운 무궁화 꽃 노래가사를 외우며 C
시의 집 앞마당에 심겨진 무궁화나무를 기억했다. 졸지에
인민군들이 들이닥쳐서 화단을 훼손하고 그 위에 쌀가마를
산처럼 쌓아놓기 전까지 화단 풍경은 어디까지나 아름다움
과 평화였다. 많은 화초 가운데서 무궁화 꽃은 달리아, 장미,
양귀비의 세련미와 화려함 대신 순박함과 순결, 겸손의 덕을
지니고 있었다. 하얀 교복을 잘 다림질하여 입은 여학교에
갓 입학한 시골 소녀처럼 미덥고 수수했다. 자태를 뽐내거
나 과시하지 않는 무궁화 꽃은 두석이 생각에 어머니의 성품
을 똑 닮아있었다.

괴뢰군들은 나라꽃 무궁화도 어머니도 몰라보았다. 한창 꽃 피기 시작한 무궁화나무에 쌀가마를 쌓았으니 꽃과 가지가 어머니처럼 무참히 짓밟혔을 터이다. 전쟁의 피바람이 물러가면 무궁화도 어머니도 다시 살아날 것이다. 무궁화는 은근과 인내, 끈기를 자랑하는 꽃이니까. 어머니는 무궁화 꽃이다. 무궁화 꽃은 어머니다! 두석이가 돌연 주먹을 불끈 쥐었다.

"두석아! 여기 바위에 좀 쉬었다 가자!"

아버지가 어머니를 잔등에서 내려 바위에 걸터앉게 해주었다.

"아버지! 발 아파요! 그만 가면 안 돼요?"

두석이가 물집이 잡혔다가 헐어버린 발바닥을 가리키며 울상을 지었다.

하연순 여사가 몸을 일으켜보려고 손으로 바위를 잡는다.

"가만있어, 임자! 움직이면 안 되어!"

우정식 씨가 얼른 하연순 여사를 바위에 곧추 앉혀준다.

"두석아! 너, 봤잖아. 청색이 이기는 거. 조금만 더 참자."

"임자도 힘들지? 물 좀 마셔!"

아버지가 허리춤에 차고 있던 커다란 망태기에서 물병을 꺼내 어머니에게 주었다.

"쿠르륵! 쿠르륵!"

하연순 여사의 식도로 내려가는 물소리가 우정식 씨에게 는 유난히 크게 들렸다. 비로소 우정식 씨 마음속에 하연순 여사가 살 수 있다는 믿음이 싹트기 시작했다.

"자아! 다음은 우리 아들 두석이가 마실까?"

아버지가 애써 울음을 참고 있는 두석이에게 물병을 쥐어 준다.

"옳지! 우리 두석이는 대한민국의 용감한 어린이다!"

아버지가 두석이를 격려해 주었다.

"아버지 먼저 드세요!"

두석이는 물병을 아버지에게 도로 내어준다.

어찌하든지 살아남아야 한다. 아무 죄도 없는 젊은 아녀 자를 끌어다 초죽음을 시킨 그들에게 원수를 갚아야 한다. 우정식 씨의 내부에서 분노의 피가 거꾸로 치솟았다. 가장 이 없는 집안에 쳐들어와 인민공화국 간판을 걸어 놓은 그 자체만으로도 용서가 안 되는 일, 하물며 임신 중인 아녀자 를 붙잡아다 생사를 알 길 없는 남편을 내놓으라 하고, 잔인 무도한 고문으로 뱃속의 태아까지 희생시키다니……

하연순 여사의 임신은 그들 부부에게 10년 만의 경사였 다. 두석이를 낳은 후 오래도록 소식이 없다가 근근이 이룬 그들 가문의 소박한 꿈이었다.

"쿵! 쿵! 쿵!

대포소리가 더 크게, 더 오래 울렸다. 지축이 울리고 산천이 놀라 요동쳤다.

"아버지! 대포소리가 크게 들려요!"

두석이는 조금 전에 비해 생기를 되찾은 듯, 살 껍질이 벗겨진 발가락에 양발을 끼우며 말했다. 아버지가 어머니를 등에 업었다. 동쪽으로부터 먼동이 터오고 있었다.

"집에 가서 갈아입을 옷 좀 챙겨가지고 가야겠다."

아버지가 어머니의 몸을 추스르며 말했다.

하연순 여사의 몸에서는 역한 냄새가 났다. 만신창이가 된 몸을 치료조차 제대로 받아보지 못하고 몇 주가 지났다. 산속의 청량한 공기가 두석이 네 가족의 절박함을 극명하게 대변해 주었다.

"아버지! 인민군이 우리 집에서 나갔어요?"

"그놈들도 대포소리 듣고 도망갔을 거야……."

아버지가 말꼬리를 길게 끌었다.

"헛! 허어이! 악! 치치 이이……."

하연순 여사의 외마디 비명이 터져 나왔다. 그녀는 도리질을 하면서 몸을 떨었다. 그녀의 퀭한 눈에 두려움이 담뿍 담겨있다.

아버지가 걸음을 늦추었다. 두석이도 그 자리에 우뚝 멈추어 섰다.

"임자! 왜 그래? 물마실까?"

아버지가 재빨리 한 손으로 하연순 여사의 몸체를 떠 바치고 한 손으로는 허리춤에서 물병을 꺼내려고 몸을 틀었다.

"헛! 허어이! 악! 치치 이이……."

하연순 여사가 비명을 지르며 번개처럼 아버지의 등허리를 벗어났다. 그녀는 산 쪽으로 뒷걸음질을 쳤다. 그 뒷걸음질이 어찌나 민첩한지 우정식 씨는 물병을 꺼내지도 못하고 허둥거렸다.

"어머니! 아, 안 돼!"

두석이가 외쳤다. 숲속은 캄캄 어둠이었다.

"아, 악!"

새벽을 찢는 고성이 온 산을 쩌렁, 흔들었다. 그 시간 이후 하연순 여사의 어떤 소리도 더 이상 들려오지 않았다.

'쿵! 쿵! 쿵!'

대포소리가 더 가깝게 더 크게 들려왔다.

"임자! 임자!"

"어머니! 어머니!"

우정식 씨와 두석이가 산 아래를 굽어보며 목청껏 소리쳤다.

막 솟아오르는 아침 햇살에 비로암毘盧庵 대웅전의 기와문

양이 장엄하게 드러났다. 대웅전 계단 옆으로 천일홍 나무
가 발갛게 꽃을 피웠고 반대편엔 꽤 큰 무궁화나무 한 그루
가 서 있다. 전쟁의 소용돌이가 온 천지를 휩쓸어도 비로암
의 무궁화나무는 줄기차게 하얀 꽃을 피워냈으며 여전히 숱
한 꽃봉오리를 달고 있었다.

새벽 예불을 마치고 법당을 나온 해명 스님 귀에 불현듯
괴이쩍은 소리가 잡혔다.

"처어~벅! 처 ~처, 벅~!"

불규칙하고 요령 없는 소리였다. 한 번 들린 후 끊어졌다
가 잊을 만하면 다시 들려왔다. 혹 길 잃은 산짐승일까, 사람
일까. 이 산중에 이런 시간에 사람이 있을 리가 없지. 대체
무엇이란 말인가. 먼 듯 가깝게 들려오는 그 소리, 쇠잔하여
잦아드는 그 소리는 해명 스님에게 생사기로의 위급함을 전
하고 있었다.

행자 스님이 구르다시피 산을 내려갔다. 해명 스님은 그
의 뒤를 따라갔다.

"게, 누구요? 누구 있소?"

앞서 가던 행자스님이 두 손을 나팔처럼 모아 쥐고 큰소
리로 외쳤다.

"게 누구요? 누구 있소?"

숲에서 메아리가 대답했다.

그 시각 법당 뜰에는 하얀 색 겹 무궁화 꽃이 수줍게 피어
나고 있었다. 마치 모시옷을 곱게 차려 입은 두석이 어머니
의 미소처럼.

황금빛 가을 햇살이 하얀 색 겹 무궁화 꽃잎 위에 오래도
록 머물렀다.

수면 도우미

"욕실에 내려 갈 사람?"

미영은 가방에서 세면도구를 꺼내며 친구들에게 묻는다. 그녀는 얼른 세수하고 들어와 잠을 자려고 생각한다.

"나는 그냥 잘 거야! 너무 피곤해"

정희는 숙소에 오자마자 자리에 누워 눈을 감아 버린다. 미영도 그냥 눕고 싶다. 금순이 수건을 목에 걸고 방 밖으로 나선다.

"어마나! 저, 저기!"

미영보다 한 발 앞서 나간 금순이가 울부짖었다.

숙소 바로 뒷산 중턱에서 커다란 물체가 우물 근처로 움직이고 있다. 커다란 물체는 하나가 아니라 두서넛은 돼 보였다. 신문 지상에도, TV에도 종종 등장하는 멧돼지였다.

깊은 산속이라 해가 빨리 져서 사방은 이미 어두컴컴했다.

어둠 속에서 멧돼지들이 빠르게 움직이고 있다. 집 더미 만큼 큰 것도 있고 그보다 작아 보이는 것도 있다. 멧돼지 부부가 새끼를 두어 마리 거느리고 나온 모양이었다.

"앗! 저, 저기!"

이번에는 미영의 고함 소리였다. 주방에 있던 공양주 보살 두 명이 뛰어왔다. 저녁 설거지를 마치지 못 했는지 그들의 손은 고무장갑을 끼고 있다.

"저 놈들 밥 먹으러 내려온 거여요. 겨울엔 우리가 밥을 챙겨 주거든요. 저 위에 철망을 쳐놓고, 밥 줄 때만 문을 열어요. 사람을 해치지는 않아요."

사람을 해치지는 않는다는 공양주 보살의 말에도 미영과 금순은 가슴이 두근두근하다. 그 자리에서 한 발자국도 떼어놓지 못한다.

"두 분이 같이 다니세요! 절대 혼자서는 다니지 말고."

공양주 보살들은 별 것 아니라는 듯 쏜살 같이 주방으로 들어가 버린다.

산속은 이내 고요해졌다. 동쪽 하늘가에 열나흘 달빛이 빛을 발하기 시작했다. 그 이후로는 어느 누구도 밖으로 나오는 기척이 감지되지 않았다.

다행히 욕실 문은 열려 있었다. 미영과 금순은 욕실 안으로 뛰어 들어가 문고리를 걸어 잠근다.

"이깟 유리문, 멧돼지가 박치기 하면 단번에 박살나고 말 걸!"

"어휴! 무서워! 샤워는 생략해야겠네."

"여기 해발 830M의 깊은 산이잖아. 멧돼지 출현은 당연한 거지."

"무서워! 빨리 씻고 들어가자."

두 여인은 건성건성 얼굴에 물만 바르고 발에도 더운물을 한 대야 퍼붓고는 재빨리 욕실을 나와 숙소로 올라가는 계단을 밟았다.

"현관문도 잠그자!"

"멧돼지가 이까짓 것 부술라면 잠깐일 거야."

방으로 들어오니 정희는 어느 새 코를 골고 있었다.

"쿠르르룽! 쿠르르룽!"

코 고는 소리는 천둥 번개가 굴러다니는 것처럼 요란하게 들렸다.

"흐흑! 쿠르르룽!"

코를 골다가 숨이 멎는 듯, 혹은 숨을 쉬려는 듯, 일정한 박자가 있는 것 같으면서 불규칙하기도 하다. 정희의 코 고는 소리가 멧돼지를 보고 놀란 가슴을 더 산란하게 한다.

"잠보는 어디 가도 표가 난다니깐!"

"정희는 우릴 따라 가려고 꼭두새벽에 집을 나섰다는 거야."

"그러나 저러나 자다가 화장실 가게 되면 어쩌지?"

"그럴 때는 혼자 나가지 말고. 나를 깨워! 멧돼지 아니라도 혼자는 무서워서 못 나간다."

금순은 대강 얼굴에 밀크로션을 바르고 영양 크림으로 문지르고 나서 방안의 불을 끄고 자리에 눕는다. 종무소 직원 보살 안내로 처음 이 방에 들어올 때보다 방안 공기는 그새 훈훈하게 달아오르고 있었다.

"아, 편안하다. 설거지 할 것도 없고 낼 아침 애들 출근 시킬 일도 걱정 안 해도 되고 매일 이랬으면 좋겠다."

삼십이 넘은 세 자식 중 한 명도 성혼시키지 못한 금순이 유독 편안하다는 말에 액센트를 주었다. 큰 아들이 아리따운 아가씨를 집에 데려오기라도 하면 금순의 남편은 먼저 족보와 출신부터 따졌다고 한다. 금순이 네 삼남매는 그런 아버지가 무서워 여간해서는 상대를 집에 데려오기는 고사하고 숫제 배필 고르는 일에 등한해졌다고 하던가. 아마도 금순이 한 겨울에 칠불사 도량에 온 이유일 것이다.

"내 자식 선택해준 것 고마운 줄 알아야지. 사사건건 타박이나 하고 있으니…….”

"얘, 네 남편이 건강이 안 좋기 때문일 거야. 천식 그거 금방 낫는 병 아니야. 매사가 짜증스럽지 않겠니."

미영이 금순의 말에 설명을 부연했다.

금순이 웃는 듯 우는 듯 묘한 표정을 짓는다. 시도 때도 없이 콜록거리는 남편을 집에 두고 절에 온 금순의 얼굴은 초췌해 보인다.

"온 몸이 노골노골 풀어지네! 나는 이렇게 먼 줄 몰랐어. 다섯 시간, 여섯 시간 차를 탄 셈이잖아."

금순이 말에 동감하며 미영도 이불속으로 들어갔다. 기차 여행보다 버스 여행이 조금 더 피곤하다고 느낀다. 용산역에서 무궁화호 기차를 타고 구례구역에서 내리면 화개 가는 버스와 잘 연결되지 않아 오히려 고생을 더 할 가능성이 높다. 미영은 여러 번 다녀봐서 경험으로 알고 있다.

미영이 최초로 S보살을 따라 쌍계사보다 한 참 더 먼 거리에 있는 칠불사에 올 때만 해도 멀다거나 힘들다는 생각을 해 본 적은 없다. 그저 황홀했다. 기분이 날아갈 듯 가벼웠다. 특별한 신심이 있어서가 아니다. 잠시잠깐 일상에서 벗어난데 대한 해방감이었을 것이다.

운전대를 잡은 S보살에게 귤이며 주전부리를 건네주거나, 때로는 김밥을 먹으며 콧노래를 실실 불렀다. 차창으로 휙휙 지나가는 산야를 바라 볼 때 마냥 흥에 겨웠다. 계절마다 변하는 섬진강 주변의 경치는 필설로 형용하기 어렵도록 평화스러웠다.

봄엔 십리벚꽃길이 가슴 저리도록 좋았고, 여름이면 여름이어서 온 산야가 싱그러웠다. 가을은 눈물이 날만큼 주변 풍광이 매혹적이었다. 겨울은 천하대지가 백설세계를 연출하니 시적인 분위기에 들떠 훨훨 날아갈 듯 신명이 넘쳤다.

미영이 옛 생각에 잠겨 있는 동안 또 다른 톤의 코고는 소리가 들려왔다. 그 소리는 정희의 코고는 소리와는 확실하게 구별되었다.

"그렁 그렁 그르렁!"

짧으면서 거창한 소리, 금순의 코 고는 소리였다. 흔히 남정네들이 잔뜩 술에 취하거나 몹시 고달플 때 코를 고는 줄 알았더니 여자도 예외가 아니었다.

커다란 가마솥 뚜껑이 홀라당 뒤집히는 소리일까. 펄펄 끓는 가마솥에 산 채로 던져진 이른바 산産 어미에게 고아줄 가물치나 잉어의 아우성일까.

어미 호랑이가 먹음직한 산토끼를 잡아놓고 제 새끼들 앞에서 폼을 잡는 소리일까. 어미 호랑이의 사냥 솜씨를 과시하는 듯 위압적이면서도 자애로운 성정이 가미된 그 환희의 함성! 혹은 열나흘 달이 하늘 중심으로 퍼져갈 무렵, 산 아래 모여 있는 각종 나무에서 떨어져 내린 낙엽 무리들이 바람의 기척에 합동으로 일궈내는 한밤의 오케스트라일까. 아니라면 낙동강 하구에 모여든 철새들의 날개 펴는 소리일까. 먹이 사냥터에 모여든 목숨 건 경쟁의 몸짓에서 흘러나오는 절박한 그 소리.

촘촘히 박힌 문창살이 흔들리듯, 막연히 나쁜 것으로도 들리고 그저 보통의 소리로도 들리지만 미영은 두 여자의 코 고는 소리에 질려 그만 이불을 들치고 일어나 앉았다. 밤이 깊어감에 따라 달은 점점 높이 떠서 문창호지에 달빛이 젖어 들고 있다.

미영은 집에서 가지고 온 『금강경』을 펼칠 엄두를 내지 못한다. 피곤의 정도는 심한 편인데 왠지 잠이 올 것 같지 않은 조짐, 두 친구의 코 고는 소리에 완전 압도당하고 있었다.

이럴 수가?

대체 이 일을 어떻게 하지?

미영은 이불을 들치고 비스듬히 누워본다. 따스하다. 몸을 똑 바로 펴고 바로 눕는다. 아! 하고 탄성이 절로 터져 나온다. 앉아 있는 자세보다는 한결 편했다. 그러나 두 눈은 잠을 불러들일 준비가 되어 있지 않다. 미영의 정신상태가 겨울 하늘처럼 투명하다.

그렁! 그렁! 그르렁!

쿠르르렁! 흐흑!

짧고 가볍게, 그러나 쉽게 그칠 기미 없이 지속적으로 들려오는 코고는 소리에 함몰되어서일까. 미영의 잠은 멀리 더 달아난다.

밤 9시. 사찰에서는 깊은 밤중이라 할 수 있다. 이맘 때 집에서라면 미영은 잠을 자기는커녕 할 일이 태산이다. 그래서 고민이다. 긴긴 시간을 더구나 불 꺼진 방안에서 무엇을 할 수 있단 말인가.

종무소에 올라가서 다른 방으로 옮겨 달라고 부탁해볼까? 그러다 멧돼지라도 나타나면? 미영은 방 밖으로 혼자 나갈 엄두가 안 난다.

가방에서 작은 손전등을 찾아냈다. 온 오프를 짐작으로 더듬어 불을 켠다. 밝은 빛을 내는 손전등이 신기하다. 밝은 불빛에 옆에서 코고는 친구들이 잠을 깰 새라 미영은 조심한다. 살그머니 가방에서 노트와 펜을 꺼낸다. 노트를 펼친다. 그러나 무엇을 기록할지는 생각이 나지 않는다.

서울서 오는 동안 버스에 비치된 TV로 뉴스를 보았다. 미영은 그 뉴스에 대해 정리할 항목이 있었던 것 같은데 기억이 희미하다. 그렇다. 광화문 광장에 운집한 인파와 촛불 집회 이야기, 바로 오늘이 대통령 탄핵안 가부가 결정되는 날이라는 것을 알려주는 뉴스였다.

S녀는 지방에서 서울까지 올라와서 매번 광화문 촛불 집회에 참석했다고 했다. 그녀는 왜 그곳에 가는지 미영에게

이유를 말하지 않았다. 미영도 그 점에 대해 함구했다. 미영 역시 친구들과 절에 간다는 이야기를 하지 않았다. 이야기 할 짬도 없이 S녀가 전화를 서둘러 끊었기 때문이다.

미영은 30여 년 전 동인 모임에서 S녀를 만나 지리산 자락 의 칠불사를 처음 오게 되었다. 김수로왕의 일곱 왕자가 성 불했다는 칠불사는 지리적으로 매우 먼 곳이지만 미영의 마 음을 막무가내로 잡아끄는 어떤 마력을 지닌 사찰이었다. 인도에서 배를 타고 가야국에 왔다는 허 황후, 그녀의 일곱 아들 성불 이야기는 불자 아니라도 대단한 관심거리였다. 오늘날처럼 국가 간의 왕래가 빈번하거나 용이하던 글로벌 시대도 아니지 않은가.

하물며 아녀자가 불교 관련 서적과 물품을 가득 싣고 먼 항해를 거쳐 우리나라에 오다니, 미영에게 허 황후는 관세음 의 화현이었을지도 모르는, 신비스런 분위기를 자아내는 이 색적인 인물이었다. 당시에 이미 국제결혼이 성립된 것으로 도 해석할 수 있다. 그의 가야국 입국에 어떤 이유와 사연이 게재되었는지는 모르지만 타국에서 온 허 황후란 인물만으 로도 지리산 칠불사는 세인의 이목을 끌 만했다.

S녀를 만난 것, 칠불사에 오게 된 것은 미영의 기존 관념 이라든가 인생관 가치관에 대하여 깊이 성찰하는 계기가 되 었다. S녀와 함께 칠불사 왕래가 빈번해지자 자연스럽게 미

영의 신앙 형태가 변화를 보이게 된 바로 그 점이었다. S녀 역시 캐톨릭에서 불교로 개종한 것은 말할 것도 없다.

왜 하필 금순은 대한민국 국회에서 대통령 탄핵안을 의결하는 날 멀다면 먼 칠불사 여행을 떠나자고 제안한 것인가. 시집 장가 못 간 그녀의 삼남매를 위한 기도 여행인가. 불쑥 따라 나선 미영의 심사도 알 수 없기는 마찬가지였다.

TV에서 논하던 가결 정족수에 대한 것도 기억났다. 야당 국회의원 ○○명에 인원이 더 보태져야 한다고 했다. 200명은 족히 넘어야 탄핵안이 가결된다는 논리였다. 민주주의는 숫자에 민감하고 모든 결정을 다수결로 정한다. 탄핵을 찬성하는 비박계 의원뿐만 아니라 친박에서도 탄핵을 찬성하는 의원이 더 나와야 압도적 가결이 성립된다고 했던가.

그래서 어떻게 되었지? 미영은 궁금하다. S녀는 지방에서 고속버스를 타고 서울에 올라와 광화문 촛불 집회에 참석한다고 문자로 전해오지 않았던가. 미영은 S녀에 비해 국가 사회의 현안에 대해 등한하거나 방심했던 게 아닌가 하는 자성이 따랐다. 대개 미영의 자성이라면 그런 류가 분명해 보인다. 소위 인간 연구, 인간학이라 일컬어지는 문학 작품을 창작한다는 입장에서는 이를테면 무지나 직무유기에 포함시킬 만한 사안이었다. 미영이 아무리 세상 돌아가는 이치에 둔하다 할지라도 이건 아니다 싶었다. 국가 민족의 미래가 달린 중대사가 아닌가. 그래서 더 잠을 못 자고 있는지도 모른다.

시계를 보았다. 밤 열두시였다. 잠 못 들고 뭉그적거린 시간이 꽤나 길었다. 시간이 흘러도 미영의 정신은 각성제를 삼킨 듯 또렷하다. 잠을 자보려고 적극적으로 시도도 하지 않았다. 잠은 진즉에 달아나고 만 것이다. 적극적으로 시도한다고 멀리 도망간 잠이 되돌아오기는 할까.

본시 절에 오면 정신을 한 곳으로 집중하여 기도에나 힘쓸 일이다. 미영은 집중이나 삼매의 경지까지는 아니어도 마음의 갈피를 잡는 데는 기도만한 게 없다고 여긴다.

TV라도 있었으면. 그러나 미영은 TV는 본래 별 관심이 없다. TV를 켜면 온 집안이 소란하고 뒤숭숭하다. 미영이 TV를 보려고 절에 온 건 아니지 않은가.

휴대폰을 꺼내기도 내키지 않는다. 깊은 밤, 긴 시간의 강물을 어찌하면 좋을까.

친구들의 코고는 소리를 도저히 감내할 자신이 안 선다. 코고는 소리를 망각할 만큼 무슨 다른 일거리가 있어야 하겠는데, 어둠속에서는 쓰거나 읽기를 진행시킬 방도가 없다.

미영은 손전등을 코트 주머니에 넣었다. 방문 고리를 따고 복도로 나온다. 미영 일행이 머물고 있는 요사채는 아래위층 방마다 모두 불이 꺼져 있다.

현관문을 나섰다. 밝은 달이 하늘 중앙에 떠있다. 초저녁에 멧돼지가 나타났을 때 보이던 삼태성 오리온 좌는 달을 따라 하늘 중앙으로 자리를 옮겼다.

북두칠성이 선명하게 보인다. 어린 시절 피난 가서 멍석에 누워서 올려다보던 바로 그 북두칠성이었다. 그때는 북두칠성이 미영의 눈에 국자로 보이지 않았던가. 배고픈 형제들에게 밀수제비 국을 퍼주던 어머니의 국자. 때로는 보름달도 허기진 사람에게는 계란 노른자로 보인다고 하던가.

도시에서는 볼 수 없는 무수한 별 떨기가 하늘 가득 영롱한 빛을 쏟아내고 있다. 하늘의 달과 별 그리고 요사채 아래 작은 연못에 투영된 달과 별까지, 온갖 밤의 권속들이 출현하여 칠불사 도량에서 제법 세력을 확장해가고 있다.

지리산 골짜기를 타고 내려온 겨울바람이 드넓은 절 뜨락을 용의 날개처럼 사뿐히 휘젓고 지나간다. 기상청 예보로는 한파가 몰려온다더니 염려할 정도는 아니다. 근래엔 보기 드문 온화하고 청명한 날씨였다. 더구나 칠불사는 소가 여물을 먹고 있는 지형이라고 했다. 깊은 겨울에 와도 그다지 추위를 느끼지 않는다. 주변의 산들이 도량을 감싸 안는 형국이라는 것이다.

'밖에 나갈 때는 둘이서 함께 다니세요.'

공양주 보살의 말이 생각났다. 대저 밤중에 갈 곳이란 숙소에서 200m 떨어진 옥외 화장실과, 숙소 아래 돌계단을 내려와야 하는 욕실 말고 예불 시간도 아닌 야밤에 갈 만한 데가 어디 있단 말인가.

미영이 오싹 몸을 떤다. 멧돼지 때문이다.

'멧돼지? 그래 나와 봐! 내가 무서워 할 줄 알고? 어림도 없다. 그런데 철망도 쳐 놨다면서 왜 우물 가까이로 내려온 거지.'

미영이 손전등을 켜서 검은 숲을 향해 마구 휘둘렀다. 강하고 밝은 빛이 신속하게 위 아래로, 좌우로 요동친다.

무서운 건 멧돼지가 아니라 사람이다. 멧돼지는 절집 식구들이 나누어 준 먹이를 순하게 먹어치우고 다시 저들의 소굴로 회귀한 것이다. 다음 날 또 그 시간에 멧돼지 가족이 나타나기 전까지는 안심이다. 적어도 미영의 판단은 그 편이 우세했다.

미영은 천천히 걸어서 작은 연못과 우물을 지나 화장실 아래쪽으로 내처 걸어갔다. 이마에 닿는 바람결이 상쾌하다. 대나무 초롱에서 돌돌돌, 흘러내리는 물소리가 목탁소리처럼 정겹다. 물소리는 밤도 낮도 없이 대지를 적시고 중생의 갈증을 해소시켜 주는가.

비스듬히 경사진 광장 한 가운데 전에는 없던 채마밭이 넓게 펼쳐져 있다. 이 채마밭은 언제 누가 만들었지? 불타

버린 절터를 복원 중창했다는 통광 스님이 돌아가신 연후일까? 겨울 야채가 달빛에도 얼기는커녕 윤택하고 싱싱하게 보였다.

미영은 전후 사방을 둘러보며 달밤을 걸어간다. 미영을 간섭하거나 방해하는 그 무엇도 없다. 미영과 동행하는 것은 달과 별, 그리고 바람뿐이다.

영지影池까지는 좀 멀어 보인다. 멀기도 하려니와 그 지점은 각종 연장이며 건축 자재가 쌓여 있고 이리저리 줄을 쳐 놓았으니 갈 수 없다. 영지 일대는 바야흐로 명상의 길 불사 중이다. 낮에도 바위와 목재, 흙더미로 어수선한 건축 현장을 피해 비탈길을 돌아서 올라가느라 먼빛으로만 볼 수 있었다.

그 옛날 김수로왕과 허 황후가 영지에서 그들의 일곱 왕자가 성불하여 승천하는 모습, 그림자를 보았다고 전한다. 이국에서 건너온 허 왕후는 아들도 많이 낳았구나! 그리고 칠 왕자 성불이라니 그래서 칠불사라 이름 했다던가.

달밤에 보는 영지는 으스스하다. 그 아래로는 어둠이 더 짙어서 내려가기가 쉽지 않다. 미영은 불사 중인 영지 못미처 대숲이 어우러진 부도 탑 근처에서 발길을 돌린다.

가파른 계단을 한 계단 한 계단 점차적으로 올라 아자방亞字房에 이른다. 한 번 불을 지피면 그 온기가 100일이나 유

지되었다는 신기한 아자방, 아자방 근방에 서린 적요는 숨이
멎을 정도로 깊다. 아자방 스님들은 동안거에 들어 묵묵히
화두를 들고 밤을 지새우고 있을까. 아, 수행의 어려움이여!
부처 종자가 아니고서는 누구나 그 어려움을 감당할 수 있는
것도 아니렸다.

미영은 대웅보전 앞에서 걸음을 멈춘다. 문수전과 대웅보
전은 불이 꺼져 있다. 스산하다. 대웅보전 앞마당은 작은 자
갈 대신 자연 그대로 흙 마당이다. 신발에 닿는 감촉이 소녀
의 피부처럼 부드럽고 곱다.

흙 마당 중앙에 서서 미영은 하늘을 향해 팔을 벌리고 심
호흡을 한다. 지리산의 정기를 한껏 들여 마시고 내쉰다. 동
일 동작을 몇 번 되풀이한다. 달님이 그런 미영을 내려다보
고 있다. 밤은 점점 깊어갔다.

원음각圓音閣으로, 보설루普說樓로 한 바퀴 더 돌았다. 야
경꾼처럼 작은 손전등을 방패처럼 휘두르며 고요에 잠긴 도
량을 홀로 돌아다닌다. 대견하고 장하다. 마치 외갓집에 나
들이 온 것처럼 자유자재하다.

한두 시간이라도 눈을 붙여야한다. 새벽 예불에 참석하려
면 숙소로 돌아가야 한다. 미영은 방향타를 바로 잡은 듯 요
사채로 내려간다. 겹겹으로 껴입은 옷 사이로 지리산의 상
서로운 기운이 듬뿍 스며든다. 추위를 느끼지 않는다. 오래

된 체증이 치유 받은 듯 오장육부까지 시원하다.

요사채에 이르러 현관문을 가만히 밀고 들어선다. 긴 복도 또한 적막강산이다. 밤은 어둠으로 표현되지만 존재감은 여실하게 느껴진다. 깊이 모를 적막감 때문이다. 방문 여는 소리에 정희가 반짝 눈을 뜬다.

"혼자 나갔어? 둘러봐도 안 보여서 걱정했어."

"왜 안자고 도둑고양이처럼 돌아다녀?"

금순이도 잠을 깼다. 우렁차게 코고는 소리 대신 친구들은 말갛게 피곤이 가신 얼굴로 미영을 맞이했다.

"잠이 안 와서 산책 좀 하고 왔어!"

"세상에나! 멧돼지가 무섭지도 않아?"

"아니야, 안 무서워! 사람 코고는 소리가 더 무섭지."

"뭐라고? 코고는 소리가 더 무섭다고? 내가 코를 많이 골았나보네."

"여태 코 골고 잔 사람은 밖으로 나가보라고. 별빛이 너무 좋아! 모처럼 와서 잠만 퍼 잔다면 무슨 의미가 있겠어?"

미영이 이불을 머리까지 뒤집어쓰고 자리에 눕는다. 밖에서 묻혀가지고 온 한기가 방안의 온기에 단번에 녹아내린다.

'뎅~ 뎅~ 뗑~'

범종 소리가 들려온다. 먼 듯 가깝고 가까운 듯 먼 범종 소리. 한 번 울릴 때마다 사바세계의 누진累塵을 쓸어가듯 영

혼을 흔드는 맑은 소리. 삼십여 년 전 미영이 최초로 들었던 감동의 그 범종 소리였다. 이어서 도량석하는 스님의 목탁 소리가 들려왔다.

> 흰 구름 떠도는 산속의 삼간초옥(白雲堆裏屋三間)
> 앉고 눕고 거닐다보니 스스로 한가하네(坐臥徑行得自閑)
> 맑은 계곡물은 차갑게 반야를 설하고(磵水冷冷談般若)
> 달빛 실은 맑은 바람 온몸에 차갑네(淸風和月編身寒)

심산유곡 암자에서 행주좌와하는 가운데 마침내 자한自閑 의 경지에 오른, 수행자의 행적이 잘 나타나 있는, 혜근 나옹 선사의 '산거山居'였다. 청량한 산바람 같은 선시가 도량석하 는 스님의 낭낭한 음성에 실려 시방법계에 메아리친다. 계 곡의 흐르는 물소리에서 반야의 무정설법을 듣고, 달빛 실은 맑은 바람에서 법왕신의 원음을 듣는 경지, 바로 본래의 자 성을 찾는 자리가 아니던가.

미영은 그 순간 옆에 앉아 있는 금순과 정희를 얼핏 본 듯 했다. 그들이 방을 나가는 뒷모습도 본 듯 했다.

"새벽 예불 가자!"

누구의 외침인가. 정희인가 금순인가. 어쩌면 미영의 내 면에서 올라온 소리일 듯. 미영은 화들짝 깨어난다. 전혀 잠 을 잔 기억이 없다. 그야말로 눈만 감았다 뜬 것인가. 몽롱하다. 미영이 자리에서 일어난다. 코트를 꿰고 머플러를 목에 두른다. 문수전으로 올라가는 친구들 뒤를 말없이 쫓아간다. 달님도 미영을 따라온다.

"우리가 여기 잠자러 온 건 아니잖아. 밤 잠 좀 제낀다고 무슨 탈이 생길 것도 아니고."

방바닥에 등허리를 대자마자 코를 골며 실컷 단잠을 잔 정희가 미영을 야유한다.

"쟤는 밤 도깨비야!"

"아무리 밤 도깨비라도 몇 시간은 잤을 거야. 우리가 코만 심하게 골지 않았으면."

금순이 몸을 돌려 미영의 손을 잡아준다.

다른 건물에서 나온 보살 몇 명이 몸을 웅크리고 법당으로 들어가는 게 보인다.

새벽 3시는 천하 만물이 깨어나는 시간, 절에 온 이상 부처님을 알현하는 시간이다. 세 여자가 소녀의 피부처럼 부드럽고 고운 흙 마당을 가로질러 법당 안으로 들어선다.

　'계향 정향 혜향 해탈향…… 계율 지닌 향기로움, 선정 이룬 향기로움, 지혜 맑힌 향기로움 해탈하온 향기로움, 해탈을 바로 아는 향기로움, 오분향기 구름지어 법계마다 그윽 하옵나니 시방세계 한량없는 삼보시여 공양 하옵소서'

정희 금순 미영이 얼른 방석을 펴고 삼배부터 올린 후 합장한다. 스님을 따라 일심으로 염송한다.

'시방삼세 두루하사 영원토록 계시오며 일체처와 일체시에 안 계신 곳 없으시는 거룩하신 삼보자존 한량없는 불보살님께 일심으로 공양 예배 하옵니다.'

그 자리에 모인 모든 이들이 목소리를 함께 내어 예불문을 외운다. 고개를 들어 일곱 왕자의 성불 탱화와 연화대에 모신 문수사리보살을 우러른다.

미영은 천방지축 사바세계를 두루 헤매고 다닌 것을 참회했다. 갑자기 눈시울이 뜨거워진다. 눈물이 주르르 볼을 타고 흘러내린다. 초발심이 회복되는 순간이었을까. 청정무구한 보살심으로 환원한 듯 일순 마음이 가벼워진다.

금순은 연달아 절을 올리고 있다. 오탁악세에 절은 마음을 쉬고, 남편 병환과 결혼 안 한 삼남매의 배필을 발원하는 기도를 올리고 있는가. 정희는 호주로 간 외동딸이 영어는 좀 미숙해도 무사히 그곳에 적응하기를 빌고 있을까. 한국보다 급료가 월등히 높고 근무조건이 양호하다는 호주의 병원에서 간호사로 일하고 있을 그의 딸을 위한 기도.

그들은 몸을 굽혔다 일으켰다 하면서 쉬지 않고 절을 한다. 새벽 예불은 다 함께 문수보살을 게송 하는 것으로 엄숙하게 끝났다. 밖으로 나오니 동쪽하늘이 밝은 회청색으로 바뀌어가고 있었다. 시리고 푸른 새벽 기운이 도량 전체에 가득 흘렀다.

"좀 있다가 아침 공양 드시고 종무소로 오셔서 차 함께 들어요!"

종무소 직원이 미영 일행에게 말했다. 미영은 칠불사에 오면 의례히 차를 마셨다.

대전사는 S녀가 미영과 함께 오면 주지스님은 손수 차를 달여 주시고 즉석에서 붓글씨를 써 선물로 주었다. 붓글씨 내용은 대개 발백심비백 고인증누설髮白心非白古人曾漏洩 금문일학성 장부능사필今聞一鶴聲丈夫能事畢 같은 큰스님들의 오도송이었다. 미영이 서가에 꽂혀 있는 책을 눈 여겨 보는 눈치면 통광 스님은 집에 돌아갈 때 불교 관련 책들을 듬뿍 싸서 S녀와 미영에게 주었다.

고인이 된 통광 스님의 예전 그 방은 낮에도 밤에도 불이 꺼져 있다. 댓돌에 먼지 뒤집어 쓴 털신 한 켤레뿐, 왕래하는 신도들 발걸음이 뜸해 보였다.

"참 잘 온 것 같아. 잠도 폭 잤고."

정희는 번뇌 망상을 죄다 내려놓은 듯 태평스럽다.

금순이 정희 손을 잡아끌고 대숲 길로 내려갔다.

"나는 좀 눕고 싶어!"

미영이 막 방안으로 들어와 코트를 벗어 걸고 자리에 눕자 전화가 걸려온다.

동료 소설가 문희숙이었다.

"어디라 예?"

"나? 여기 지리산에 왔어요."

"지리산 거그는 와 갔노? 혹 절 아이가?"

"그래요! 절이라고요."

"분하지도 않아요? 세상에 우째 이런 일이 다 생기노? 국민들이 대통령을 내쫓다니 이럴 수가 있는 깁니까? 절엔 모하러 간 기라요?"

"기도하러 왔어요."

"어이구, 잘 한다카이. 이리 추분데 뭔 기도를 해쌌노 고마?"

"……."

"아이고 내사 마, 답답하대이. 나라꼴이 이 모양인데 지리산 갔다고요?"

"……."

스물스물 밀려오던 잠이 문희숙의 타박에 그만 도망가고 말았다. 문희숙을 통해서 간접으로 듣는 대통령 탄핵안 가결 소식은 놀라웠다. 시민혁명에 버금가는 일대중대사였다. 이변이었다.

"내사 분하고 원통해서 어찌 살꼬."

문희숙의 넋두리가 이어지자 미영은 잠자기를 포기한다. 한두 시간 잠들면 피곤이 가실 것 같았지만 자리에서 일어났다.

"그래 언제 올라올 끼고?"

미영이 서울 가고 안 가고가 문희숙과 무슨 상관성이라도 있는가? 미영이 서울 올라간다고 대통령 탄핵안이 되돌려질 수 있는 사안인가. 무슨 이런 일이 다 있어?

미영은 밤중에 잠 안 자고 도량 안을 구석구석 돌아다닌 여독이 만만치 않다. 기침이 잦아지고 온몸에 한기가 냉수 퍼붓듯 밀어닥친다. 불현듯 오랫동안 수면 도우미 역할을 해준, 집에 두고 온 운석隕石과 염주, 그리고 쑥뜸 항아리가 그리웠다. 그들과 함께 잠시잠깐이라도 눈을 붙이고 싶은 마음이 절실하다. 그 수면도우미 중 한 개도 수중에 없으니 미영은 안타깝다.

운석은 몸의 생체 균형을 유지해주는 대사 작용, 즉 신진대사 촉진, 성장 발육, 수면, 피로 회복 등 인체에 탁월한 효능이 있다고 알려져 있다.

'대표적인 원적외선 방사물질인 $Al2O3$, $SiO2$의 함량이 다량 포함된 몰다바이트에서 방사되는 원적외선이 공기를 음이온 화 하므로 양이온을 중화시켜 냄새를 제거한다. 물과 단백질로 만들어진 피부와 만나면 광선이나 근적외선 등은 피부에 남지 않는다. 원적외선만 흡수, 침투되어 인체 자기 발열을 하게하는 효능이 있다. 인체에 쌓인 노폐물을 배출, 세포를 활성화시키는 효과와 함께 진정, 안면을 돕는다. 특히 코에사이트는 강력한 에너지 저장체로 불면증이나 스트레스 치유에 탁월한 효능을 보인다.'

위와 같이 운석의 효능을 적은 글과 함께 영국 여행 중 사왔다는 운석을 여고 동창 은자가 수술 후유증으로 고생하는 미영에게 선물했다. 아픈 부위에 올려놓으면 통증이 가시고 잠이 잘 온다면서. 검붉은 빛을 띤, 크기에 비해 꽤 무거운, 쇠도 아니고 돌도 아닌 것, 운석이었다.

수천수만 리 창공에서 떨어져 내린 운석! 우주의 오묘한 기를 품고 있는 상서로운 돌, 그 까끌까끌한 감촉은 손에 쥐면 이내 어지러운 마음이 갈앉는다. 가슴이 먹먹할 때 가슴에 얹으면 이상하게도 허브 향을 머금은 듯 후련해지곤 했다.

우등생이면서 장난치는 것도 은밀하고 수준급이던 여고 동창 은자, 미영은 은자에게 늘 고마움을 지닌다. 운석 때문이었다. 잠 안 오는 밤 은자의 운석은 미영의 수면 도우미로 손색이 없다. 아니 으뜸이었다.

염주 또한 오른 손에 쥐고 돌리면서 관세음보살 게송을 외면 복잡한 머리가 단순해진다. 전전반측이 쉽게 종료되는 효과가 있다. 잠 안 오는 밤 1 2 3 4 아라비아 숫자를 100에서부터 거꾸로 세라던 이북에서 단신 월남한 여고 시절 국사 선생님 말씀을 생각나게 한다. 염주를 돌리거나, 아라비아 숫자를 거꾸로 반복해서 세노라면 겨울밤 도둑 눈 퍼붓듯 편안하게 잠을 부른다.

쑥뜸 항아리 역시 미영에게 살가운 이웃처럼 익숙하다. 컴퓨터 앞에 줄곧 앉아 있어 스트레스가 도를 넘고, 청색광 영향으로 쉽게 잠 못 들고 뒤챌 때, 반들반들 길이 든 오지항아리에 무연 쑥뜸 한 개 불붙여 손바닥에 올린다. 5분쯤 경과하면 오지항아리가 달구어진다. 쑥뜸 한 개에 40분에서 1시간 정도 소요되며 대개는 두 번 연속해서 올린다. 그 시간은 미영에게 온전한 안정이고 휴식이다.

손바닥에서 오장육부로 쑥뜸의 뜨끈뜨끈한 온기가 전파되어 가장 안온하게 깊은 잠에 빠지게 된다. 10여 년 이상 지연되고 있는 논문 걱정, 최근 심혈을 기울여 써 온 장편 소설 마무리 즈음하여 애태우는 마음을 희석시킬 수가 있다.

그뿐 아니다. 암으로 아내를 잃고 철부지 손자 녀석 두 명과 살고 있는 아들 네 걱정을 잠시라도 내려놓을 수가 있다.

큰 수술 이후 미영은 병원에서 처방해준 약을 장기 복용하는 가운데 원인 불명의 하혈이 계속되었다. 하혈 때문에 수술한 병원은 물론 유명하다는 병원, 한의원을 날마다 순례했다. 가는 병원마다 원인을 알 수 없다며 다른 과로 계속 환자를 돌렸다. 부인과 내과 안과 감염내과 신경정신과 등등, 어디를 가도 결국 그 누구도 이유를 밝혀내지 못했고 돈 버리고 고생하면서 몸은 점점 수척해갔다.

미영은 마약에 버금가는 진통제 항생제 사리돈 바리움 바랄긴 등을 무작정 끊기로 결심했다. 그 약을 봉지 째 버리고 나서 거짓말처럼 무서운 하혈이 사라지게 되었다. 약 대신 운석과 염주, 쑥뜸 항아리가 미영의 치유와 안면을 도우면서 자연스럽게 습관이 되었다. 미영에게 그들은 가장 신뢰할 수 있는 치료제였고 의사이고 간호사였다.

그들 수면도우미 중 운석이나, 쑥뜸 항아리는 무게가 좀 나가는 것들이다. 미영은 수면도우미를 챙겨오지 않았다. 미영은 어느 절이거나 절에 오면 누구보다 잠을 잘 잤다.

"차 마시러 올라오라 한다. 미영아! 눈 좀 붙였어?"

벌컥 문이 열리면서 금순과 정희가 방안으로 들어왔다. 그들이 몰고 온 싸늘한 바람에 방 공기가 출렁인다.

"엄동에 칠불사에 온 것만으로도 기분이 너무 좋아! 남편 걱정 자식 근심에서 해방된 것 같아!"

금순의 목소리는 격앙돼 있고 그의 얼굴은 풋사과처럼 싱

그렇다.

"그래. 금순이 말이 맞는 것 같다. 만사는 일체유심조라는 걸 여기 와서 거듭 깨달았거든. 우리 모두 다 잘 될 거야!"

정희가 일시에 도를 터득한 사람처럼 일갈했다.

미영은 친구들을 굽어보며 미소를 지었다. 본래 근심 걱정은 없는 것이다. 마음이 만든 환상일 뿐이다. 만약 문제가 있다고 해도 우리는 그것을 능히 해결할 능력이 있다. 답은 문제 속에 있으니까. 미영의 무심한 미소는 그런 뜻일까.

"자아! 아침 공양하고 차 마시러 올라가자!"

"기왕이면 지리산 차 맛을 보고 가는 것도 나쁘지 않을 거야."

친구들은 칠불사 도량이 마음에 드는 모양인가. 그들의 음성이 명랑하게 들린다.

"미영아! 너 서울서 온 전화 땜에 오늘 간다 이거니?"

"반드시 전화 때문이라고는 말할 수 없어. 하지만 어쩐지 그래야 할 것 같아."

미영이 이불을 걷고 일어나 앉는다. 수면도우미 없이 어찌 잠을 청한단 말인가 .

여자 셋은 앞서거니 뒤서거니 공양간으로 갔다. 식사 시간에 늦게 온 때문인지 공양간은 몇몇 사람뿐이다. 벌겋게 달아오른 난로 곁에 자리를 잡고 그들은 각자 식판을 들고 전기밥솥으로 다가갔다.

흑임자 죽 한 보시기에 냉이나물, 두부조림, 깻잎 장아찌, 순무 동치미와 고추 부각을 접시에 담았다.

"벌써 가시게요? 한 번 오시기가 쉽지 않으실 텐데 더 계시지 않고……."

종무소 직원이 차를 따른다.

"그 많던 고민거리가 다 날아갔어요!"

"집에 가서 기도할 거예요."

정희와 금순이 각기 의견을 말했다.

"그 말 정말이세요? 그러시다면 다행이지만 너무 아쉽네요."

종무소 직원의 눈빛이 미영을 향한다.

"저는 일단 100일 기도를 올리고 가겠어요. 다시 올 구실도 생기고 집에 가서도 열심히 기도하게 되어요."

미영이 100일 기도 접수를 마치자 정희와 금순도 가족들의 생년월일시를 적고 축원카드를 작성했다.

"아니, 보살님들. 이 먼 데를 오셔가지고 금방 가신다니……."

종무소 직원이 어이없다는 듯이 세 여인을 번갈아 바라본다.

"서울에서 큰 일이 벌어지고 있는데 어떻게 우리만 산속에 머물러 있겠어요?"

금순이 말했다.

"멧돼지 무서워 가시는 건 아니지요?"

"아이, 그건 아니죠. 멧돼지가 뭐가 무서워요. 밥 주는 사람 고마운 줄도 아는 짐승인데, 사람이 더 무섭다니까요."

미영의 불면은 칠불사에 오던 날 버스에서 접한 뉴스, 대한민국이라는 배가 바다로 나아가는지 뭍으로 향하는지 알 수 없는 불길한 예감 때문이었을까. 무심히 접했던 사실들이 동료 소설가 문희숙의 전화로 되살아난 때문인가. 어찌 되었든 일단은 각자 주소지로 돌아가는 게 순서일 것 같았다.

미영에게는 평화와 고요 일색의 가야불교성지 청정도량 칠불사에 와서 집에 두고 온 소소한 수면 도우미를 떠올릴 만큼 불면의 긴 밤이었다. 더 머무른다고 해도 수면도우미 없이는 안면을 도모하기는 쉽지 않을 것이다. 안면이 어렵다면 그녀의 기도 또한 수월하게 진행된다고 장담하지 못할 터였다.

세 여자는 대웅보전으로 문수전으로 부지런히 올라가 부처님께 작별인사를 고한 다음 시외버스터미널로 달려갔다.

지리산 자락을 내려와 범왕에서 화개장터로 내려가는 길은 겨울철에도 여전히 그윽하고 아름다웠다. 십리벚꽃길을 지나자 화개터미널이 지척으로 다가왔다.

미혹

무슨 기척에 눈을 떴다.

눈을 뜨기는 했지만 정신이 몽롱하다.

창밖은 어둡다. 방안은 더 어둡다. 정애金正愛는 이부자리를 벗어나 창가로 다가갔다.

밖엔 비가 내리고 있다.

봄비가 아파트 단지의 나무와 풀싹들을 흠뻑 적신다. 고요히 내리되 비의 양이 제법 많은 것 같다. 이제 막 꽃이 지고 푸른 잎이 올라오기 시작한 목련나무 잎들이 빗방울이 떨어질 때마다 하르르 몸피를 떠는 모습에서 그것을 알 수 있다.

잎새가 다복다복 달린 단풍나무 잎들은 흠칫 떨어도 외롭지 않게 여럿이 동시에 단체적으로 떤다. 그에 비하면 기껏해야 산비둘기 한 쌍이 날아와 목련나무의 메마른 가지를 부리로 톡톡 쪼아대던 이른 봄에 큰 가지 작은 가지를 뭉턱 잘린 목련나무는 비에 젖을 잎사귀, 가지조차 빈약하다. 그 명칭이 목련나무라는 게 무색할 만큼 모양새가 가련하고 흉물스럽다.

아파트 주민들은 나무도 생명인데 저렇듯 무참하게……라고 하면서 사람 된 자들의 생명 경시 풍조, 그게 비록 한 그루의 목련 나무이긴 해도 너무 잔인했다고 중구난방 토로하곤 했다.

아파트 관리 비용을 절감하는 측면이라고 해도 살아 숨 쉬는 나무를 조경기술은커녕 전지 경험조차 없는 노인 경비들을 동원하여 마구잡이로 잘라낸 것은 이해하기 어렵다는 것이다.

목련 나무는 해마다 꽃샘바람이 무섭게 몰아쳐 꽃봉오리가 찢겨질 위험에 처하기를 수차례 겪으면서도 꽃잎을 활짝 펼치고 사람들의 지친 심성을 예쁘게 보듬어주던 멀쩡한 나무였다.

"목련 나무도 몹시 아팠을 거야!"

"나무 자르는 톱 소리가 스각스각 들려올 때 현관문을 박차고 뛰어나왔어요. 이미 늦었지 뭐예요."

"절약도 좋고 비용 절감도 이해는 하지만 전지에도 어떤 룰, 기준은 있어야 하는 것 아닙니까."

전지 기술자가 아닌 아파트 경비 아저씨들을 동원하여 졸속으로 처리한 부분에 대해서 사람들은 불편한 심사를 그렇게 드러내곤 했다.

불편한 심사 그 이면에는 더 말할 것도 없이 아파트 주민들이 목련꽃을 보면서 누렸을 봄의 낭만이 깃들어 있으리라는 것을 누구든 쉽게 헤아려볼 수 있다. 후덕한 여인의 미소처럼 목련꽃은 아련한 옛 추억의 향기와 신실함을, 아파트 주민은 말할 것도 없고 그 아파트를 찾아온 방문객들에게도 아낌없이 선사했을 것이다.

목련꽃의 신실함이라고? 그 신실함에 대하여 어떻게 설명할 수 있을까. 혹자는 목련꽃을 형용하는 신실함이란 어휘에서 약간은 의아해 하거나 쉽게 납득을 할 수 없을 지도 모른다. 달 밝은 밤에 의연하고 격조 있게 하얗고 두터운 꽃잎이 벌어지는 그 기상과 과단성이 사람들의 잠재의식 속에 이미 각인돼 있을 것이다. 그것이 바로 목련꽃의 신실함에 해당하지는 않을는지.

불구가 되어버린 목련 나무는 한동안 사람들의 관심과 동정을 촉발시켰다. 여기서 중점적으로 거론해야 할 대목은 목련 나무의 생태보다는 비용을 줄이는 데만 급급하여 무자격자에게 전지를 맡긴 생명에 대한 무지와 거친 인성이었다.

무절제하게 잘려나간 가지 끝에서 겨우 몇몇의 꽃송이가

피는 듯 마는 듯하면서 개화기가 허망하게 지나가 버렸다. 예년에 없던 꽃 흉년이었다. 목련꽃의 자태에 대하여 소담하고 우아하고 청순하고 등의 장점을 논할 여지가 없게 돼버린 것이다. 목련 나무가 부실한 꽃 몇 송이를 피운 것만으로도 아파트 주민들은 대견히 여겼는지도 모른다.

목련 나무가 본래의 모습으로 회복하자면 몇 년 세월이 필요할까 생각하면서 정애는 쓸쓸히 집을 나섰다.

신년 계획에는 아예 없던 여행이었다. 여행이라기보다는 차라리 유배나 수행의 차원에서 해석해볼 수 있는 몹시 긴장되고 조심스러운 발걸음이 아닐 수 없다.

이른 봄의 날씨는 겨울 그대로였다. 한 겨울에 비해 바람의 성질머리가 훨씬 고약해서 정애는 벗어 놓은 내복을 챙기고 머플러며 장갑에 가죽코트로 단단히 무장하고서야 집을 떠났다.

허리를 비틀며 견딘 게 꼬박 4시간이었다. 광주 터미널에서 내린 정애는 곧바로 화순가는 버스로 갈아탔고, 화순에서 다시 용강으로 가는 버스를 타야하는 장거리 코스였다.

교육이라고 했겠다? 이게 잘하는 일에 속하는가? 혹 후회하거나 예상외로 고생을 하는 건 아니겠지? 정애는 반신반의하는 심정이었다.

우리나라 고유의 자연치유 방식으로 질병의 뿌리를 뽑고

몸 새로 만들기에 대한 건강교육 프로그램은 정애에게 매우 생소하게 다가왔다. 그러나 나름대로 모종의 기대와 희망도 가져볼 만 했다.

단식에 관한 책을 입수하여 기초상식은 대강 숙지한 후였으므로 까짓 열흘 정도 단식한다고 해서 몸이 더 불건강으로 기운다든지 신체 내부의 기관과 부위에 무슨 고장이 새로 발생하리라고는 예상하지 못했다.

그 책을 준 사람은 정애가 대학원 논문을 준비하는 과정에서 알게 된 분으로 학위논문 작성에 유익한 정보를 제공하거나 논문 자료를 직접 택배로 보내주는 일도 있었다. 정애는 당연히 신뢰를 했다. 책 내용 역시 단식의 필요성과 효용에 대해 체계 있게 설명해놓았던 것이다.

"용강 가는 버스 언제 옵니까?"

"쪼매 기다리면 곧 오지라우."

대합실의 승객이 정애의 질문에 답했다. 곧 온다던 버스는 30분이 경과해도 오지 않았다. 정애는 초조하다. 좁은 대합실을 왔다 갔다 한다. 하필 그날이 장날이어서 작은 정류장까지 택시가 들어오지 못한다고 표를 파는 가겟집 남자가 말했다. 정애는 교육 첫날부터 지각하지 않을까 걱정이 되었다.

구멍가게를 겸한 대합실엔 늙수그레한 남자 몇 명 뿐 승객이라야 정애까지 합쳐서 다섯 명이었다. 정애는 불안해지기 시작한다. 전화 목소리로 헤아려보건대 단식을 지도한다는 그 사람의 목소리는 친절하고는 거리가 멀었다. 퉁명스럽고 불손했다.

10일 단식 비용으로 ○○만 원을 선불한 고객, 먼데서 찾아가는 교육생에게 상세하게 길을 안내하기는 고사하고 올 테면 오고 말테면 말라는 식으로 고자세로 일관했다. 정애는 퍼뜩 그 목소리를 떠올리자 교육 첫날 지각이나 해서는 안 될 것 같았다.

그때 택시 한 대가 버스 정류소 앞으로 달려오는 게 보였다.

"택시!"

택시를 소리쳐 부른 다음 정애는 가방을 끌고 택시에 다가갔다. 그런데 어디서 나타났는지 웬 젊은 남녀가 나비처럼 날아와 성큼 택시에 올라타는 것이 아닌가.

택시는 저만치 멀어져 갔다. 정애는 가방을 끌다 말고 망연히 서 있다. 그녀는 담배 연기 자욱한 대합실로 들어가기도, 찬바람이 불고 있는 대합실 바깥에 서 있기도 애매했다.

"어디까지 가십니까?"

조금 전에 젊은 남녀를 태우고 질풍처럼 사라졌던 택시가 다시 정애 앞에 나타났다.

"용강 갑니다."

"좀 돌아서 가더라도 괜찮으시겠습니까?"

정애로서는 선택의 여지가 없다.

택시는 큰 길을 벗어나 으슥한 산길로 들어섰다. 차도 사람도 보이지 않았다. 외지고 후미진 곳이었다. 먼 산에는 잔설까지 희끗거렸다.

"기사 아저씨! 제가 가는 곳은 이런 산골이 아닌 걸로 아는데요."

정애가 말했다.

"아, 예. 조금 돌면 바로 용강 가는 도로가 나옵니다."

이들이 무슨 흉계를? 택시기사와 뒤에 앉은 젊은 남녀는 아는 사이?

정애의 심사가 복잡해진다. 그녀는 시무룩한 채 창밖만 주시한다. 애초부터 버스 배차가 하루 네 번이라는 것과 화순에서 용강까지 택시로는 몇 분 거리이며 요금은 얼마라는 것을 미리 알았더라면 이처럼 난감하지는 않았을 것 아닌가. 단식교육을 실시한다는 그쪽에서도 교육생에 대한 배려에 소홀했고, 정애 역시 3급 장애로밖에 안 보이는 아파트 단지의 가엾은 목련나무에 신경을 소모하느라 건강교육을 위한 여행에 방심한 것을 아프게 시인했다. 전화 응답자의 불친절에 주눅이 들어 자세히 묻는 것을 포기한 것도 실수라면 실수였다.

설마?

설마가 사람 잡는다?

그냥 여기서 내려달라고 할까? 정애의 의구심은 극도에 달했다. 돌아보니 앞도 뒤도 여전히 첩첩 산골이다. 어려서 6·25 전쟁 중에 비행기 공습을 피해 가족들 손에 이끌려 걷던 산길을 제외하고는 깊은 산과 별로 인연이 없다. 정애는 공포감으로 몸이 으스스 떨렸다.

정애는 손목시계를 본다. 오후 1시 30분을 가리키고 있다. 정애는 후유! 하고 한숨을 내뿜으며 자세를 고쳐 앉았다.

"죄송하지만요. 저는 지금 용강 민족문화교육원에 교육받으러 가거든요. 오늘 교육 첫날이라 지각하면 안 됩니다. 그리로 가주시면 안 되나요?"

죄송하기는 뭐가 죄송해? 왜 그리 구차스럽게 긴 말을 늘어놓아?

정애의 내면에서 강한 반발이 일어났다. 정애는 그러나 가능한 한 공손하게 민족문화교육원의 존재를 강조해서 말했다.

"네, 조금 더 가서 이분들 내려드리고 빨리 가겠습니다."

택시기사의 음성으로 보아 악한은 아닐 성 싶다. 정애는 가슴을 쓸어내린다. 시야에 무한대로 펼쳐지고 있는 산골짜기를 더는 쳐다보기 싫어 그녀는 눈을 감았다. 가끔 바라보면 동양화처럼 아름다운 경치이던 것이 일면식도 없는 사람들과 택시로 달리며 바라보는 산천은 아름다움과는 달리 공포의 대상이었다. 높은 산과 울울한 숲속에서 멧돼지가 튀어나오는 것을 연상했다. 그러나 무섭기로 하면 멧돼지보다 정애는 사람이 더 무서웠다.

첫 차를 타기 위해 새벽 4시부터 발을 동동 구르며 준비한 탓에 정애는 피곤이 몰려왔고, 그녀는 이내 깜박 잠이 들었다.

"손님! 용강 다 왔습니다."

삼거리를 지나 완만한 언덕배기를 오르던 택시가 논 밭 가운데 우뚝 선 한식 기와집 앞에 멈추었다. 근래 새로 지은 듯 규모가 제법 큰 기와집이었다. 큰 한옥 집은 하다못해 탱자나무 울타리도 없고 그 너른 울안에는 나무 한 그루 보이지 않았다. 살풍경한 정황이 펼쳐진 것이다.

살풍경의 모서리에 한 남자가 보였다. 남자는 싸리비를 들고 너른 마당을 쓸고 있다가 택시에서 내리는 정애를 무심한 눈빛으로 바라본다.

"여기가 민족문화교육원 맞나요?"

정애는 가방을 끌고 그 남자에게 다가갔다.

"네. 맞습니다. 안으로 들어가시지요."

남자가 말했다. 정애는 가방을 들고 대청마루에 올라섰다.

오후 2시였다.

"뎅 뎅 뎅."

교육 시작을 알리는 징소리가 세 번 연거푸 들려왔다. 사람들이 이 방 저 방에서 나와 강당으로 가는 게 보였다. 정애는 사람들이 나온 방에 가방을 들여놓은 다음 말없이 그들을 따라갔다. 아침밥도 거른 정애는 목이 많이 탔지만 물을 찾을 엄두도 내지 못한다.

강당에는 각지에서 온 사람들이 모여 있고 바닥에는 오동나무 방석이 깔려 있었다. 교육을 신청한 사람들 외에 함께 온 가족들도 상당수였다. 정애는 강당 한 옆에 쌓여 있는 오동나무 방석을 가져와 맨 뒤에 앉았다.

젊은 남자가 출석을 불렀다. 출석을 다 부르고 나서 그는 교육생들에게 가방과 물병을 한 개씩 배당했다. 가방에는 교재와 노트 볼펜 따위가 들어 있었다. 정애는 우선 물병을 들고 물을 한 모금 마셨다. 조금 정신이 개이는 것 같다.

사람들 앞에는 작은 책상과 칠판이 놓여있고 벽에는 대형 그림이 벽 넓이만큼 넓게 펼쳐져 있었다. 그림은 일반 다른 기관에서 보는 그림과는 류類가 다르다. 그림 하단에 설명이 보인다.

'천하의 명산이요, 겨레의 상징인 신령스러운 백두산에서 시조 단군 한울님이 지혜의 일꾼들과 개천대제開天大祭을 올리는 장면'이라고 했다. 그림 오른 쪽은 두 마리의 호랑이가 금시라도 뛰어오를 듯 포효咆哮하는 모습이다. 백두산 천지와 주변은 하얗게 눈이 쌓여 어디가 산이고 어디가 백두산 천지인지 분간이 가지 않는다. 높이 쌓아올린 중앙 제단에서 단군이 하늘을 향해 두 손을 날개처럼 활짝 펼치고 제를 올리는 형상이 눈에 들어왔다.

민족문화교육원의 총 책임자인 J원장이 출현했다. 긴 수염에 흰 두루마기를 입은 할아버지였다. 주위를 둘러보는 그의 두 눈이 부리부리하다

"여러분! 여기 뭣 하러 오셨지요? 아는 사람 손들어 보세요!"

민족문화교육원 J원장이 큰 목소리로 외쳤다. 시위대의 선봉장 같은 어투였다. 전화로 듣던 목소리와는 다소 차이가 났지만 그의 큰 목소리는 일시에 장내를 제압했다. 만나서 반갑습니다. 오시느라고 애쓰셨습니다 라는 인사말은 생략, 첫 마디부터 고압적인 자세였다.

정애는 허리를 펴고 바로 앉았다. 딱딱한 오동나무 방석이 불편했다.

"여러분은 병 고치러, 건강하려고 여기 온 겁니다. 아시겠어요? 여기 온 이상 변화되어야 합니다. 변화하기 위해서는 고통을 감수해야 합니다. 간절함이 있으면 바뀔 수 있습니다. 습관 땜에 변화가 힘들어도 참된 인간상으로 살기 위해

서 여러분의 몸과 마음을 완전히 비워버려야 합니다."

J원장은 미리 외워가지고 온 듯 거침없이 네 소절을 읊었다. 강한 호소요 권면이면서 압력이 느껴지는 메시지로 일관했다. 그는 신생 고려장이 돼 버린 요양원과 인술보다 상술에 치우쳐 치료가 폭력이 되고 있는 현대의학의 맹점을 거칠게 매도했다. 언어감정이랄까 정서가 매우 험상하다는 것이 그의 눈빛과 말의 내용에서 감지되었다. 사리에 맞는 말, 옳은 말을 할 때 더욱 그랬다.

"천지인은 한 몸이고, 천지는 부모와 같다. 솔천자率天者 성, 역천자逆天者 망, 이 말이 무슨 말이냐 하면 하늘의 뜻을 따르면 성하고 하늘의 뜻을 거스르면 망한다. 즉 자신의 병을 자기가 불러놓고 남이 고쳐주길 바라지 마라. 자연이 스승이야. 자연의 이치에 따르라. 치료약은 밥상에 있고, 계절과 지역에 따라 음식을 먹어야 건강하게 살 수 있다."

순서도 체계도 없지만 이치에 어긋난 말은 아니었다. 요점만 이야기 하는 것인가. 논리의 비약이 심한 것은 숨길 수 없다. 너무나 명료하고 신선하다. 사람들은 어리둥절하여 가부좌 한 채 앞만 바라보고 있다.

"잘못된 음식이 피를 썩게 해 병이 생긴다. 부모에게 받은 터럭 하나라도 소중하게 관리해야 한다."

오랜 세월 학술적으로 연구한 것이 아니라 J원장의 삶 속

에서 터득한 자연치유에 대한 체험 내용이다. 자세히 설명
해야 하는 부분 몇 단계는 껑충 뛰어넘은 것 같았다.

J원장의 강의는 열흘 동안에 걸쳐 교육생들이 숙지해야
할 주의사항과 함께 일과표를 나누어주는 것으로 마쳤다.
교육을 받으러 온 것이 아니라 훈련, 기압이었다. 첫 시간부
터 병영 같은 삼엄한 분위기였다.

10분 휴식 후에 다른 강사가 들어왔다. 몸을 비우는 데 있
어서 유의할 점을 설명한 후 곧 각자 지정된 숙소로 돌아가
서 관장을 시술하도록 지시했다. 이를테면 비움의 미학을
실행하는 것이다. 비움이 채움 보다 우선이었고, 채움은 그
자리에 온 교육생 모두에게 먼 미래에나 도래할 지극히 아득
한 것으로 인지되었다.

한식 온돌방은 바닥이 뜨거울 정도였다. 작은 플라스틱
대야에 따뜻한 물을 떠와 마그밀 4알과 볶은 소금을 한 스푼
탔다. 먼저 와 있던 사람들이 관장을 처음 접해보는 초보자
들을 도와주었다. 옷을 벗고 비스듬히 누운 요상한 자세였
지만 교육생들은 묵묵히 따라했다.

관장 후에 대개는 참을 수 없는 변의를 느꼈다. 사람들은
서로 초면이면서 체면 눈치 살필 겨를도 없다. 허리춤을 움
켜쥐고 복도를 달려 복도 끝에 있는 화장실을 들락거렸다.
화장실로 달려가는 발소리가 쉴 새 없이 이어졌다. 밤에도

잠 한숨 못 자고 화장실로 뛰어가야 했다. 화장실에서 나오면 예외 없이 물병을 들고 생수를 벌컥벌컥 들이켰다. 목이 탔다. 전신이 내둘리도록 어지러웠다.

어려운 일은 그 후 계속 일어났다. 무엇보다도 새벽 3시 기상이 힘들었다. 그것은 누구에게나 무리였다. 은하수가 출렁이고 북두칠성이 길게 누운 청남빛 하늘이 엄숙한 새벽. 창문을 활짝 열어젖힌다. 방안의 불도 끈다. 입었던 옷을 다 벗어놓고 이불을 둘러쓴다.

사무실에서 음악이 흘러나온다. 매 동작 마다 안내가 나오고 사람들은 완전 알몸으로 풍욕을 실행한다. 11가지 동작을 40분간 한 다음 10분 휴식, 그렇게 2번 반복하다 보면 별빛은 스러지고 동녘이 희부옇게 밝아온다. 고통의 시간이었다. 사는 곳과 앓고 있는 병의 종류, 나이와 성별, 하는 일 등, 모든 것이 서로 다른 사람들이 모여 옷을 몽땅 벗고 움직인다는 게 어디 쉬운 일이던가.

그것이 저녁 시간에도 똑같이 실행된다. 힘든 것이 풍욕뿐일까. 풍욕 마치고 나면 미처 숨 돌릴 사이도 없이 냉 온욕을 하러 욕실로 향한다. 남자들이 먼저 와서 휘젓고 간 물속으로 그것도 냉탕 먼저 들어갔다가 온탕으로 들어가야 한다, 온탕에서 냉탕으로, 냉탕에서 온탕으로 시간을 재면서 3,40분 동안 열한 번을 왔다 갔다 하면서 피부청소를 하는 것이다. 체력이 강하지 못한 환자들에게 이 역시 엄청난 난행고행이 아닐 수 없다. 어지러워 바닥에 넘어질 위험을 감수해야한다. 골이 텅 빈 것처럼 아득해진다. 잠시잠깐 물속에 누워서 눈을 꼭 감고 정신을 추스르곤 한다.

산으로 둘러싸인 그곳 기온은 봄이긴 하되 겨울이었다. 먹는 것이라곤 물, 즉 새벽에 눈뜨자마자 제일 먼저 감잎차를 마신다. 산과 들에 나는 식물을 채집하여 발효시킨 산야채 효소 원액에 물을 탄다. 그것을 작은 병 속에 담아들고 다닌다. 족욕을 하면서도 갈증이 나면 그것을 수시로 마신다. 또 하루 몇 차례 죽염을 털어 먹고, 배변을 도와준다는 마그밀, 그 외 각자의 경제상황에 따라 오곡으로 만들었다는 조청이며 매실청을 구입해서 허기가 심할 경우 한 숟갈씩 먹는 게 전부다. 검정빛깔을 띤 오곡 조청이며 매실청은 끈끈한 것이 떠먹기가 거추장스럽고 값도 비쌌다.

정애는 숨이 가쁘다. 전신의 근육이 후들거리고, 뼈 마디가 삐거덕 거린다. 그런 증후들은 정애가 지금 받고 있는 일련의 건강교육 실태가 정애의 몸 조건에 자연스럽게 어우러지지 못하고 있다는 데에 기인할 수도 있다.

그렇다 할지라도 고작 하루 하고 '나 못 하겠소!' 하고 손을 들 수는 없다. 단 열흘이니까. 잘 참아보자. 무슨 결과가 있겠지. 정애는 묵묵히 매 강의에 열중했다.

"우리 몸은 몸을 지키기 위해 최선을 다하고 있다. 병을 낫게 해주는 요소가 우리 몸에 다 있어. 몸 안에 의사가 있는 거야. 병원과 약이 우리 몸을 살리는 게 아니야. 왜 나한테 이런 병이 왔지? 하고 그 원인이 자신한테 있는 줄 모르고 우리는 한탄만 한다. 면역력을 기르면 병이 안 난다. 그런데 병원과 의사는 환자를 물건으로 대하는 거야. 사람 취급 안 하니까 방사선 쐬고 화학약품을 과용하는 거야. 멀쩡한 정상세포도 다 죽이는 거야. 고유한 생명체보다 돈만 생각하는 처사야. 지금 우리는 개가 먹어서도 안 되는 밥상을 차리고 살고 있어."

사실과 동떨어진 말은 아닌 것 같다. 비분강개, 개탄, 성토, 공격, 험구로 일관한 J원장님 강의가 두 시간 연속으로 이어진다. 분노나 불만 표출보다는 환자 개개인에 대한 증세 파악과 적절한 치료가 더 시급한 게 아닌가. 이곳은 더 이상 치료할 방법이 없다고 병원에서 내친, 버림받은 중환자들이 오는 곳이라고 말하지 않았던가. 정애는 의문을 품는다.

원론적인 강의에만 치중할 게 아니다. 비분강개하여 남을 성토, 공격하기엔 환자인 교육생들의 사정은 훨씬 급박한 상황이다. 정애는 올 때와 마찬가지로 머릿속이 뒤숭숭하다.

해가 저물고 밖은 이미 어둑하다. 교육생들은 벽에 몸을 기대고 앉아 하품하고 몸을 비튼다. 혹은 양 어깨를 들어 올리는 시늉을 하며 지루함을 견뎌내고 있다.

다음 강의는 외부 강사였다.

"여러분! 여러분들은 이 교육을 지금까지 살아온 과정을 돌아보고 몸과 마음의 건강을 점검해 보는 기간으로 생각하라."

강사는 먹지 않는 즐거움이 제일 큰 즐거움이라고 강변했다. 역설이었다. 살아있는 생명에게 먹는 일은 그 무엇에도 비할 바 없이 큰 즐거움이 아니겠는가. 먹되 잘 선별해서 먹는 것, 그것이 건강을 지키는 궁극의 길이 아닐까. 먹이 획득을 위해서 인간 누구나가 삶의 현장에서 용감하게 때로는 비루하게 혈전분투하고 있는 것이 아닐까.

정애는 별수 없이 먹지 않는 즐거움을 누리러 이곳에 온 것을 시인할 수밖에 없다. 강사가 그렇다고 하면 그런 것이다. 그것은 여기에 온 환자 모두에게 적용되는 말이다. 먹지 않는 데서 그치는 것이 아니라 강의를 들으면서 머릿속 복잡한 상념을 털어낸다. 정신과 마음을 비우고 된장찜질, 족욕, 겨자목욕으로 몸 안의 독소를 배출한다. 그렇게 오장육부를 청소하는 일을 반복하므로 해서 영 혼 육을 모두 정화시키는 것이다.

강사는 우리의 몸이 필수적으로 섭취해야하는 것들, 즉 햇빛 산소 물 소금 채소 등 다섯 가지에 대해 구체적인 예를 들어가며 설명했다. 이 다섯 가지가 부족 현상을 보이면 우리 몸은 병들어 있는 것이라고 했다. 고층 아파트에서 살고 있는 정애에게 부족한 것은 햇빛과 산소일 듯했다.

밤 10시 지나서 모든 강의가 끝났다. 정애의 몸은 완전 녹초가 되었다. 허기도 참기 어려웠다. 쪼르륵 소리가 난다. 속이 막 쓰리다. 정애는 물병을 들고 물을 쿨럭쿨럭 마셨다. 귀에서 윙! 하고 알 수 없는 소리가 울려나왔다. 눈에는 안개 같은 게 자욱이 덮인다. 숙소까지 간신히 걸어갔다. 숙소로 돌아오자 사람들은 그대로 곯아떨어졌다.

이른 아침 J원장 방에 모였다.

"원장님! 저는 가야겠어요. 집에 급한 일이 생겼어요!"

교육 포기생이 발생했다. 서울 신촌에서 왔다는 나이든 여자교육생이었다. 폐암 진단을 받은 그녀는 수술을 거부하고 이곳에 단식하러 왔다고 했다. 서울 ○병원에서 영양사로 근무한지 20년 만에 처음 휴가를 냈다고 하더니 그녀는 하루 만에 마음을 바꾼 것이다.

정애는 그녀가 자기소개 시간에 근무처가 ○병원이라고 분명히 말한 것을 기억한다. 그런데 병원을 두고 이곳에 왜 왔으며 겨우 하루가 지났는데 무엇 때문에 돌아간다고 선언하는가. 급한 일이 대체 무슨 일일까. 그녀도 정애처럼 미혹

되었는가. 정애는 고개를 갸우뚱한다.

"더 있어보쇼. 하루 갖고는 암 것도 안 되여!"

J원장이 만류했다.

"기왕 오셨는데 열흘은 채우고 가시죠!"

교육생 중에서 반장으로 뽑힌 울산에서 온 남자가 말했다.

"하룻밤을 자도 만리성을 쌓고 옷깃만 스쳐도 인연이라는데……."

배가 자꾸 부어올라서 이곳에 입소했다는 순박하게 생긴 고령 할머니가 거든다.

적어도 열흘 동안은 그들 모두 한 배를 탄 환우가족이었다.

"동생이 많이 아팠는데 위급하다고 전화가 왔어요."

그녀는 동생의 병을 구실로 내세웠다. 그렇다면 그녀의 폐암보다 더 급한 병을 그녀의 동생이 앓고 있었다는 것인가. 동생을 돌볼 것이지 여긴 왜 왔을까. 동생에겐 그를 돌볼 가족이 없는가? 정애는 궁리가 분주하다.

그녀는 귀가를 만류하는 J원장과 동료들을 뿌리치고 짐을 챙겼다. 콜택시를 부른 다음 신속하게 민족문화교육원을 나갔다.

4명이 사용하던 방 공간이 한 명 빠지므로 다소 넓어졌다. 그것이 정애는 조금도 달갑지 않다. 달갑기는커녕 쓸쓸

한 마음이다. 정애도 그녀와 함께 택시를 타고 민족문화교육원을 나가고 싶다. 물이나 마시면서 맹훈련을 견디기에는 그녀의 신체는 진즉부터 쇠약할 대로 쇠약해 있었다.

정애는 열흘간의 교육 과정을 이수하자는 처음 결심을 그대로 유지하기로 작심했다. 단식으로 몸에 깃든 병소가 왕창 빠져나가준다면 더 바랄 것이 없을 것 같았다. 젊은 시절로의 환원까지는 바랄 수 없다고 해도 무엇을 먹어도 체하지 않고 음식을 잘 소화시킬 수 있기를 간절히 소원했다.

가장 힘든 것은 합장 수련이었다. 가부좌를 틀고 두 손을 머리 위로 똑바로 올려 합장하는 것이다. 그게 장장 40분이었다. 근근 20분이 지나자 손이 덜덜 떨리면서 아래로 처지고, 자세가 흐트러지고 발이 심하게 저려왔다.

"손 올리세요!"

강사가 쏜살 같이 다가왔다. 딱! 소리와 함께 정애의 어깨를 죽비로 내려친다. 아래로 처진 정애의 손을 위로 끌어올려 준다. 손을 가슴에 모으거나 팔꿈치를 옆구리에 붙여서도 안 되었다.

정애는 허리가 비틀린다. 몸 전체로 경련이 일어난다. 불현듯 부모님 산소가 보인다. 대청호 언덕의 갈대가 흔들린다. 소나무 그늘에 돌아가신 어머니가 앉아 있다. 얼굴 모습은 희미한데 틀림없는 어머니 형상이다. 아, 어머니! 대체 어머니가 어인 일인가. 순간 눈물이 비 오듯 쏟아진다. 콧물 눈물이 범벅되어 줄줄 흘러내린다. 손수건을 꺼낸다거나 손등으로라도 눈물을 훔쳐낼 수도 없다.

"손 올려!"

강사의 불호령이 정애의 혼미한 정신을 일깨운다.

열흘이 열 달 이상으로 길게 느껴질 무렵 교육은 끝이 났다. 정애가 민족문화교육원에 열흘 머문 동안 체중은 표준에서 10Kg이나 줄었다. 몸이 가벼웠다. 그만큼 훈련이 혹독했던 것일까. 앉았다 일어서면 핑그르르 어지럽다. 눈앞에 아지랑이가 뱅글뱅글 맴돌았다. 어떤 사물도 뚜렷하게 보이지 않는다. 더구나 그녀의 얼굴에서 실지렁이와 뱀 지나간 흔적이 포착되었다. 얼굴과 손은 봄볕에 그을려 밀림 속에 사는 마사이족의 피부처럼 소가죽이 아닌 인가죽으로 변해 버렸다. 욕실의 큰 거울 앞에 서면 뼈에 가죽만 씌운 인간이 거기 나타났다. 섬뜩한 두려움을 끼치는 몰골이다. 정애는 목련나무의 처참한 형상이 떠올랐다. 앙상함과 처참함이란 측면에서 공통점이 발견되었다.

수료식이 있는 날이다. 정애는 가방을 대강 싸놓은 다음 원장실로 갔다. 많은 다른 교육생들이 면담하기 위해 대기하고 있었다. 이름을 부르면 한 사람씩 원장 앞에 나아가 오동나무 침상에 누워서 촉진觸診을 받는 형태였다. 정애는 한 옆에 웅크리고 앉았다.

　촉진과 면담이란 절차는 민족문화교육원 정기과정을 수료하고 집으로 복귀하는 마지막 과정이 아니었다. 그 반대 개념이었다. 서울에서 온 여인이 침상에 누웠다.

　'자궁이 부어 있어! 그러니 임신이 어렵다는 거야. 황달기가 가셔야 간이 좋아지는데 아직은 멀었다!'

　원장이 촉진 결과를 발표하면 정애가 처음 이곳에 올 때 마당을 쓸고 있던 젊은 남자가 노트에 받아 적었다. 처방전 비슷한 것이다. 그 처방이라는 것이 사람들을 더 체류하게 하는 빌미가 되었다. 필수적으로 먹어야 하는 건강식품과 음료 구입에 관한 것이었다. 환자가 먹어야 하는 것들은 종류도 다양하고 값도 수강료의 몇 배에 해당했다. 단식교육이란 것은 이를테면 체류를 위한 첫 단계, 방편이었다.

　원장은 집에 돌아가서 이곳에서 하던 대로 실행하지 않으면 열흘간 받은 교육이 허사가 된다고 했다. 그는 이곳에 더 남아 단식을 계속해야 하는 이유를 힘주어 말했다. 단식은 천명이고 칼을 대지 않는 수술이다. 집에 돌아가면 이곳의 방식대로 단식을 실행할 수가 없다고 강조했다.

　병을 고치기 위한 단식이라면 통상 한 달이 기본이라고 했다. 어떤 사람은 100일을 단식하고 체중 20Kg을 뺐다고 무공훈장을 탄 영웅처럼 말했다. 사람들은 홍수로 불어난 강물이 빠지듯 체중이 많이 빠질수록 자랑으로 삼았다.

대부분의 교육생들이 교육원에 남겠다는 의사를 표명했다. 개중에는 교육원에서 공동으로 사용하는 건강 기구를 개인용도로만 쓰기 위하여 고가의 운동기구도 매입하는 사례가 벌어졌다. 여기서도 부익부 빈익빈 현상이 벌어지고 있는 것이다.

촉진과 면담, 주문이 순조롭게 진행되었다. 원장이 권해 주는 대로 이것도 사고 저것도 주문하면서 다소 고양돼 있는 눈치다. 한 사람이 이거 달라 하면 다른 사람이 또 그와 똑같은 것을 나도 나도 하는 식이었다. 촉진에 이어 구입과 판매가 종료되고 사람들이 하나 둘 원장 방에서 빠져 나갔다.

정애는 J원장과 마주 앉았다.

"원장님! 저는 오늘 집으로 돌아가겠습니다. 그동안 감사했습니다."

"뭐? 집에 가겠다고? 그건 안 되어. ○ 선생을 지금 보냈다가 만에 하나 ○ 선생이 암으로 죽으면 여기는 거덜 나는 거여. 병 다 고치구 가야혀, 더 있어봐야재. 여그 더 있으믄 낫는 법이여!"

J원장은 단칼에 정애의 귀가 의지를 꺾어 놓았다.

"저는 밤에 잘 때 오른 쪽 가슴 안쪽이 뜨끔뜨끔 찌르듯 통증이 오고, 목에 무엇이 매양 걸려 있다가 가래 같은 것이 넘어와요. 그게 계속 그런 게 아니고요. 그러다가도 조금 있다 보면 괜찮고 그래요."

"내가 볼 때 ○ 선생은 위장도 부어 있고 간도 땡땡하고, 자궁도 폐도 온전한 데가 하나도 없어요. 여그 배 한가운데 탁구공 한 개가 들어앉아 있단 말이여. 병원에 가면 십중팔구 수술하자고 덤벼들 겁니다. 그게 뭣이냐 하면 바로 종양이라는 거여. 내일 부터는 보식에 들어갈 거이니 그리 알고 더 있어 봐요."

J원장은 집에 가겠다는 정애에게 강력하게 보식을 거론했다. 보식을 하게 되면 기운을 차리게 된다면서 부모님에게 받은 몸을 의사나 병원에 함부로 맡기지 말고 내 몸 내가 고친다 생각하고 더 머물러 있으라고 당부했다. 그러나 보식을 경험한 환자들 이야기로는 오곡 가루로 끓인 그 보식의 실제는 쌀뜨물 그 이상도 그 이하도 못 되는 멀건 물에 불과하고, 반찬은 날된장과 새우젓이 고작이라고 했다.

정애는 더 이상 자기주장을 펼치지 못한 채 숙소로 돌아왔다. J원장의 강한 어감에서 이곳에 일단 들어온 이상 집에 가고 싶다고 해서 마음대로 갈 수 있는 사정이 통하지 않는다는 것을 감지했다. 기실 10일 동안 단식을 경험한 정애의 몸 상태는 더 항거할 의지나 체력이 거의 바닥난 것이나 다름없었다.

척추 수술 이후 그 후유증으로 정애는 수년 동안 전국의 병원을 순례했다. TV에 병원 건물이나 수술하는 장면이 비치기만해도 살이 떨렸다. 할 수 없이 가게 되더라도 병원마다 의사마다 적극 권하는 각종 검사가 두려웠다. 이름도 잘 알 수 없는 해괴한 병명에 어떤 증상에나 통용되는 항생제 진통제 신경안정제 소화제 복용도 질색이었다. 매번 그것은 정애의 약한 위장을 훑었고 신장과 방광을 자극했다. 마침내 당뇨보다 더 심각한 혈뇨를 동반했다.

병원에 가는 건 정말 싫다. 정애는 이곳에 남아 단식을 계속하면서 몸 상태를 더 지켜보아야 할 것 같았다

숙소로 돌아온 정애는 이불자락을 둥둥 말아 올려 베개로 삼고 자리에 누웠다. 방바닥은 따끈하게 달구어져 있다. 바깥은 꽃샘바람이 심하게 불었다. 한지로 바른 문풍지가 꽃샘바람에 포르릉 포르릉 기묘한 소리로 울었다.

정애는 스르르 잠이 왔다. 열흘 동안 밥 한 술 안 먹고 찬물만 들이켠 뱃속은 우그르르! 이상한 소리를 내며 요동친다. 우그르르! 할 때마다 정애의 얼굴에 고통스런 빛이 어렸다.

"집에 가신다더니 체념한 모양인가봐!"

옆 사람들이 지껄이는 소리가 정애의 귓가를 울렸다. 괴한이 달려들어 목을 조른다고 해도 선뜻 일어설 기운마저 고

갈돼 있다. 굶는다는 것의 결과는 정애의 사고 체계와 방향
감각까지 헝클어 놓고 있었다.

"피 좀 그만 뽑아 가세요! 어지러워서 일어설 수도 없어
요. 제발 저를 퇴원시켜 주세요!"

"그건 안 됩니다. 담당 교수님 결제가 나와야 해요."

S대학병원에서 정애가 매일 겪는 퇴원 논쟁이었다. 혈뇨
증세는 정애의 건강을 바닥으로 추락시켰다. 입원하고 나서
까다롭고 힘겨운 정밀검사를 실시했지만 큰 수술을 치른 환
자답지 않게 신장과 방광에 별다른 이상 징후는 발견되지 않
는다고 했다. 그럼에도 불구하고 채혈은 아침마다 병실에서
이루어졌다.

간호사가 정애의 손목에 긁은 주사기를 들이대고 피를 채
취했다. 그게 하루도 거르지 않고 반복되는 일과의 시작이
었다.

"피 검사 한 번으로 300 가지 병명을 밝힐 수 있다면서 웬
피를 이렇게 많이 뽑아요?"

정애는 수년에 걸쳐 S대학병원에서 건강 검진을 해왔다.
콜레스테롤 수치가 높은 것 빼고는 다른 예후는 보이지 않는
다고 했다. 그런데 느닷없이 오른 쪽 다리 부근에 흰 반점이
보인다는 것이다. 그게 기생충인지 뼈의 변형인지 정밀검사

가 필요하다하여 S대학병원 내과에 입원했다. 그렇다 할지라도 입원 환자에게서 이렇게 많은 분량의 피를 매일 뽑아가는 것은 기이했다.

"담당 교수님 명령이니까 채혈만 할 뿐 우리는 잘 모르죠."

피를 뽑아 간 후 아침 배식이 있었지만 정애는 밥을 먹지 못했다. 속이 메시꺼워지면서 구토가 일어났다. 물도 마실 수가 없다. 어지럼 증세는 도를 지나쳐서 혼자서 병실 밖으로 나갈 수도 없게 되었다.

"회진할 때 환자분이 직접 교수님께 여쭤 보세요."

피를 뽑아다 무슨 검사에 사용하는지 그 양이 몇 CC 인지 물어보라는 이야기인가. 속 내용을 잘 모르기도 하지만 간호사는 의사에게 책임을 돌리려는 의도 같다.

"매일 아침 피 뽑아가는 것 더는 견딜 수 없어요. 의사 선생님께 저 좀 퇴원시켜 달라고 말씀드려 주세요."

정애는 피를 뽑으러 온 간호사를 붙들고 애원했다. 매일 피를 뽑아야 할 만큼 정애의 증상이 특별한 변화를 보인 일도 없다. 정애는 몸서리를 친다. 돈 잃고 피 잃고 결국은 사람의 생명이 종이처럼 가벼히 산화되어가는 모양새였다.

"퇴원하겠다는 사람 왜 점심 식사까지 먹여 주는 겁니까? 누가 이 밥 먹겠다고 신청했어요?"

아침 식판도 숟갈 하나 안 대 보고 물린 정애가 점심밥을 가져 온 배식 아줌마에게 버럭 소리를 질렀다.

"우리는 배식만 하지 그런 것 몰라요."

2인실 한 끼 식사대는 시중의 일반 중량급 식당보다 갑절이나 비쌌다. 기름에 바싹 튀긴 돈가스는 보기만 해도 벌써부터 소화불량 증세를 유발시킨다. 돈가스 뿐 아니라 2인실 식사 내용은 환자의 입맛하고는 거리가 먼 인스턴트 천국이었다.

정애는 채혈의 불쾌한 기억을 끌어안은 채 S대학병원을 퇴원할 수 있었다.

"일본에 보낸 혈청검사 결과가 도착하면 그때 다시 내원하셔야 합니다."

내원이 가능한 환자를 왜 열흘 이상 입원시켰는가? 그것도 2인실에.

정애는 풀리지 않는 수수께끼를 안고 거구의 닥터가 위압적으로 당부하는 말을 귓등으로 흘리고 도망치듯 병원을 나왔다. 그 후 S대학병원에서는 내원 연락이 오지 않았고 정애는 S대학병원과는 거리를 두게 되었다.

그런 정애에게 미혹의 기미가 다시 찾아왔던 것인가. 외지고 삭막한 전라도 산골로 제 발로 기어들어간 것은 검증되지 않은 인터넷의 자연치유 정보와 지인이 준 책을 통한 현

란한 광고 때문이었을까? 소나기 피하려다 우박 맞은 꼴이
아닌가.

"원장님. 저는 제 병을 알고 있어요. 먹고 싶은 것 찾아먹
고 잘 쉬면 나을 수 있어요. 그런 확신을 여기 와서 원장님
강의 들으면서 얻게 된 것 같아요."

어찌하든 이곳을 빠져 나가는 게 급선무였다. 애초에 병
은 없는 것이고 소우주인 우리의 몸속에 의사가 있다고 했
지 않은가. 실제로 정애는 자신의 병은 자신의 노력과 방법
으로 고쳐야 옳다는 결론에 돌입한 상황이었다. 치유의 방
법과 의사의 소재를 찾았으면 집으로 돌아가는 게 마땅한 것
아닌가. 그것이야말로 예상 외로 거둔 깨달음이고, 청매화
홍매화가 만개한 전라도 산골의 순수 청정한 자연풍광이 그
녀에게 준 선물이었다. 자연의 순환질서에 동화하고 순응하
면서 자연스럽게 삶을 꾸려가는 법칙을 체득한 것이 큰 성과
라면 성과였다.

누가 감히 어떻게 개인의 몸 살림을 가늠할 수 있을까. 사
람마다 체질과 성격이 다르다는 것을 인정하는 게 순서 아닐
까. 어떤 음식이 잘 맞는지, 어떻게 살아왔는지, 더하여 어떤
운명을 타고 났는지 누가 이해할 수 있을까.

병의 발병과 치료는 개인적인 문제다. 현대의료는 그 나

름으로 장단점이 있고, 전통의술, 자연치유 방법 또한 장점과 단점이 있을 것. 비록 환자라 하더라도 환자 본인이 먼저 중심을 잡아야 할 것이다. 치료의 주체는 바로 자기 자신이기 때문이다.

정애는 방으로부터 가방을 끌어낸 후 댓돌에 내려서서 운동화 끈을 고쳐 맸다. 그녀는 미혹의 고비에서 더 머뭇거리고 싶지 않았다.

"이만 가보겠습니다. 그동안 많이 배우고 갑니다."

J원장도 교육생 누구도 정애의 길을 막지 않았다.

택시는 산길을 빠져나와 지난번에 왔던 그 길로 빠르게 달려갔다.

'쪼르륵!'

배에서 허기를 알리는 신호가 울린다.

정애는 가방에서 생수병을 꺼내 물을 마신다. 쪼르륵 소리가 이내 뜸해진다.

물을 좀 더 많이 마셨다. 그녀에게 차라리 물이 보약이었다.

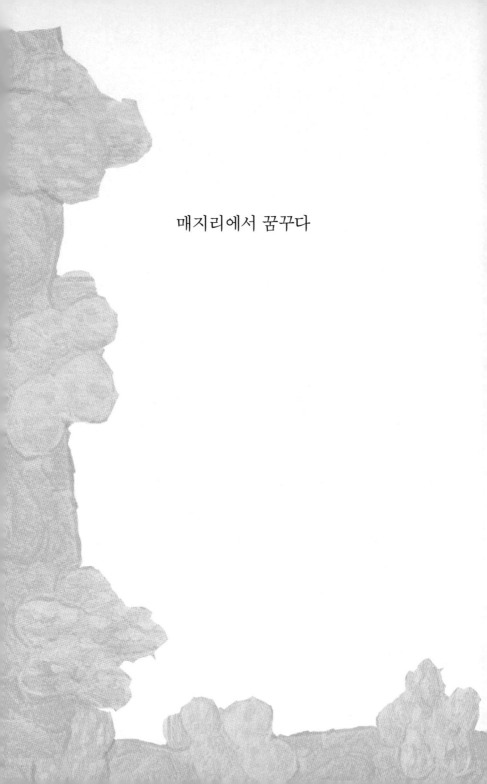

매지리에서 꿈꾸다

토지문화관의 수질이 어떻게 좋은지 손을 씻어보면 안다. 몸을 헹궈 보면 안다.

비가 추적추적 내리는 아침에 더운 물이 나오지 않자 오연희吳娟熹는 찬 물로 머리만 감았다. 머리에서 윤이 나는 것 같았다. 하루에 수 십 번 씻는 손, 손등이 반질반질 매끄럽게 빛나는 것도 알게 되었다. 과연 매지리의 물이 좋구나 라고 느끼는 순간 감사와 감동의 물결이 연희의 복부에서부터 거세게 휘몰아쳐 옴을 막을 수가 없었다.

수도에서 나오는 물을 그냥 한 컵 받아 마셔도 물맛이 얼마나 달고 상쾌한지 연희는 깜짝 놀라곤 한다. 이곳의 물은 천지자연의 기운이 고스란히 살아 있다. 언제 맛보았던가. 그게 어디였던가. 근래엔 이런 물맛을 전혀 경험해 본 일이 없다고 말해야 옳다.

어린 시절 소풍 갈 때 들꽃 만발한 호젓한 산길을 친구들과 짝을 지어 올라가다가 목이 말라 길 옆 우물에서 두레박으로 퍼 마시던 물맛이 이랬던가. 우물에 먼저 도착한 담임 선생님이 정성으로 퍼 올린 한 두레박의 물. 아이들이 돌아가며 마시던 그 청량한 물맛!

어찌 그걸 물맛에만 국한시킬 수 있을 것인가. 그것은 그 우물을 그 자리에 있게 한 산의 맛, 바람의 맛, 하늘의 맛이 아니었을까. 그곳에 터 잡아 아기 낳아 기르고 농사짓고 가축 돌보며 살아가는 사람들의 순후한 덕이 가미된 본래의 그 맛이 아니던가.

한 잔의 물을 마시면서 문득 연희는 고 박경리 선생님의 은덕을 고스란히 입고 있음을 알았다. 자연과 생명을 존중하는 그분의 전 지구적인 사랑을 깨닫고 가슴이 포근해졌다.

'나는 내 불행을 우려먹고 산다.'

오래 전 어느 책에서 읽었던가, 인터뷰였던가. 정확히는 모르지만 박경리 선생님은 대개 이와 같은 말씀을 하신 걸로 알고 있다. 그 말씀이 왜 연희의 가슴 한 복판에 선명하게, 충격적으로 콱! 들어와 박혔는지 모른다. 연희는 박경리 선생님을 도의 경지에 들어선 선각자 선지자를 대하는 느낌이었다. 설사 자신에게 지워진 운명의 짐을 지고 힘겹게 작품 창작에 정진한다 할지라도 '불행을 우려먹고 산다'고 아무렇지도 않은 것처럼 자연스럽게 토로하실 수가 있는지에 대해서 경이롭게 보였다. 놀라움과 숭배를 넘어서 외경이라 할까. 그리고 『토지』 17권의 세월은 범인으로서는 감히 입도 뻥긋할 수가 없어진 경계였다.

강원도 원주의 토지문화관이나 구례에서 악양 하동으로 이어지는 연도의 코스모스는 연희에게 그냥 예사로운 지명이나 꽃이 아니다. 그 외경의 성지에 겨우 찾아 온 게 박경리 선생님이 타계하신 후가 되었다.

지난 봄 연희는 통영의 '박경리 문학관' 개관식에 참석하였다. 그날 박경리 문학관 개관식에 이어 박경리 묘소에 참배하고 시와 5월의 꽃들로 어우러진 박경리 공원에서 소설가협회 행사가 있어 작은 위안을 받았다.

물 좋고 산세 좋고 또한 선한 사람들이 사이좋게 어울려 사는 회촌 마을, 천지인天地人 삼재가 이 한 잔의 물에 녹아 흐르는 것은 아닐까. 연희는 깊은 사념에 젖어 음미하듯 물을 마신다. 연희의 영혼에 달고 시원한 샘물이 고인다.

토지문화관에 온 후 연희는 시간 맞춰 끼니 찾아 먹고, 소설 쓰고 책을 읽으며 조용히 지낸다. 아침저녁으로 저수지가 있는 들길을 산책하면서 새로 쓸 작품을 구상하기도 한다. 집에서처럼 무슨 국을 끓일까, 무슨 반찬을 마련할까 걱정할 일이 없다.

집 가까운 롯데 마트에 가야하나, 아니면 한살림 유기농 매장에 가서 콩나물 봉지와, 부로콜리나 시금치라도 몇 단 사와야 할까, 앉아서 전화로 주문을 할까, 궁리를 하지 않아도 좋았다. 그런 잡다한 먹을거리 걱정이나 집안일에서 자유를 누릴 수 있게 되었다.

한살림 매장에서 가져온 소식지, 물품 이름이 빽빽이 적힌 팸플릿을 살펴보고 물품을 주문하게 되면 배송 가능한 일정 금액이 정해져 있다. 최소한 그 금액이 되어야 집에 앉아서 원하는 일시에 배송을 기다릴 수가 있다. 그런데 연희는 언제나 정해져 있는 액수를 초과하기 일쑤다. 어떤 날은 두 배 이상 되는 날도 많다.

견물생심이라고 했던가. 멋스럽게 컬러로 치장한 상품 목록을 들여다보면 천리향 따위 이름도 잘 모르던 과일이며 산나물 종류, 매생이, 문어, 낙지, 또 한우 불고기나 토종닭 등 화학비료나 농약, 항생제, 성장 조절제를 사용하지 않고 재배했다는 광고 문구에 무작정 빠져들게 된다.

연희는 가능한 한 육식을 피해 왔다고 할 수 있다. 그것의 직접 원인으로는 베트남 출신 틱 낫한 스님 이 쓴 책『화』를 읽고서였다는 게 정확할 것 같다. 흔히 화라고 하면 고등동물인 인간의 전유물로 생각될 수 있지만 무릇 생명을 가진

우주의 모든 동식물에게도 감정이나 영혼은 존재한다고 그 책은 말한다. 인간처럼 언어로 표현하지 못할 뿐 그들도 그들 나름의 방식으로 화를 표출할 수 있고 도살 직전에 공포에 떤다거나 비명을 질러대는 이야기는 연희에게 슬픔이었다. 생명의 존엄성은 그것이 하찮은 미물의 경우에도 동등한 가치로 존재한다. 만물의 영장이라고 일컫는 인간에게만 주어진 특전은 아닐 것이다.

잘못된 임신, 태아를 인공유산이라는 방법으로 낙태시키려 할 경우를 예로 들어보자. 태내에 깃든 모양과 형체를 다 갖추지 못한 미성숙의 생명이 금속의 첨예한 의료기구가 들어오는 순간 그것을 피하기 위해 꿈틀거리거나 이리저리 피해 다닌다는 말을 언젠가 산부인과 의사 남편을 둔 선배로부터 들은 기억이 있다. 그래서 그 선배는 어느 사찰이든 가게 되면 다른 이들처럼 한가하게 주변의 경치를 둘러보거나 사찰을 가로질러 흘러가는 강줄기에 시선을 뺏기기 보다는 법당에 올라가 인간의 오만함과 무지, 잘못 알고 있는 생명사상에 대해 참회한다고 하였다. 태내의 생명은 남의 생명이 아니라 바로 자기 자신의 일부이며 자신의 영 혼 육이 빚은 귀중한 생명체가 아니던가.

박경리 선생님이 생시에 주장하던 생명존중 사상은 만인에게 귀감이 된다. 이 지구상에 생명이 존속되는 한 영구히 보존하고 가꾸어 나가야 할 귀중한 우리의 정신적 자산이다. 농약을 사용하지 않고 고추농사를 지어 인간과 고추벌레가 공평하게 나누어 먹는 것, 뭇 생명을 바라보는 선생님의 시선은 지구와 인류에 대한 연민과 한 같은 것으로 그 스케일은 가히 누구도 범접할 수가 없는 게 아니냐.

한살림의 물건 값은 유기농이란 이유 하나로 시중에 비해 월등하게 높다. 그 물건들을 배송 받고 냉장고에 정리할 때 이런 것을 왜 주문했지? 하고 후회 비슷한 감정을 가질 때가 있다. 그것은 말할 것도 없이 시장 물가보다 비싼 이유도 있고, 영양상 필요하다고 해도 그것들을 손질해서 식탁에 올리기까지 소요되는 시간과 공력을 생각하면 아득해진다. 냉장고에 한 번 들어간 이후 다시는 냉장고 밖으로 나오지 못한 채 동물성 식 재료는 꽝꽝 언 상태가 지나쳐서 숫제 손대기가 망설여지곤 했다.

연희가 할 수 있는 일이라야 책상에 눌러 앉아서 0.1을 유지하고 있는 비교적 양호한 시력으로 책 읽고 글 쓰는 일에 국한되어 있다는 것을 망각하고 가끔 그렇게 새로운 농축산물을 구입하는 실수를 저지르고 산다.

때로는 싼 맛에 유기농이 아닌 사과 바나나 딸기 칠레포도 참외 등을 슈퍼나 동네가게에서 눈에 띄는 대로 한 봉지씩 사들고 올 때도 있다. 그런데 이게 또 묘한 것이, 연희는 그것을 때맞춰 꺼내 먹는 재미보다는 냉장고 서랍 칸에 쌓아 두는 것을 즐기는 편에 속한다. 이른바 '굳세어라 금순이' 시절을 살아낸 허기증 환자 비슷한 증상이다. 허기증 환자, 영양 실조증을 앓아본 경험이 있는 사람이 저지르는 음식에 대한 끝 모르는 탐심과 집착 같은 것, 그것들을 쌓아놓고 즐기려는 일종의 시각적 포만감 내지는 미련한 욕구에 다름 아니다.

6·25를 겪어보지 않은 세대들은 상상도 할 수 없는 극한 상황. 그것은 창자에 구멍이 뚫리는 듯한 배고픔의 실체이고, 누더기조차 걸칠 것이 없어 영하 20도를 육박하는 추위에 맨살로 견뎌내야 했던 일, 피난길에서 잡은 손을 놓아버린 가족과의 애끓는 이별, 시시각각으로 생사가 엇갈리는 별리와 죽음의 참상 같은 것들이다.

시체더미 위에서도 산 자들은 먹어야 하는 아이러니를 어떻게 해명해야 할까.

그때 일을 왜 기억 창고에 저장해 두느냐. 행복한 일도 아닌데 지난날의 흔적에 질질 끌려 다닐 일은 무엇이냐고 혹자는 질문하고 싶을 지도 모른다. 그러나 6·25의 상흔은 여태도 현재진행형이다.

동족상쟁의 피비린내 나는 전쟁의 상처를 어찌 과거사로만 흘려보낼 수 있을 것인가. 지금도 그리움에 목매는 이산 가족이 있고, 죽어서도 가고 싶은 고향산천과 두고 온 혈육이 그곳에 존재한다. 잊고 싶다고 해서 잊혀 질 일이 아니다.

오죽하면 굶어죽는단 말인가. 그 오죽하면 이란 수식어조차 거추장스럽고 사치한 단어처럼 보인다. 풍요를 구가하는 현대인들은 알지도 못하고 알려고도 하지 않을 것. 풍요의 시대가 언제까지나 지속된다는 확신을 가질 수가 있을까. 생태오염, 지구온난화, 무분별한 개발과 환경파괴가 멈출 줄 모르고 자행되는 현실에서 그것은 한낱 허황된 망상인지도 모른다.

연희가 식 재료를 꾸역꾸역 사다가 냉장고에 저장해 두는 행위는 식량 확보 차원이라고 말할 수 있을 것 같다. 언제 어떻게 무슨 일이 벌어질 지 알 수 없는 막연한 불안감. 불확실성에 의한 자기방어 같은. 그 분량이나 종류에 있어서 만족할 만한 효과를 기대한다는 것은 부정적이지만 단순히 그 시늉만이라도 하면서 만일의 비상사태에 대비하는 자세를 가다듬지 않을 수 없다.

일본 후쿠시마 현의 원전 사고로 인하여 바람을 타고 또는 바닷물에 흘러 무차별로 이입되는 방사능 수치는 근본적으로 인간에게 유해할 수밖에 없는 물질에 대한 경각심을 일깨운다. 그 이후 시중에서 천일염이 동나고, 미역 다시마 김의 수요가 팽창된 사실은 간과할 수 없는 현실이다.

초등학교 시절

동네 어른들이 머리를 맞대고 골똘히 듣는 그 방송의 내용이 황당하고 위협적이라는 것을 알았다.

방문과 들창문, 밖으로 뚫린 모든 출입구를 검은 천으로 막아놓은 채 숨죽이고 듣는 라디오 방송. 어머니를 비롯하여 동네어른들의 얼굴은 침통이 지나쳐 사색을 띠었던 6월의 전쟁 소식, 그것은 마른하늘의 날벼락이었다.

"1950년 6월 25일 새벽 4시를 기하여 북한공산괴뢰집단에서 남침을 감행하였다. 그것은 해방 이후 38선을 사이에 두고 습관적으로 도발해온 일 중의 하나로서 우리의 막강한 국군이 적을 맞아 잘 싸우고 있으니 국민 여러분은 동요하지 말고 생업에 종사, 맡은 바 일에 최선을 다하라"는 요지의 대통령 담화였다.

노 대통령의 '단 사흘 안에 적을 격퇴할 것'이라는 강력한 메시지가 사람들의 귓가에서 사라지기도 전에 한강철교가 끊어졌고 피난을 가지 못한 서울시민들이 적 치하에서 지옥의 3개월을 지내게 된 일은 전후의 문학작품 속에 면면히 소개된 바 있다. 그 여름 대통령의 담화를 곧이곧대로 믿은 사람들이 겪은 고통은 소설로도 다 표현할 수 없었지만.

정치지도자의 한 마디 말의 여파가 무수한 피해를 초래했던 대표적인 예이다. 작전상 불가피하게 국민에게 거짓 보도를 할 수는 있을 것. 있는 사실 그대로를 방송으로 내보냈을 때의 감당할 수 없는 그 파장을 우려한다면, 또 그것이 국익에 직접 영향을 끼치는 중대 사안일 때 어쩔 수 없이 민심을 잠시 다른 방향으로 돌려놓아야 하는 경우도 있을 터이다.

'너희들은 꼼짝 말고 집 지키고 있어! 오긴 어딜 따라 와!'

사람들은 분노할 여유도 기력도 없었다. 졸지에 닥친 재앙 앞에 속수무책이었다.

지금이라고 그때와 별로 다를 게 없다. 팽팽한 긴장감과 함께 생명을 담보하는 인위적인 사고까지 인류는 60~70년 전과는 전혀 다른 양상의 미래에 대한 불안을 안고 살아가고 있다. 핵전쟁이 그것이고, 자연과 생명 대살상의 방사능 공포, 생태환경 파괴로 인한 홍수 쓰나미 지진 태풍 등과 같은 예측불허의 재해 급증은 지구촌과 인류사의 종말에 대한 자연의 경고이고 시작이라 할 수 있다. 대량생산과 대량소비의 마술에 미쳐서 인간의 삶의 터전은 위태롭기가 바람 앞에 등불이 되었다.

연희가 그런저런 이유로 강원도 원주시 흥업면 매지리 570번지의 토지문화관에 오기로 한 것은 그녀가 가장 잘한 일 중의 하나다. 이곳에 오기 전 그녀는 많이 망설이고 긴장했다.

'통일문학포럼'이 주관하는 단동여행 — 압록강탐사여행이 5월 중에 있어 연희는 거기에 합류할까 고민을 거듭했다. 이미륵의 소설 『압록강은 흐른다』가 떠올랐다. 골풀 우거진 강안을 돌아 달밤에 소형어선을 타고 압록강 국경지대를 탈출하는 장면은 연희의 뇌리에 생생하게 살아 있었다. 천신만고 끝에 압록강을 무사히 건너 중국 땅에 닿아 바라다 본 고국의 산과 마을, 마당에서 콩 같은 것을 까고 있는 사람들의 묘사는 가슴 뭉클한 그리움이면서 서러움 그것이었다. 고국을 떠날 수밖에는 다른 도리가 없었던 작가의 애절한 심회는 연희가 압록강 여행을 통해 체험하고 싶은 장면이고 구절이기도 했다.

여행 목적지 단동은 북한과 접경지대이므로 철의 장막으로 가려져 있는 북한의 실상을 가까이서 접해볼 수 있는 절호의 기회였다. 단동 여행은 처음부터 거부하고 싶은 마음이 추호도 없었다. 정부의 보조, 지원을 받으며 D일보와 K신문 기자가 동행하는 여행이라고 했다. 평생 『엄마는 부탁해』라는 제목의 소설책처럼 100만부 이상 판매부수를 올릴 가망성을 기대해 보기 힘든 대다수 작가들이 시도해 볼 수 있는 가장 유익한 창작여행이 될 게 확실했다

연희는 그러나 단동여행 대신 토지문화관에 입실하기로

한 약속의 중요함에 대해 더 큰 비중을 두기로 했다. 기실 그 유용하다고 말할 수 있는 여행, 6박 7일 동안의 압록강 탐사 여행 후에 통일, 혹은 북한을 소재로 소설 쓰는 일도 엄두가 나지 않았다고 연희는 솔직히 고백해 두고자 한다. 통일이라든가 북한 문제를 다루기 보다 더 긴급하게 피력하고 서술해내야 하는 인류의 미래에 관한 글의 주제가 산더미같이 쌓여 있어서 그것부터 수용해야 한다는 생각이 앞섰다.

또 한 가지를 추가한다면 압록강 여행을 가지 않고 연희가 토지문화관으로 마음을 변화시킨 데에는 몇 년 전의 기억 때문이라고 말 할 수 있을 것 같다.

○○ 대학원에 입학해서 1학기를 종료하고 연희는 3개월 여의 하기 방학을 맞이했다. 그 해 정초에 토지문화관에 창작 집필실 입주신청서를 제출해서 입주선정자로 통보를 받아 놓은 상태였다.

박경리 선생님 곁에 가서 죽이 되었든 밥이 되었든 작품을 창작하며 몇 달 지내다 오고 싶은 희망이 있었다. 아주 간절했다. 박경리 선생님의 『김 약국의 딸들』을 읽고 맹목적으로 그 작품을, 그 작품을 쓴 작가를 흠모하는 정도가 아니라 연희는 묘하게도 그 『김 약국의 딸들』의 작중 인물 중에서 '용빈'에게 한없는 사랑과 존경심을 갖게 된 것이 아마도 토지문화관에 가는 뜻을 굳히게 된 동기가 아니었을까.

『김 약국의 딸들』은 경희대 옆 연화사, 절의 요사채 시절을 떠오르게 한다.

『김 약국의 딸들』의 비극은 보통사람들은 도저히 겪어볼 수 없는 엄청난 불운이고 횡액이고 처참함이었다. 그 비극의 와중에서 교통정리를 하는, 얼크러지고 뒤틀린 상황을 차분하게 정리하고 조치하는 '용빈'이란 처녀에게 연희는 신비한 매력을 느꼈고 그 인물이 필시 박경리 선생님 자신일지 모른다고 멋대로 단정 지었다.

『김 약국의 딸들』을 읽은 그 시절 연희는 S대 교수가 집필하는 검인정 교과서의 원고 교정을 보고 있었다. 그 대가로 한 학기 등록금을 해결하고 나면 그 흔한 국산 포플린 블라우스 한 벌 해입기가 사뭇 버거운 가난한 국문과 학생이었다. 다른 친구들은 그때 파스텔 조의 색감이 은은하면서도 격 있어 보이는 일제 블라우스를 입고 다녔다.

연희는 얼마의 돈이 주머니에 들어오면 몽땅 책 사는데 사용했다. 『김 약국의 딸들』에서 출발하여 『가을에 온 여인』 『시장과 전장』 『파시』 『표류도』 등을 사서 읽었다. 그 중에서 『가을에 온 여인』은 당시 충남 공주에서 교편생활을 하던 막내이모 집에 연희가 소설을 쓴다며 서너 달 동안 지낼 때 낡고 부실한 시골 극장에 가서 영화로도 보았다.

문학수업을 위한 독서는 연희에게는 남과는 다른 면이 있다. 복희 언니의 책이 그것이다. 당시 언니의 불행을 초등학교 수준인 연희가 무어라고도 평가할 수는 없다. 평가는커녕 연희는 무조건적으로 언니의 불행에 동정 아니면 연민, 우호적인 반응이 전부이다. 어머니는 6·25가 잘못이고 세월이 험했던 탓이라고 말했다.

감옥 생활에서 사람들은 동양고전이 되었든 세계문학 전집이 되었든 당대의 문장가와 학자들이 저작해 낸 문학 역사 철학 등 독서를 많이 한다고 했다. 연희는 언니의 불운에 편승하여 그 서적들을 무한 만끽하는 행운을 누렸다. 중학교에 입학하여 알파벳을 익히기도 훨씬 전에 연희는 언니의 책들에서 엄청나게 많은 것들을 흡수하고 향유할 수 있었다.

복희 언니의 문학적 취향은 사상계와 현대문학 정기구독에서 알 수 있고, 주로 외국작가들의 작품을 탐독하는 편이었다. 연희의 문장이 이따금 팬시fancy하다는 평을 듣게 된다거나 스피드 경쾌 청신함 등의 평가를 들을 때면 연희는 언니의 책을 기억한다. 복희 언니가 겪어낸 6·25의 악몽이 그대로 전이돼 오듯 전율했다.

연희의 문학적 성향이 가장 활발한 진전을 보인 시기는 언니의 불행과 맞물려 있었다. 복희 언니가 지게로, 때로는 트럭으로 퍼 나른 주로 해외문학 책 더미에 묻혀서 연희는 유독 바쁜 소녀기를 보내야 했다.

언니의 극적인 삶에 이어 박경리의 작품은 그녀의 삶 전반에 지대한 영향을 끼친바 되었다. 소설가가 되자. 그래서 힘없고 가난한 사람들의 등불이 되자. 불쌍한 언니를 변호하자. 연희의 포부는 그 위치에 고정되지 않았나 싶다. 연희는 용빈이가 되고 싶었다. '용빈'은 연희에게 숭앙의 대상이었다.

중남미에서 이윤홍은 제법 한다하는 사업가로 이름이 알려져 있다.

이윤홍은 중남미 지역에 빈발하는 강도 높은 지진에도 끄떡없다는 고지대의 고급빌라, 야자수와 파초가 어우러진, 너른 정원이 있는 집을 새로 구입했다는 메일을 보내왔다. 그 빌라에는 상류층, 소위 우리나라에서 말하는 사士자가 들어가는 직업과 유관한 인물들이 거주하는 마을, 집값도 여타 지역에 비해 월등히 비싼 곳이라고 하였다.

"한 번 다녀가시죠!"

이윤홍은 자랑스럽게 권유해왔다. 이윤홍의 어법은 어려서나 사업가가 된 지금이나 그렇게 늘 간결하고 단순했다. 간결하고 단순한 한 마디 말속에 그의 어머니에 대한 자별한 애정과 배려의 일면이 담겨 있었다. 유쾌하고 자신감 넘치는 뉘앙스가 풍겼다.

연희는 수강 신청한 과목 외에 시간이 허용하는 한도에서 다른 학과의 강의를 섭렵했다. 그것은 대학원 원장님의 아이디어랄까, 재학생들의 학문에 대한 의욕과 호기심을 폭넓게 잘 수렴해서일까, 모든 학과 강의실 문을 활짝 열어놓은 것이다. 연희는 관심 끄는 과목은 무엇이나 구애 없이 청강했다. 연희의 학문에 대한 지적 호기심은 끝이 없었다.

어떤 이들은 아예 학부로 내려가서 2,30대 젊은 남녀 학생들 틈에 끼어 언론정보학 이라든지, 예술문화콘텐츠, 컴퓨터학에 도전하기도 했다. 그들의 학구열은 20대에 못다 한 것까지 한꺼번에 분출되는 감이 없지 않았다. 월요일에서 금요 오후까지 빼꼭한 시간표를 따라 분주히 강의실 계단을 오르내렸다.

그들의 젊은 날 살기가 팍팍해서 언제 한 번 공부에 푹 빠져 볼 새가 있었던가. 그들의 20대는 국가적으로 큰 변화가 있었다. 4·19에 이어 5·16 군사혁명이 일어났다. 청운의 꿈을 안고 입학한 S대학교, 후래쉬맨으로서의 자긍심과 정체성이 자리 잡을 사이도 없이 캠퍼스에 때 아닌 시국바람이 쌩쌩 불어왔다.

굳게 닫힌 교문, 그 교문 중앙에는 '무기휴강'이라는 먹으로 쓴 표지가 붙여져 젊음의 패기와 봄의 낭만까지 휩쓸어가는 변고를 예고했다. 무기휴강 기간이 길어질수록 학생들은 절망하고 위축되었다.

등록금을 어떻게 마련했는데, 대학에 들어오려고 코피 터지게 밤새워 공부했는데, 다음 학기 등록금은 부모님 통장에서 나올 가능성이 희박하니 공부 열심히 해서 장학금을 타려고 결심했는데, 전공과목 교수님 조수 노릇하면서 아르바이트를 겸하여 학업에 매진할 뜻이었는데, 연희를 비롯한 그들 모두에게는 절박하고 가슴 저린 이야기들이 있었다.

시골 출신인 연희는 숙식을 해결할 일이 막막했다. 대학 등록금, 숙식 그리고 갓 스물 묘령의 처녀애가 본래부터 앓고 있던 문학병은 그게 서정이니 낭만이니 하는 위대한 정신세계를 떠나서 그녀의 영혼 깊숙이 각인된 엄정한 과제에 속해 있었다. 대학교에서의 교육만이 전부는 아니라는 철 이른 생각, 20대의 풋풋한 열정과 순수를 다 바칠 수 없는, 바쳐서도 안 되는 딱한 처지, 이를테면 인생의 기로 같은 데에 그녀는 도달해 있었다. 그것은 무기휴강의 표지가 설정해 준 이정표였다.

뒤늦게 뛰어든 게 중국문학이었고 대학원 과정이었다. 흔히 파란만장이라고 하는 인생의 파도를 수없이 넘고 넘어서 귀착한 연희의 도피처이며 안식처가 학문의 세계였다. 만학이었지만 연희는 남다른 투지와 열의가 있었다.

동학들 중에는 더러 미국 호주 캐나다 교포도 있고, 정부의 고위관리를 지냈거나 사회의 유수한 기관에서 책임 있는 자리에 있다가 은퇴한 사람들, 마음 놓고 공부 한 번 해보자 해서 온 사람들이 많았다. 또 사찰의 스님 몇 분과 불교에 대해 체계적으로 공부하고자 온 기독교신자들도 있었다.

학문의 깊이가 무궁하고 때로 난해하기는 하였으나 열정과 호감으로 출발한 연희의 공부는 일취월장 빛을 발했고, 각 과목의 리포트는 매번 수승하다는 평이었다. 공부가 그토록 흥미진진할 줄 그녀의 젊은 날 어찌 알았으랴. 심취한 나머지 연희는 종강 무렵에 완전 탈진이었다.

그녀는 생소하고 기이한 곳, 그녀의 문학에 신세계를 펼칠 수 있는 곳으로 쉴 겸해서 여행하고 싶다는 강렬한 의욕이 샘솟았다. 볼거리, 느낄 거리, 먹을거리가 다양한 곳에의 동경, 이제까지 한 번도 밟아보지 않은 미지의 땅, 누구에겐가 들어본 일조차 없는, 어느 책에서도 읽은 일이 없는 완전 별세계로의 여행은 곧 이윤홍이 살고 있는 남미로 귀착되었다.

삼매지경으로 몰입했던 대학원 공부였지만 연희는 심신 모두 피폐한 상태로 먼 여행을 떠났다.

인천국제공항을 출발한 비행기가 L·A에 도착할 때까지 연희는 죽음처럼 깊게 잠들었다. 동양에서 서양으로 진입하는 과정에서 그녀는 내쳐 잠을 잤다. 태양이 유난히 눈부신 미국의 서부지역 LA 공항에 첫발을 내디뎠다. 그곳에서 그녀는 오래 지체했다. 연희는 공항 구내를 돌아다니며 무료함과 지루함을 홀로 견뎠다.

또 잠이 들었고 연희의 깊은 잠은 축복이었다. 잠들었다 깨어나면 이미 목적지에 와 있으므로 불편사항은 아무 것도 없었다.

조용한 아침의 나라는 유카탄 반도 아래 중남미의 작은 나라에도 엄연히 존재했다. 연희는 타카 공항으로 마중 나온 이윤홍 가족과 만나게 되었다. 처음 일주일간은 쌓인 피로를 풀었다. 자며 쉬며 네 살 수미와 함께 지냈다. 이윤홍과 그의 처가 일터로 가면 일하는 아줌마가 와서 집안일을 돌보았고 연희가 하는 일은 수미와 친구가 되어 놀아주는 것, 수미에게 때맞춰 밥을 먹이는 일이 전부였다. 어려운 일이라면 영어와 스페인어 그리고 한국어를 혼용하는 수미의 언어였다. 며칠 지나자 그것은 쉽게 해결될 수 있었다. 수미와 연희의 바디 랭귀지 덕이었다.

이윤홍의 지인들이 방문하여 친구가 되었고 연희는 그들에게 한국의 소식을 전했다. 그렇게 그들과의 만남이 이어지다가 어느 날부터는 그들이 차를 가지고 연희를 데리러 왔다. 연희는 그들과 함께 여행을 하게 되었다. 그럴 때 수미는 이윤홍이 출근하면서 회사로 데리고 갔다.

안띠과는 과테말라의 옛 수도였다. 두 차례의 지진으로 수만 명의 인명이 희생된 음울하고 비통함이 서린 곳이었다. 지진으로 무너져 내린 건물이 복구는커녕 주저앉은 상태 그대로 방치돼 있고 성당 지하에는 천도되지 않은 원혼들이 남아 어둠의 세계에서 구원해 달라고 울부짖고 있는 것 같았다. 유네스코에서 관광지로 지정했다는 안띠과에서 연희가 본 것은 고도에 뒹구는 죽음의 그림자였을까. 안띠과 곳곳에 휘휘 늘어진 후간빌리야꽃은 매우 고혹적이었다.

아띠뜰란 호수에도 갔다. 귀족계급이나 상류층 사람들이 출입하는 고급 이미지의 호텔이 거기 있었다. 호수의 물결은 잔잔했으며 호수 주변의 꽃들은 식물도감에서조차 본 적이 없는 진기한 열대식물들이 주종을 이루었다. 아띠뜰란 호수 건너편 멀리 산이 보였는데 그 산에는 12지파로 갈라진 과테말라의 원주민들이 옥수수 같은 작물을 경작하며 산속 높은 곳에서 그들 민족 고유의 전통을 지키며 어렵게 살고 있다고 했다. 아띠뜰란 호수에는 태고의 적요가 흐르고 있었다.

한국으로 돌아가기 직전 이윤홍은 회사 업무를 연기하고 온 가족이 다 함께 비행기로 5시간을 가는 티칼 여행을 단행하기에 이르렀다. 세계 각국에서 온 관광객들로 정글은 성시를 방불케 하였다. 티칼엔 완전 돌로 이룬 대성전 마야의 궁전이 있었다. 연희는 석축의 정교함, 웅장함에 압도당했다. 한때는 찬란한 잉카문명의 전성기를 이룬 때도 있었다고 한다. 신전에 십대의 어린 생명을 산 채로 칼로 베어 피가 뚝뚝 흐르는 심장을 제물로 바치는 기이한 풍습, 그 어린 생명들의 원한이 사무치는, 현재는 다만 돌탑의 비밀로 남아 있는 음기 충만한 지역이었다. 한 국가의 멸망은 외세의 침략보다는 그 내부에 있다는 말을 실감할 수 있었다.

멸망한 제국, 소멸한 민족의 아픔이 시체를 쪼아 먹고 산다는 큰 새, 과테말라의 국조 께찰Quetzal의 날갯짓에서 뭉클하게 전해오는 것만 같았다. 연희에게 마야 신전의 인상은 칙칙하고 우울한 것들의 총체적 개념이었다.

새로운 사람, 새로운 도시, 새로운 음식, 모든 것이 새롭지 않은 것이 없었다. 산다는 일은 늘 새로운 것을 찾아 떠나는 여로에 다를 바가 없다. 한 평생이 새로움에 대한 기대로 차서 물처럼 바람처럼 속절없이 흐르다 끝나는 것일 수도 있었다.

한 달은 금세 지나갔다. 많은 과제를 안고 연희는 타카 공항에서 이윤홍과 작별했다.

그해 여름 연희는 토지문화관에 갈 수 없었다. 본의 아니게 약속을 어긴 것이다. 곧 새 학기가 시작되어 전처럼 공부에 열중했고, 리포트 쓰는 데에 연희는 체력을 소진했다. 논문을 발표하고 대학원 과정을 마치게 되었을 때 연희는 자신의 소설이 한참 후진하고 있음을 알아차렸다. 대학원 공부 핑계대고 소홀히 했던 소설 창작에 새삼 주의를 환기시켰다. 남미 여행 대신 예정대로 토지문화관을 찾아가 머물면서 작품 창작에 매진하거나 진행했더라면 하고 아쉬움이 컸다. 그러나 소설가로서 다양한 지리적 이동과 탐구도 무시할 수는 없었다. 연희는 석사과정을 마친 다음 박사과정에 도전했다.

"학문과 문학 중 한 가지만 선택하세요!"

연희의 첫 장편소설 『마흔넷의 반란』에 추천서를 쓴 김○○ 교수가 극구 말렸다.

"문학하는데 굳이 박사학위가 필요하지 않다고요!"

석사과정에서 만난 시인이면서 한국불교의 권위자인 M교수가 연희의 박사공부를 적극 반대했다. 힘이 든다는 이유였다. 막대한 등록금 지출만 힘든 게 아니라 대학사회란 게 문학적 관점으로 해석할 수 없는 미묘한 문제들이 내재돼 있다는 거였다. 연희는 그 말의 진의를 얼른 파악하지 못했다.

연희는 지인들의 의견을 염두에 두지 않고 내친 김에 힘껏 밀어붙였다. 고지가 좀더 가까이 다가온 듯했다. 그러나 하나는 알고 둘은 모르는 무지함이 그녀 안에 숨어 있었다.

리포트는 물론 중간시험 종합시험 외국어시험을 거쳐 연

희는 전 과정을 막힘없이 관통해 나갔다. 절절매는 것은 그녀 아닌 젊은 동학들이었다. 한글 워드도 할 줄 모르는 컴맹이 있었고, 박사학위라는 명예욕에 사로잡힌 이들도 있었다. 박사학위는 그들에게 주어졌다. 논문 통과에서 탈락의 고배를 마신 연희는 고향을 찾듯 소설 마당으로 돌아오게 되었다. 먹물보다 더 짙은 허무감이 그녀를 따라왔다.

연희는 변화를 모색하고자 노력했다. 새 학기가 시작되자마자 그녀는 새로운 지도교수로 내정된 Y교수를 만나 상담, 논문을 다음 학기에 심사 받는 것으로 잠정적인 결론을 지었다. 논문을 포기할 수는 없었다. 엄밀히 말한다면 논문도 연희에게 한 편의 작품이었다. 학술연구라는 항목의.

연희는 더 주저하지 않고 토지문화관에 입주했다. 원주발 무궁화호 기차가 연희의 옛 꿈을 되살려 주었다. 철로변의 활짝 핀 아카시 꽃이며 들장미, 곳곳에 자리 잡은 예쁜 집들은 잘 그린 그림이었다.

매지리의 일상은 그녀에게 각별했다. 신선했다. 이전에는 맛 볼 수 없던 평화와 안도를 선물했다. 연희가 숨 쉴 때 물을 마실 때, 글 쓸 때 서쪽 산에서 뻐꾹, 뻐꾹, 하고 선창하면 건너편 동쪽 숲에서 뻐뻐꾹, 뻐꾹, 하고 화답하는 뻐꾸기소리. 이들은 날마다 누리는 매지리의 선물 목록이었다.

풀숲에서 쉽게 만날 수 있는 하얀 민들레와 토지문화관

구석에 저 혼자 핀 돼지감자의 수더분한 꽃술, 논도랑에 고물거리는 올챙이 떼, 토지문화관 식구들에게 언제나 미소로 대해 주는 마을 어르신들과 그들이 기르는 순한 개들, 바람하늘 숲 그 모두가 포함된다. 그 가운데서 가장 으뜸인 것은 고 박경리 선생님의 대자대비의 생명존중 사상에 기반을 둔 문학 혼이다.

연희는 '꿈꾸는 자가 창조 한다'는 고 박경리 선생님의 말씀을 영혼 깊숙이 품어 안는다. 꿈꾸는 자가 꿈도 이룬다고 연희는 굳게 믿고 있다.

매지리梅芝里에서 연희는 꿈을 꿀 것이다. 매지리의 물맛처럼 맑고 순연純然한 꿈. 그 꿈을 위해 매지리에 그녀가 있다.

인연의 숲에 노닐다

화영花影은 집을 나서면서 '신 교수님 오늘 기원정사에 나오시는지요?'라는 단답식 문자메시지를 날렸다. 일분도 못되어 즉각 날아온 답신은 '나올 수 없다'는 내용이었다. 광능에 있는 봉선사에서 강의를 하기로 되어 있다고 했다. 화영은 망설였다. 그리고 조금 실망했다.

　신 교수가 『원각경』을 강의한다고 메일을 여러 차례 보냈을 때 공부 좋아하는 화영은 환영해 마지않았다. 생애 최초로 초등학교에 입학하는 어린 아이처럼 겨드랑이에 날개라도 달린 듯이 공중으로 붕붕 뜨는 느낌이었다.

　세상에는 하고많은 공부가 있다. 부처님의 8만 4천 경전중에 화영이 불교대학원에서 3년여 동안 수박 겉핥기로 공부한 것을 합쳐도 고작해야 열댓 가지 경전을 조금 넘을까 말까 한 정도에 그쳤다. 8만 4천 경전이 알고 보면 모두가 마음에 관한 이야기로 마음공부의 심도深度나 근기根機, 방법에 따라 다른 경전을 굳이 공부하지 않더라도 자연적으로 숙지하게 된다는 것은 신빙성이 있는 말이다. 그렇다고 할지라도 화영은 한사코 부처님 경전 공부에는 최대의 관심을 기울일 뿐만 아니라 어디서 경전공부반이 개설되었다는 소문이라도 듣게 되면 열 일 제치고 달려가곤 해왔다. 경전공부를 해보고 싶어도 생업과 바쁜 삶의 피로감에서 공부라는 고상하고 한가로워 보이기까지 하는 일에 매달릴 여유란 걸 도통 향유할 수 없기는 하였지만 부득이한 경우가 아니면 동참하고 싶어 했다.

그런데 겨드랑이에 날개를 달고 제대로 한 번 하늘로 붕떠서 날아가기는커녕 3월 중순에 겨우 한두 번의 『원각경』 강의가 열린 후에 내쳐 두 주 이상을 휴강하는 셈이었으니 화영의 발걸음이 결코 가벼울 수가 없다. 산비탈 꼭대기에 위치한 기원정사는 보통 큰마음을 내지 않고서는 찾아갈 수 없는 가파르고 후미진 곳이었다. 게다가 그 바위산 정상에 기원정사를 포위하듯 위협적으로 들어찬 현대아파트 단지는 기원정사 가는 길을 요리조리 죄다 막고 있었다.

화영은 몇 번이나 기원정사에 갔으면서도 매번 아파트 건물에 가려서 찻길에서는 전혀 보이지도 않는 길을 물어물어

언덕배기를 올라가곤 했다. 평범한 신심으로는 오를 수 없는, 할머니, 어머니 신도들이 오로지 정성 하나에 의지해서 올라가면 올라갈 길이었다. 과학만능 시대의 젊은이들이나 어린 아이들은 쉽게 마음을 내기 어려운 험난한 코스로서 손색이 없다 할 수 있었다.

까맣게 높은 돌계단을 몇 단계나 오르고 나면 숨이 차고 등허리에 촉촉하게 땀이 배어나온다. 안경은 미끄러져 콧등에 걸쳐있고, 머리칼은 산바람에 제멋대로 흩날린다. 한 발 한 발 계단을 내디딜 때는 '아! 아! 잊으랴, 어찌 우리 그날을' 하고 6·25의 노래가 뜬금없이 입술 사이로 삐어져 나오는 촌극이 벌어진다.

여기도 서울특별시 맞아? 하고 스스로에게 반문하게 된다. 이 절을 지을 시기에는 그냥 삭막한 돌산에 불과했을 거 아닌가. 평양에서 발원한 강한 바람이 불광동을 경유하여 무악재의 험상궂은 바위 표면에 닿아 바위를 부식시키고 마모시켰을지도 모른다, 시각적으로나 지리적으로 평안치 못한 돌산 언덕배기에 기원정사는 어떻게 세워지게 되었단 말인가.

화영은 복잡한 생각을 떨쳐버리고 기원정사에 올라가고 있다. 신 교수가 결강을 말했지만 어쨌든 화영은 그곳에 가야만 할 것 같은 이상한 예감이 작용했다. 화영은 묵묵히 언덕을 오른다. 전 번에 함께 온 적 있는 강대사羗大使님은 병 문안을 가야하기 때문에 오지 못한다는 문자가 날아왔다. 그럼에도 불구하고 홀로 이 언덕을 오르게 된 데에는 이를테 면 화영의 고집이나 집념 같은 것, 경전공부에 집착하는 성 격의 일면을 보게 되는 하나의 예가 될 만한 일이다.

퀴퀴하고 컴컴한 법당을 화영은 좋아하지 않았다. 종교 적 의식을 행하는 곳이라 하더라도 좀 더 밝고 명랑한 분위 기를 갖는다면 어떨까. 기원정사에 올 때마다 화영에게 그 런 생각이 절실했다. 진리의 말씀인 법구경 구절을 청아한 목소리로 읊어주는 공간, ♪청산은 나를 보고 말없이 살라하 고 창공은 나를 보고 티 없이 살라하네. 탐욕도 벗어놓고 성 냄도 벗어놓고 물같이 바람같이 살다가 오라하네♪ 하는 나 직한 음향이 항존하는 곳이었으면 하는 희망을 안고 법당 안 으로 들어섰다. 일체의 분별심이라든가 번뇌 망상 그 모 든 것을 떨쳐버리고 홀가분하게 마음자리를 비운 상태가 되 지 못하는 자신을 돌아본다. 화영은 핑크색 비단 방석에 가 부좌를 틀었다. 기원정사 내부는 평소와 다름없이 어둑어둑 해서 이제 막 실내로 들어온 화영은 옆에 앉은 사람들의 얼 굴도 잘 보이지 않았다.

3층 법당에서는 아까부터 목탁소리가 들려오고 있었다. 법회 시작 전에 무슨 제라도 올리는 것인지 3층에 대해서는 아무도 말을 하지 않았다.

옆에 앉은 보살이 화영에게 예불용의 작은 책자를 건네주었다. 신도라야 앞에 앉은 남자 두어 명을 합쳐서 겨우 열댓 명이었다. 화영이 들어오고 나서 할머니 한 분이 법당 안으로 들어온 것 빼고는 인원이 더 증가할 것 같지는 않았다.

"어떻게 되는 거지? 신 교수님 오늘 못 나오시나?"

11시에서 20분이 지나자 보살들은 뒤를 돌아보거나 옆 사람과 수군거렸다.

"못 오시면 미리 알려 주든지 전화를 해주어야 할 것 아니가?"

경상도 억양의 옆에 앉은 여인이 좌중을 둘러보며 불평했다. 바쁜 일이 있는데도 특별히 참석했다는 얘기 같았다. 불단에 지장보살을 모신 걸로 보아 일요법회는 대웅전이 아닌 지장전에서 베풀어지는 모양이었다. 화영은 하릴없이 지장보살님만 바라보았다.

"신 교수님 오늘 안 오세요. 봉선사에 강의 가신댔어요."

화영이 입을 열었다. 모든 눈동자가 화영에게 쏠렸다. 총무를 맡아봄직한 중년남자가 화영의 말에서 진의를 파악하려는 듯 뚱뚱한 몸을 뒤로 틀었다.

"통화하셨어요?"

"네! 신 교수님 오늘 안 오시는 거 맞아요."

화영이 다짐하듯 반복했다. 어둑한 법당에 앉아있기가 따분해지는 건 그들도 화영도 마찬가지였다. 바야흐로 진달래 개나리가 피어나는 봄이 아닌가. 봄나들이 마다하고 부처님 말씀 들으려고 험한 골짜기를 찾아온 것이다. 오늘의 주강사가 보이지 않으니 신도들의 입장은 난감할밖에 더 있겠는가.

"큰스님이 내려오시겠죠?"

화영이 그 자리에 더 머무르기 싫어 자리에서 일어나 밖으로 나오려는 순간 거대한 몸체를 이끌고서 예의 큰스님이 지장전 안으로 들어서고 있었다. 처음 대면하는 큰스님이었다. 큰스님 손에는 목탁이 들려 있었다. 3층 법당에서 들려오던 목탁소리의 주인공은 큰스님인 듯했다.

"사홍서원으로 법회 시작합시다!"

큰스님이 목탁을 시자에게 주며 불단 앞에 나아가 삼배를 올렸다. 사홍서원 후에 청법가가 이어졌다. 화영의 목소리에는 진즉에 도레미파솔라시도의 규칙이 멸실된 것이나 다름없다. 하루 종일 노래를 부르고도 흥이 남아 잠자리에서도 흥얼흥얼 노래하던 실력은 다 어디로 증발하고 그녀의 삶 속에서 노래라는 단어조차 사라지고 말았다. 노래뿐만 아니라 척추수술 이후 그녀의 남편도 그녀 곁에서 사라졌다. 음정이 제멋대로인 채 반야심경 봉독을 마치고 큰스님의 법문을 들었다.

공교롭게도 법정스님의 인연에 관한 내용이었다. 타인과의 인연, 혹은 부모자식간의 인연, 부부지간의 인연에 대해 설명을 덧붙였다. 친구가 되고 부모자식 사이로 만나고 부부로서 만나 자식 낳고 살게 되는 인연의 소중함에 대해서 큰스님은 간략하게 설명했다. 남남끼리는 5백 생을, 부모자식은 3천 생을. 부부사이는 천오백 생의 인연이 닿아야 만난다는 이야기였다. 지수화풍 사대 인연으로 만들어진 인연의 소중함을 역설했다. 법정스님의 49재가 아직 안됐지만 법정스님은 우리에게 인연의 소중함을 일깨우고 무소유를 몸소 실천함으로 모범을 보이셨다며 법정스님의 인연설을 예로 들었다.

큰스님은 험한 밤길 갈 때 앞에 횃불 든 도둑을 보지 말고 횃불만 보고 쫓아가라고 하면서, 불자로서 경전 공부를 게을리 하지 말라고 당부했다. 산회가를 부를 때 화영은 법회가 예상보다 빨리 끝나는 것에 대해 다행으로 여겼다. 약속을 지키지 않는 오늘의 주강사인 신 교수에 대해서는 더 생각하고 싶지 않았다. 불교의 원리, 불교적인 사유체계에서는 현실에서 일어난 일 모든 것에 대해 시비를 가리지 않는 다는 점을 화영은 스스로 체득하고 있었다. 매사 그냥 지나가게 두는 것이다. 이미 과거로 흘러간 일에 대해 연연해 할 가치도 시간도 없는 것이 아닌가. 새로운 미래가 쉬임없이 펼쳐지고 있는 게 아니냐. 화영은 먼지를 털듯이 마음의 짐 하나를 툭, 하고 공중에 던져버렸다.

불전은 지장전에 들어서자마자 지장보살님께 삼배 올리기 직전에 미리 불전함에 넣었다. '성불하십시오.' 신도 상호간에 의례적인 인사를 하고 나면 바로 밖으로 나가야지 하고 화영은 생각했다. 그만큼 화영은 그 장소에 불편함을 느꼈으며 어느 것 하나 유쾌하지 않았다. 법당 마루에 앉으면 시원하게 펼쳐진 절 뜨락이 없어서인가. 스스로 찾아온 절이 아니라 신 교수님의 권유로 오게 되어서인가 아무튼 그랬다.

갑자기 한 보살이 떡 보퉁이를 풀어놓았다. 아마도 가족 중에 생일이거나 그 가정에 경사로운 일이 있는 것 같았다. 대중공양하기로 맘먹고 준비해온 음식이었다. 화영은 문밖으로 나오다가 엉거주춤했다. 그 보살이 신속하게 접시 몇 개에 떡을 담아 내놓았다.

화영은 자의반 타의반 그 보살이 랩에 떡 몇 개씩 싸주는 걸 받아들고 기원정사를 나왔다. 기원정사 담장에 개나리가 척 늘어져 샛노란 봉오리를 터뜨리는 중이었다. 양지바른 곳의 개나리가 벌써 피어난 것에 비하면 이곳은 다소 개화가 늦은 감이 있었다. 허둥지둥 올라올 때보다 내려갈 때는 언덕배기가 더 위험해 보였다. 발을 잘못 디디게 되면 급경사로 이루어진 저 아래로 곤두박질치기에 딱 좋은 상태라는 걸 화영은 직감했다. 주르르 아래로 미끄러지지 않게 두틀두틀 시멘트로 처리했지만 화영은 공포감을 느꼈다. 아무리 신 교수님의 『원각경』 강의가 좋다고 한들 척추뼈를 금속 기둥으로 이어놓은 육체적 조건으로는 높은 언덕배기를 지속적으로 오르내릴 자신이 서지 않았다.

가슴을 졸이면서 겨우 찻길로 나왔다. 아파트 화단에서 목련꽃 봉오리가 하나 둘 벌고 있다가 화영에게 미소를 보내고 있었다. 꽃들도 햇볕을 얼마나 잘 받는 위치에 자리 잡았는가에 따라서 비록 같은 나무 같은 가지라 하더라도 꽃송이의 개화 시기는 차이점이 있는 것 같았다. 화영은 높은 언덕을 무사히 내려왔다는 안도감에 목련나무를 바라보며 알은체를 했다. 짧은 한 순간이었지만 화영의 입가에는 잔잔한 미소가 일렁였다. 봄 날씨 같지 않게 꽃샘추위가 심했어도 가파른 산등성이에서 어김없이 꽃을 피우는 목련나무가 대견했다. 목련꽃은 대규모 아파트 단지의 동과 동 사이에서 시멘트 건물의 삭막한 정서를 완화해주는 봄의 선물 같았다.

화영은 지하철역으로 달려갔다. 일요 아침의 출발이 왠지 어긋나는 것처럼 느껴져 심정이 편치 못했다. 집을 나설 때

『원각경』에 대한 미련을 털어버리지 못하고 높은 산비탈을 올라온 것에 대하여 자책하였다. 전에 사귀던 연인을 못 잊 듯 두어 번이나 펑크를 낸 것마저 관대하게 배려한 것 같아 스스로에게 짜증이 났다. 화영은 한 가지 상념에서 다른 상 념으로 전이나 변화가 용이하지 못하다면 21세기를 살아갈 자신이 있는 거냐? 고 스스로에게 자문하고 싶었다.

지하철을 탔고 화영은 눈을 감았다. 길상사로 가는 거다. 화영은 자신에게 인지를 시킨 다음 마음을 편하게 갖도록 노 력했다. 비록 짧고 간단했으나 큰스님은 법정스님의 무소유 를 예를 들어 법문하였다. 화영에게 법정스님이 주석하시 던 길상사로 가게 하는 직접 동기를 제공한바 되었다. 큰스 님은 화영이 길상사를 가고 싶어 하는 것을 감지하기라도 한 것처럼 말이다.

충무로역에서 4호선으로 환승했다. 화영이 박사과정의 어려운 공부를 위하여 무거운 책가방을 들고 춘풍추우 3년 을 오르내리던 한성대역에 내리니 감회가 새로웠다. 화영 은 깊은 생각에 젖어 계단을 올라갔다. 당시에 전공 책 한 권 의 값이 보통 5만 원 내지 10만 원을 호가했다. 값도 값이지 만 그 책 몇 권의 무게가 엄청나서 바퀴가 달린 기내용 가방 을 끌고 다녔다. 맨 몸으로도 오르기 힘든 계단을 오를 때 젊 은 남자 동학들이 화영의 책가방을 대신 들어주곤 했다. 박사공부를 마치면 단재 선생님이 평생을 두고 연구한 철학 자료들을 단행본으로 엮어 볼 계획이었다. 유감스럽게도 화영은 학위논문 심사 과정에서 고배를 마시고 절로 되돌아온 셈이었다. 막막할 때 외갓집을 찾듯이, 절망의 나락으로 뚝 떨어졌을 때 화영은 절 말고는 달리 찾아갈 곳이 없었다.

"길상사 가는 차 어디서 출발하나요?"

화영은 노점상 할아버지에게 물었다. 할아버지는 말없이 손을 들어 곧장 올라가라는 시늉을 해보였다. 쌀, 보리, 콩, 율무, 누룽지 등을 튀겨 크고 작은 비닐봉지에 넣어 지나가는 행인들에게 파는 할아버지였다. 뻥튀기 할아버지는 길상사 가는 길을 묻는 사람들을 많이 만나는 듯 길상사 가는 차편을 묻는 화영의 한마디에 재빨리 응대했다. 길을 건너 사람들이 몰려가는 곳을 화영은 부지런히 따라갔다. 전봇대에 써 붙인 '길상사'라는 표식이 눈에 들어오고 그 앞에 봉고차가 서 있었다.

"길상사 가는 차 맞나요?"

화영은 확인하듯 차안의 얼굴들에게 묻고 나서 봉고차에 올랐다 빈 좌석은 단지 하나였고 화영이 다음으로 차에 오른 사람들 대여섯 명은 서서 갈 수 밖에 없었다. 화영은 활짝 미소지었다. 지하철에서 봉고차로 순조롭게 연결된 것이 흐뭇했다. 마치 뻥튀기 할아버지 덕이라도 입은 듯이 멀어져 가는 차속에서 할아버지의 모습을 한 번 더 확인했다.

"차 시간이 어떻게 됩니까?"

화영이 고개를 돌려

"누구 아는 분 없어요?"라고 묻자 바로 화영의 옆에 앉아 있던 한 여인이 자신의 가방을 열어 화영에게 시간표를 보여 주었다. 화영은 얼른 수첩에 적었다.

"고마워요!"

화영은 진정으로 고마운 인사를 했다. 홀깃 보니 그 여인은 여간 멋쟁이가 아닌 듯 했다. 굵게 웨이브 진 헤어스타일이며 밤색 후드 점퍼에 동일 계열의 멋진 핸드백 등 세련된 강남사모님 모습이었다. 그녀 역시 화영을 향해 얼굴 가득 미소를 머금었다.

"저는 호주에서 30년 만에 한국에 왔어요. 길상사는 생전 처음이에요. 선생님께서 괜찮으시다면 오늘 저와 함께 해 주세요."

그녀는 화영에게 건네주었던 차 운행 시간표를 도로 가방 안에 집어넣으며 화영을 선생님이라 부르며 제안했다. 똑 떨어지는 서울 말씨인데다 간절함까지 내비쳤다.

"저도 아주 오랜만에 가는 겁니다. 온다온다 하면서 결국 은 법정스님이 열반하시고 오게 되네요."

화영은 실로 죄송하고 부끄러웠다. 90년대 초 조선일보에 법정스님의 칼럼이 연재되던 시절 화영은 법정스님의 글에 매료, 그 칼럼을 읽으며 매번 감동했다. 어떤 날은 신문에 난 스님의 사진에 입을 맞추기도 했지 않은가. 법정스님에게 보내는 편지는 또 얼마나 밤을 새워 지성으로 써 보냈던가. 출판사 직원들과 함께 법정스님의 법문을 들으러 다니던 일, 법회가 끝나면 법정스님을 뵙기 위해 〈유마선방〉 툇마루 앞에 길게 줄 서 기다리던 일들. 그러나 법정스님의 입적 소식을 듣고서 화영은 곧바로 달려오지 못했다. TV로 법정스님의 입적 소식과 함께 생전의 모습을 지켜보면서도 벼르기만 했다. 기원정사의 강의가 무산되는 바람에 뉘우쳐 달려온 것이 아니던가.

"그러죠 뭐. 저도 하 오랜만이라서."

십분 정도 성북동 골목을 달려온 봉고차가 길상사 일주문 앞에 멈추었다. 개나리 넝쿨이 높다란 담장 밖으로 길게 늘어진 성북동 골목은 길상사와 묘하게 배합이 잘되었다. 부자마을에 부자 절 같은 인상이었다.

화영과 호주 시드니에서 온 여인은 차에서 내려 손을 잡고 감개가 무량한 듯 길상사 경내로 걸어 들어갔다. 길상사 경내로 한 발 내딛기가 무섭게 화영의 눈에 어리는 뜨거운 눈물. 법정스님을 직접 뵌 듯이 눈물은 한참동안이나 계속되었다. 화영은 차마 발걸음을 옮겨 놓기가 어려울 정도로 온몸에 경련이 일었다. 감전된 듯이 화영은 그 자리에 잠시 서 있어야 했다. 별난 경험이었다. 기분이 미묘했다. 화영의 손을 잡고 있던 여인이 화영에게 말했다.

"어디로 먼저 가야 하나요?"

화영은 그제서 정신을 수습하고 극락전으로 올라갔다. 많은 사람들이 극락전을 꽉 메우고 있었다. 아이들을 데리고 온 예쁜 엄마들도 보이고 양복을 단정하게 입은 청년 남자들, 혹은 등산객들, 여럿이 한꺼번에 몰려온 듯싶은 아주머니와 허리가 구부정한 할머니, 머리칼이 하얗게 센 할아버지들도 눈에 뜨였다. 절을 하기 위해 방석을 가지러 앞으로 뒤로 움직이는 사람들의 행동거지는 매우 조심스러워 보였다.

화영은 뒷자리에 쌓아놓은 방석 두 개를 가져다 바닥에 펴고 호주에서 온 여인과 나란히 서서 부처님께 삼배를 올렸다. 기왕에 길상사에 온 김에 기도 한 구절쯤은 바쳐야 할 것처럼 화영은 진지해지기 시작했다. 극락전 옆방에는 법정스님과 길상사를 법정스님에게 시주한 김영한 보살님 영정이 모셔져 있었다. 그녀들은 그 앞으로 다가가 절을 올렸다. 그리고 잠시 자리에 앉아 마음을 다스려 부처님께 바치는 기도를 염송했다. 호주에서 온 여인도 화영을 따라 묵상을 하는 것 같았다.

극락전에서 나와 영춘화와 개나리가 어울려 핀 낮은 언덕으로 올라갔다. 노란 빛깔이며 꽃 모양새가 개나리와 비슷하면서도 영춘화는 더 사랑스럽고 애교가 넘치는 깜찍한 꽃이었다. 개나리의 정서가 보편적 서민적이라면 영춘화는 그 보편적 서민적인 정서를 뛰어넘어 두드러지 않으면서도 은근한 매력을 보유한 귀엽고 재치 있는 미기美妓와도 같은 자태였다.

"이거 개나리 맞아요?"

"여기 명찰 붙여놓았네요. 영춘화迎春花라고요. 이름이 멋지지 않아요?"

겨울 지낸 화단 모퉁이에 키 작은 수선화가 노랗게 만개한 것도 한 폭의 그림이었다. 공개적인 전시회엔 단 한 번도 출품해보지 않은 신진화가의 그림처럼 수선화를 보는 순간 진솔한 정이 솟았다. 화영은 뾰족뾰족 새싹이 올라오는 모란꽃 나무에게 사랑의 눈길을 주며 법정스님의 숨결을, 맑고 향기로운 향훈을 기억의 갈피에서 찾아냈다.

울긋불긋 오방색의 단청 대신 자연 색감 그대로를 살린 법당 건물, 스님들의 수행처가 있는 작은 누각이며, 지나치기 쉬운 실개천 건너 높은 위치에 세운 김영한 보살님의 공덕비가 화영에겐 이채였다. 겸허함과 조촐함이었다. 소나무 단풍나무 등 모든 나무와 그 나무위에서 우짖는 까치와 절 뜨락을 거처로 삼은 듯 우르르 떼를 지어 몰려다니는 비둘기

가족, 그리고 화단의 뭇 식물이며 묵묵한 바위, 시냇물 소리, 봄추위를 견디고 근근이 피어난 진달래꽃조차도 범접할 수 없는 어떤 격을 품고 있는 것처럼 보였다.

그것은 법정스님의 격일까, 아니라면 그 옛날 대원각의 주인이던 길상화보살이라는 불명을 가진 김영한 여사의 격일까. 더 높게는 석가모니 부처님의 격이었을까. 화영은 사찰 구석구석에서 법정스님의 흔적을 찾을 듯이 심안心眼을 고요히 유지한 채 사색에 잠겨 경건하게 한 발 한 발 발걸음을 옮겼다.

"저기 저 위에 있는 저 작은 집들은 뭐하는 곳인가요?"

시드니에서 온 여인이 두리번두리번 절 경내를 살피면서 알고 싶은 것이 있으면 지체 없이 화영에게 질문했다. 길상사에 대해 모르기는 화영도 마찬가지였다. 다만 짐작으로 길에서 멀리 좀 높게 떨어져 호젓한 오두막처럼 혹은 누각처럼 보이는 건물은 스님들의 수행처 혹은 공부방일 게 분명하다는 짐작은 해볼 수가 있었다. 그런 오두막은 꽤 여럿이 있었다.

오래전에 왔을 때는 마룻바닥이 삐걱거릴 정도로 허름해 보였다. 그때 누각 같기도 한 그 작은 오두막이 있는 언덕배기를 돌며 화영은 문을 열어보기도 했다. 어쩌다 출입문이 굳게 잠겨있는 곳은 고개만 갸웃거리다가 그냥 지나치곤 했다. 더러는 열린 문으로 들어가서 아래를 굽어보거나 오두막 밑으로 흐르는 개울물을 물끄러미 쳐다보고 서 있기도 했다. 길상사 경내에는 가느다란 개천 줄기가 북악산을 타고 내려와 여름 한 철에는 그 개울물 흘러가는 소리 역시 스님의 법문에 버금가는 한 법문을 하고 있을 법 하다.

그 작은 오두막들이 말끔하게 수리되어 있는 것을 금세 알아볼 수 있었다. 그리고 그 오두막집의 높은 벽면에 간판을 내달은 것이 전과 다르다면 다른 점이었다. 예를 들면 '반야당般若堂'이라든지 '청향당淸堂香'으로 멀리서도 잘 알아볼 수 있도록 표시를 해놓아 공부방으로서의 성격을 분명히 나타내고 있었다. 한문 간판을 붙여놓아서도 그렇지만 그 오두막집들의 모양새는 감히 일반 사람들은 들어가지 못하도록 은연중에 제재를 가하고 있는 것 같이 보였다.

화영은 호주에서 온 여인의 손을 이끌고 진달래꽃 그늘에 앉았다. 봄추위를 견뎌내고 피어난 진달래꽃이 방실방실 미소 지었다. 삼삼오오 가족과 친구들과 짝을 지어 길상사로 들어오는 인파들을 바라보는 즐거움도 결코 작은 즐거움은 아니었다.

법정스님의 입적소식을 매스컴에서 접한 불자는 물론이고 법정스님의 책을 애독한 독자들, 심지어는 전혀 불자도 아니고 독자도 아닌 순수한 관광객, 또는 오다가다 등산길에 들린 사람들도 그들의 복장으로 짐작이 가능하게 하였는데 그 숫자는 엄청났다.

사람들은 법당에 들어가 법정스님의 영정을 바라보며 눈물지었다. 삼배를 올리고 나서 잠시잠깐이라도 자리에 앉아 생전의 법정스님을 그리워하는 모습이기도 했다. 그 외는 그냥 나무그늘에 편안하게 앉아 오고가는 사람 행렬에 시선을 빼앗기는 사람들이었다.

"점심 안 먹고 오셨죠?"

화영은 호주에서 온 여인에게 물었다. 화영의 가방 안에는 기원정사 보살이 넣어준 떡 봉지가 들어 있었다. 화영은 그 떡을 호주에서 30년 만에 한국에 온 여인에게 주고 싶었다.

"배가 고프군요. 분당에서 여기까지 오느라고 아침밥도 못 먹었어요."

둘은 공양간으로 내려갔다. 사람들이 어찌나 많이 길게 줄을 서 기다리는지 언제 그녀들에게 차례가 올지 아득했다. 그 긴 줄에서 올려다보니 길상사 바로 앞에 거대한 저택이 보였다.

"참 멋진데요. 저런 집에 사는 사람들도 절에 오는지 모르겠어요."

"글쎄요. 절에 오고 안 오고 멋진 저택하고 무슨 상관관계가 있나요?"

화영이 호주에서 온 여인의 손을 잡았다. 작고 따스한 손
이었다. 화영의 길상사 나들이는 순조롭고 행복하기까지 하
였다.

"일단 여기서 전통차를 마시자고요. 한국에 오셨으면 그
래야하는 거죠? 그렇죠?"

평소의 화영이 답지 않게 수다스러운 기미가 보였다. 초
면인데도 어디선가 본적이 있는 것처럼 여겨지는 여인에게
경계는커녕 호감이 증대하는 순간이었다.

길상사 경내의 찻집은 조촐하다 못해 약간 촌스러웠지만
그래서 더욱 정이 갔다. 호주에서 온 여인이 차를 주문하러
찻집 안으로 들어가자 화영은 핸드백에서 기원정사에서 갖
고 온 떡 봉지를 꺼내 탁자에 올려놓았다. 엷은 비닐봉지 안
에는 호박떡과 약식, 그리고 쑥 인절미가 다소 찌그러진 채
들어 있었다. 호주여인이 차 쟁판을 들고 왔다. 김이 폴폴 나
는 대추차가 입맛을 당겼다.

"웬 떡이에요? 떡이 어디서 났어요?"

호주여인은 화영의 설명을 들으면서 맛나게 떡을 먹었다.
화영은 마치 이런 경우를 대비하기 위하여 기원정사의 보살
이 화영에게 떡을 싸준 것인가 하면서 흐뭇해했다. 그녀가
서울말씨를 또박또박 사용하는 것을 보아 서울 출신일거라

는 추측을 했지만 화영은 그녀의 인적사항은 묻지 않았다.

"참 좋은데요. 길상사에 온 것도 감사하고요. 선생님 만난 것도 인연 같아요. 법정스님이 맺어주신 인연, 호호호."

꿈보다 해몽이었다. 화영도 그녀의 말에 동의하고 싶도록 기분이 고양돼 있었다. 쾌청한 봄날 호주에서 온 여인의 간드러진 웃음소리와 함께 길상사 나들이는 최상을 기록하고 있는 셈이었다.

"이민 가기 전에는 어디 사셨어요?"

찻집 앞으로 사람들이 두셋 몰려오는 게 보였다. 등받이가 없는 나무 의자도 거의 빈자리가 없는 형편이지만 찻집은 안으로 들어갈수록 공간이 넓었다. 여자와 남자 몇이 서성대는 눈치더니 안으로 들어갔다.

"네! 평화방송국 바로 앞 동네에 살았어요. 서교동 그 동네 얘기하면 복잡해요."

"왜? 너무 많이 변해서요?"

"변한 거야 뭐 어디 그 동네뿐인가요? 저는 그때 사람을 잘못 사귀었거든요."

화영이 풀어 놓은 떡을 집으며 그녀는 잠시 허탈한 표정을 지어보였다. 그녀는 쑥 향기가 그대로 남아있는 쑥 인절미를 집어 든다.

"이민을 안 갔으면 아마도 지금 저가 이 자리에 없었을 거예요.”

화영은 그녀의 말에 모종의 궁금증과 함께 의문이 일어났고 화영은 긴장했다.

“그래요? 그거 이상하네. 평화방송국 옆에 H대학교가 있고 우리도 서교동 거기 오래 살았었는데.”

화영은 어디선가 본 듯 하던 그녀의 얼굴을 찬찬히 바라보았다.

“저는 그 동네에 살 때 이웃에 사는 한 남자를 알게 되었어요.”

그녀의 인생스토리를 듣게 되는 찰나였다. 화영은 떡 봉지를 손에 들고 자리에서 일어났다.

“조용한 데로 자리를 옮길까요?”

화영이 앞장서서 걸어갔다. 호주에서 온 여인은 차 쟁반을 찻집 안으로 가져다 둔 다음 화영의 뒤를 따라갔다. 한 잔의 차를 들기 위한 간이찻집 앞의 행렬은 줄어들지 않고 있었다.

“이런 들마루가 있었네요. 어릴 때 문경의 외갓집에 가면 너른 마당에 들마루가 있었어요. 들마루에 누워 별을 보며 여름방학을 지낸 일 생각나요.”

화영은 찻집에서 정 반대 방향인 들마루 높은 곳에 그녀와 나란히 앉았다. 사람들이 붐비는 찻집보다 조용하면서 바람이 한결 서늘했다. 다른 절에 비해 단청 빛깔이 은은 수수한 길상사 경내는 뒷동산에 산보 나온 것처럼 모든 게 자연스러웠다. 불교신자가 아니라도 거부감이나 절 식구들에게서 권위의식 같은 걸 찾아볼 수 없었다.

"저희 시어머니는 교회 권사세요. 남편 사업이 부도나자 시댁 식구들은 교회를 나가기 시작했어요. 근데 저는 안다녀요."

"혼자만 안 다니기도 쉽진 않을 텐데요. 무슨 이유라도 있어요?"

"친정이 본래 불교집안이라 그렇기도 하지만 저는 법정스님의 책을 거의 다 읽었어요. 읽다가 보니 제가 어느 날 불교신자가 되어버렸나 봐요."

"글쎄요. 법정스님 입적하시고 나서 불교 홍보가 저절로 되고 있다는 소식은 들었지만."

"저는 죄를 많이 지었어요. 결국 남편이 이민을 결심한 이유가 되었지요."

그때였다. 바람결에 개나리 꽃잎이 땅바닥에 떨어져 내렸다. 그녀는 몸을 굽혀 땅에 떨어진 개나리꽃 잎을 주워 들었다. 그녀는 그 꽃잎을 들여다보며 말을 이었다.

"그 남자의 아내가 수술하는 날이었는데 우리는 제주도로 사랑 여행을 떠났으니 제 업보가 얼마나 큰지 아시겠지요?"

사업이 부도나자 노상 집밖을 떠도는 남편을 가진 유부녀와 일생일대의 대수술을 하고 중환자실에 누워있는 아내를 팽개친 유부남과의 불륜 이야기였다. 화영은 조용히 절 아래 동네의 호화저택들을 바라보았다. 호주에서 온 여인의 이야기가 화영에게 별로 흥미를 끌지 못하는 눈치였다.

삼류소설이나 주간지의 주 메뉴를 그 여인에게서 중복적으로 전해들을 필요가 있을까. 그따위를 인간의 사랑이라고 말할 수는 없어. 동물적이고 원초적이라는 형용사도 과분하지. 화영의 얼굴에 실망스런 그림이 그려졌다.

"업보를 씻기 위해 법정스님의 입적을 계기로 귀국한 겁니까?"

그들이 불륜을 어떻게 저질렀건 상대 남성의 아내가 무슨 수술을 했건 화영은 관심 밖이었다. 그 정도 저질 스토리는 길바닥에 얼마든지 널려있다. 화영은 그 여인에게서 벗어날 구실을 찾고 싶었다. 지극히 사적인 연애담을 초면인 화영에게 장황하게 늘어놓는 저의를 몰라 답답했다.

"그 남자의 부인이 척추뼈에 금속 기둥을 박는 대수술이었다고 들었거든요. 저는 눈곱만큼도 미안하다거나 죄책감 같은 게 없었어요. 그런데 법정스님 책을 한 권 두 권 읽으면서 한국으로 오고 싶었고 길상사에 와서 선생님을 뵈니까 이상스럽게……."

호주에서 온 여인은 핸드백에서 손수건을 꺼냈다. 그녀는
코를 훌쩍이면서 손수건으로 눈물을 찍어냈다. 화영은 그녀
가 연기를 잘한다고 생각했다. 그녀는 화영이 아니더라도
누구에게나 쉽게 자신을 열어 보일 수 있는 헤픈 여자 같았
다. 길상사 가는 차에 오를 때 붙임성이 좋은 여자라고 느낀
것이 화영의 실수였다. 화영은 새삼 그 여인의 얼굴을 뚫어
질 듯 주시했다. 쌍가풀 수술한 흔적이 보이지만 눈은 여전
히 밑으로 처져 매서운 눈초리에 희미한 눈썹, 다부져 보이
는 까무잡잡한 피부와 성형수술로 코끝을 살짝 올려준 듯한
매부리코하며 얄팍한 입술이 낯익었다. 어디선가 본 듯, 만
난 듯한 인상이더니 화영은 순간 아차! 했다.

"한국을 떠날 때 우리는 월세방을 전전하느라 비행기 값
도 없었어요. 다행히 그 남자가 퇴직금을 미리 탔다면서 저
에게 주었어요. 먼저 가서 자리를 잡으면 뒤따라 오겠다고
요."

"그 남자가 준 돈으로 자리를 잡은 겁니까?"

"그럼요 30년인 걸요. 정말 열심히 살았어요. 저의 남편
도 저를 이해해 주었어요. 워낙 성품이 선해요."

그녀의 남편이 무엇을 이해해 주었는지 왜 그처럼 선한지
화영은 묻지 않았다.

화영의 두 다리가 들마루 밑에서 덜덜 떨리고 있었다. 다

리 뿐 만아니라 화영의 입술도 손도 다 같이 힘겨워 하고 있
었다.

"대기업 임원 생활 30년에 마누라 수술비도 못 내겠다는
남자가 어디 있어요? 신문에 날 일이네."

화영이 언성을 높일수록 금간 척추 뼈가 내쳐 주저앉을
것처럼 위태로웠다. 실제로 언성을 높일 기운도 화영은 동
이 났다. 수개월 여 동안 외롭게 앓는 동안 화영의 몸은 방바
닥에 들어붙을 듯이 초췌해 갔다.

"도연이네 엄마 본 좀 봐라. 식당 알바해서 먹고사는 거
안보이나? 수술을 하든 말든 맘대로 해. 나는 능력이 없어!"

'배 째라 어쩔 테냐' 였다. 통장을 뒤졌다. 퇴직금 ○억원
이 통장에서 자취를 감춘 후였다. 퇴직금을 탈 연수도 2,3년
이 모자란 터였다. 화영이 S대 병원에 입원할 때까지 치열한
언쟁은 멈추지 않았다. 조기에 수령한 퇴직금의 행방은 끝
내 밝혀내지 못했다.

화영은 그 여인을 다시 보았다. 그 여자, 호주에서 온 여
인은 바로 골목안집 여자였다. 30년의 세월에 변한 것이 많
고 성형수술로 얼굴 윤곽에 변화를 주었어도 영락없는 남편
의 우상이던 도연이 엄마 그 여자가 틀림없었다.

화영이 갑자기 일어나서 뛰기 시작했다. 길상사 일주문까
지 비탈진 길을 내달리는 동안 화영은 뒤를 돌아보지 않았

다. 숨이 턱에 차올라왔지만 발걸음을 멈추지 않았다.

"선생님! 같이 가세요!"

30년 전에도 호주에서 온 여인, 아니 골목안집 여자는 화영을 선생님으로 호칭했다. 화영의 용모에서 선생님 분위기가 풍긴 다나, 소설가이기 때문이라나. 이웃 여자가 늘 선생님, 선생님 부르면서 비서처럼 때론 하녀처럼 화영의 주변을 맴돌던 생각이 머리를 스쳤다. 화영의 남편이 출근하기 직전 그녀도 식당에 출근해야 된다면서 아침 7시에 습관처럼 전화를 하던 그 찝찔한 목소리도 기억났다. 월말에 한 번씩 한 동네 사는 부부동반 모임으로 만날 때면 유난히 높은 옥타브로 간드러지게 웃던 웃음소리도 들려오는 듯 했다.

"아! 이럴 수가."

화영은 홀로 부르짖으며 성북동 넓은 골목길을 허둥대며 내려갔다. 지하철역은 멀어 보였다. 원증회고怨憎會苦라고 했던가, 악연도 인연이란 말인가. 하필이면 법정스님이 계시던 길상사에서.

큰 길로 나오자 화영은 후유 하고 거친 숨을 내뿜었다. 금속기둥이 두 쌍이나 박혀 있는 화영의 허리뼈가 돌연 삐거덕거렸다. 극심한 통증이 임박했다는 신호였다. 화영은 지나가는 택시를 향해 손을 흔들었다.

외도外道 2

쇄, 쇄, 쇄.

희경 씨의 귀에서는 쇄, 쇄, 쇄, 하는 음향이 반복되고 있다.

쇄, 쇄, 쇄, 하는 소리와 함께 눈에 보이지는 않지만 정교한 의료기구 종류들이 희경 씨의 입안 구석구석을 누비며 방금 갈아낸 치아의 분말을 목 안으로 넘어가지 않게 저지 하거나, 또는 속절없이 고이는 침샘을 막아볼 요량으로 거친 솜방망이 같은 것이 혀 밑 부분을 훑어내고 있음을 희경 씨는 짐작으로 헤아리고 있는 중이다.

어쩌다 그 물줄기가 누워있는 희경 씨 얼굴에 뿌려진다거나, 종이로 만들어진 턱받이, 혹은 앞가리개 위로 떨어지는 일도 발생한다. 의사 옆에 붙어 서서 치료를 돕고 있는 간호사의 손길이 가끔 중심을 잃을 때가 있다는 사실을 희경 씨의 예민한 촉각은 죄다 감지하고 있다.

그뿐인가. 쇄, 쇄, 쇄, 하는 소름끼치는 음향이 단 1초라도 빨리 끝나주기를 바라는 마음으로 입을 아— 하고 크게 벌린 상태로 견뎌내고 있을 때 쇄, 쇄, 쇄, 하는 소리가 길어질수록 치아의 깊은 뿌리 부분 어디쯤이 지긋지긋 저리고 시린 감각도 빼 놓을 수가 없다.

치료 의자에 누워있는 희경 씨는 지금 상황이 견딜 수 없이 괴롭다고 말로 호소할 수조차 없는 딱한 사정이다. 치과에서 입을 열어 말하거나 자기 마음대로 입을 다물기를 바라는 건 아예 당치도 않는 바람이 아니던가.

그런 시간이 오래 계속되자 잇몸이 솟아 음식물을 제대로 씹지 못하고 고생했던 일들이 어제일 인 듯 떠올라 소름이 끼쳤다.

"양치하세요!"

무슨 구원처럼 간호사가 명령할 때라야 겨우 한숨 돌리게 된다. 누운 몸을 일으켜 우그르르, 하면서 입안을 가셔내고 다시 누울 때 희경 씨는 형장에 끌려가는 수인의 심정을 헤아려 본다. 오죽해서야 수인의 심정이라고 표현할까. 치과 영역은 아기를 출산하기 위해 산부인과에 가기보다 몇 배나 가기 싫고 치료받는 데에도 억수로 고통이 따르는 곳이다.

쇄, 쇄, 쇄,

그 소리는 희경 씨가 치과에서 진료를 마치고 지하철역 계단을 내려올 때에도 여전히 계속되었다. 그놈의 쇄, 쇄, 쇄가 한정 없이 희경 씨를 괴롭히고 있었으며 쇄, 쇄, 쇄, 하는 소리가 들려 올 때마다 희경 씨의 이마에는 굵은 주름살이 더 늘어가는 것 같았다.

지하철 계단을 다 내려오긴 했으나 희경 씨는 딱히 어디를 갈지 방향감각을 잃고 있다. 쇄, 쇄, 쇄, 하고 그 몸서리쳐지는 소리가 계속 뒤따라와서 희경 씨는 계단을 다 내려와서도 멍청히 서 있기만 했다.

당고개행 4호선 열차가 들어오고 있다는 방송이 들려왔다. 사람들이 의자에서 일어나는 것이 보였고 주춤주춤 노란선 가까이로 움직이기 시작했다. 희경 씨는 그들과는 반대로 그들이 일어난 빈 의자에 털썩 주저앉았다. 그녀는 왼손으로 왼쪽 볼을 아니 잇몸을 감싸 쥐고서 울상을 지었다. 마취가 아직 덜 풀린 왼쪽 잇몸은 통통 부었으며, 전혀 감각이 없다. 다만 뻐근하면서 불편하다는 것, 그리고 치과에 자주 오면 올수록 더 비참해진다는 것, 그런 마음들이 희경 씨의 뇌리에 각인되고 있었다.

어디로 가야하나?

희경 씨는 돌아갈 곳이 없는 나그네처럼 냉기가 도는 철제 의자에 붙박이로 앉아 있다. 지하철이 역 구내로 진입하자 찬바람이 몰려왔다. 희경 씨는 몸을 한 번 흠칫 떨었다. 어디로 가야 하는지 아무리 생각해도 묘안이 떠오르지 않았다.

당고개행 지하철이 사람들을 싣고 희경 씨 앞을 지나갔다. 이제 더 역구내의 차가운 철제 의자에 앉아 있을 만큼 희경 씨에게 인내력이 없다. 인내력이 아니라 이유를 모르겠다고 하는 편이 맞는 말일 듯싶다. 등허리가 으스스 춥고 떨려왔다. 몸살기가 침입한 듯했다.

경적을 울리며 당고개행 열차가 세 번째로 다가서는 것이 보였다. 희경 씨는 하는 수 없이 당고개행 열차에 들어섰다.

어디로 가지?

희경 씨는 자리에 앉고 나서도 똑같은 질문을 반복했다. 자신에게 묻는 것인지 지나가는 사람에게 묻는 것인지도 모호했다. 정처 없는 방랑자처럼 가는 곳을 지정해 놓지 않은 사람이 그녀 자신이었다.

눈을 감았다. 마취가 서서히 풀리는 기미였지만 쇄, 쇄, 쇄, 하면서 무자비하게 갈아낸 치아인지, 그 시원찮은 치아를 받쳐주고 있던 잇몸인지 구분이 가지 않게 욱신욱신 쑤셔왔다. 골머리도 지끈지끈 아파왔다. 더운 온돌 바닥에 누우면 그대로 녹초가 될 듯싶게 전신에 냉수를 끼얹는 것처럼 오싹 진저리가 쳐졌다.

갈 곳이 없네.

희경 씨는 눈을 감은 상태로 독백했다. 신용산역에 이르
자 사람들이 내리고 타느라 몹시 수선스러웠다. 장갑이며
레깅스 등을 파는 열차 내 행상들의 소음도 희경 씨의 귀에
들어왔다. 눈을 감았다고는 하나 역에 정차할 때는 누가 시
키지도 않았는데 희경 씨는 눈을 반짝 떴다.

서울역이다. 희경 씨는 문득 열차에서 내려 어디로든 기
차를 타고 멀리 떠나보고 싶었다. 그러나 무작정 나섰다가
는 고생바가지다. 무심한 지하철은 서울역을 지나간다. 그
럼 어디로 간단 말인가. 희경 씨의 심사는 한 밤중 바다에 떠
있는 낡은 소형 어선인 듯 잠시 기우뚱 했다.

미아삼거리역이었다. 롯데백화점 미아점이 그곳에 있었
다. 희경 씨는 롯데백화점 미아점에 긴한 볼일이 있는 사람
처럼 열차에서 내렸다. 백화점으로 오르는 에스컬레이터를
탔다. 밖엔 진눈깨비가 내리고 있다.

희경 씨는 사람들의 뒤를 무작정 따라갔다. 그들의 꽁무
니에 바싹 따라붙는 것만이 구원이기나 하듯 희경 씨의 얼굴
은 일그러진 표정 대신 진지함이 묻어났다. 마취된 얼굴 하
단 부분은 아직도 얼얼하다.

여기 왜 왔지?

희경 씨는 수많은 사람들이 바쁘게 오가는 백화점에서 해 질 무렵의 잎 떨군 나무처럼 황량한 그림자가 되어 서 있다. 1층 매장은 유명 브랜드의 화장품과 핸드백, 구두 종류가 진열되어 있었다. 모양과 크기 색깔도 다양하고 화려했다. 희경 씨는 1층을 한 번 둘러 본 후 엘리베이터에 올랐다. 가는 데까지 그냥 가보자. 희경 씨 내부에서 그런 요구사항이 강하게 머리를 쳐들었다.

기실 어떤 진기하거나 고급으로 보이는 물건조차도 희경 씨는 안중에 없다. 애초에 물건을 구입하러 백화점에 들어선 것은 아니었으니까. 쇄, 쇄, 쇄, 하는 소리로부터 더 멀리 희경 씨의 의식을 이동시키는 일만이 중요했다.

쇄, 쇄, 쇄. 그 소리는 적어도 희경 씨의 내부에서 뿐 아니라 희경 씨가 가는 곳이면 어디라도 끈질기게 따라붙을 것만 같은 공포감이 막무가내로 밀려왔다. 희경 씨 힘으로는 막을 수 없을 만큼 불가항력이었다. 4층이었다. 희경 씨는 일단 거기서 발걸음을 멈추었다. 숙녀복 매장이었다. 여성에 관한 의상은 브랜드 별로 그곳에 모두 있었다.

희경 씨는 이 매장 저 매장을 하나씩 훑고 지나간다. 어쩌다 마음에 든다 싶은 상품이 보이면 지체 없이 그 매장 안으로 들어갔다. 그리고 매장 아가씨가 입혀 주는 대로 이 옷 저 옷 몸에 대보고 입어보고 여념이 없다. 마네킹이 입고 있을 때는 완벽하게 아름답던 옷들이 직접 입어 보면 별 것 아닌 게 많다. 대부분 이태리에서 수입했다는 원단이었지만 디자인이나 색상에서 마음에 들지 않거나 어색했다. 이거다! 하고 지갑을 열어 결제하고 싶은 옷들이란 그다지 많지 않다.

옷 골라 입기도 어렵거늘 한 평생 한 지붕 밑에서 동거 동락할 사람 선택하기는 얼마나 힘든 일인가. 옷 같은 것과 감히 비교할 수도 없는 일 아닌가. 희경 씨는 입었던 옷을 벗고 다른 매장으로 갔다.

외국에서 수입한 이른 바 명품이란 것도 그 체형이나 유행 모드에서 국내 브랜드와 차이가 있었다. 희경 씨는 옷 입어 보는 일에 쉽게 지쳤다. 점원 아가씨가 아주 좋은데요. 이렇게 완벽하게 어울리는 분이 드물어요! 라고 극도의 찬사를 퍼부어댔으나 희경 씨는 그녀의 말을 백 프로 믿지 않았다.

"피부가 희고 깨끗하니까 무엇을 입으셔도 잘 어울리시는데요."

"키도 크시고 아주 멋져요."

어디서 나타났는지 매장의 매니저로 보이는 나이 든 여자가 다가와 희경 씨의 새 옷 입은 자태를 중언부언 부추겼다. 희경 씨는 동요하지 않았다. 최고급 직수입 원단으로 중국이 아니라 국내에서 생산했다는 ○○ 뷰띠크 매장에서도 옷만 두어 벌 입어보는 북새통을 치르고는 그냥 돌아 나왔다.

옷 한 벌 값이 30대 대졸 남자 한 달치 월급을 상회하는 고가였다. 희경 씨는 혀를 내둘렀다. 그 옷을 사기 위해 그만한 돈을 지불할 가치가 없어 보였고, 그 옷이 희경 씨를 돋보이게 해 줄 수도 없다. 돋보이는 건 고사하고 ○○만 원 정도에 버금가는 기쁨이라든가 기분 전환의 기회를 제공할 것 같지 않다. 물론 희경 씨가 치과에 지불하는 액수보다는 훨씬 적은 금액이었으나 희경 씨는 새 옷에 대한 관심을 포기했다.

옷을 사 입는 게 이렇게 힘 드는데 돈 벌기는 또 얼마나 힘들까 하고 희경 씨는 잠시 그런 생각도 가진다. 그래도 지구는 돌고 장사는 이익을 남기므로 백화점은 시시때때로 새로운 상품을 진열하고 전단지를 각 가정에 발송해 고객을 유치하는 것이 아닌가.

희경 씨는 초대받지 않은 손님 같은 기분이다. 입어 본 옷들이 제대로 몸에 안 맞는 것도 있지만 입어서 옷태가 좀 난다 싶은 옷들의 가격대가 까무러치게 높은 연유일 것이다. 언젠가 백화점에서 고가의 옷을 구입하고 밤새 좋아하며 잠을 설쳤던 기억 같은 건 희경 씨의 뇌리에서 아득히 잊혀지고 없다.

매장과 매장 사이를 연결해주는 통로에는 간이 쉼터가 있고, 소탁자와 의자도 두어개 있다. 희경 씨는 거기에 앉았다.

다리를 들어 올려 발목 운동을 했다. 백화점 아이쇼핑도 희경 씨에게는 상당한 고행에 속했다. 치과에서 고문에 버금가는 치통을 겪은 푼수로는 무엇이 되었든 쇼핑백 한 가득 사고 싶은 생각이었다. 하지만 희경 씨는 새 옷을 구입하므로 얻어지는 위로나 보상심리에 대하여 의심했다. 설사 새 옷을 사는 것으로 위안과 보상을 얻었다고 한들 과연 얼마나 지속될까 그것도 미지수였다.

백화점은 시간이 경과할수록 많은 고객들이 몰려왔다. 대부분 여자들이다. 친구들과 약속하고 여럿이 함께 온 사람, 평소보다 외모에 신경 쓰고 백화점에 온 듯 세련된 용모의 주부들이 꽤 보였다. 5센티 보다 더 높아 보이는 하이힐을 신은 사람, 운동화를 신거나 혹은 굽이 낮은 구두와 롱부츠도 보이고 각양각색의 여인들이 희경 씨가 앉아 있는 간이 쉼터 앞을 쉴 새 없이 지나갔다.

희경 씨는 어지러웠다. 그러고 보니 희경 씨는 아침부터 공복이었다. 치아를 앓으면서 입맛을 잃었고 더구나 치과에 가는 날은 숫제 밥을 굶었다. 희경 씨는 간이 쉼터 같은 그곳에 앉아 있을 명분이 없다고 생각한다. 더 오래 그 자리를 고수한다고 해도 희경 씨에게는 기다려서 만나야 할 친구가 없다.

엘리베이터를 타고 한 층 한 층 내려갔다. 지하 식품 매장

한 쪽에 식당가가 있다. 지하 1층으로 내려오자 음식 냄새가 질펀하게 번져왔다. 한식 일식 중식 온갖 종류의 음식들이 한데 섞여서 종합적인 냄새를 뿜어냈다. 그 냄새는 희경 씨의 떨어진 입맛을 동하게 하는 데 긍정적이었다.

희경 씨는 배가 고프다는 사실을 실감했다. 텅 비어 있던 위장이 각종 음식 냄새를 맡고 무슨 반란이라도 일으킨 듯 조건반사 작용을 했다. 그녀는 식품 매장 골목을 빠르게 통과하여 사람들 물결을 헤치면서 식당가가 있는 안쪽으로 깊이 들어갔다. 낙지철판볶음, 접시 하나에 탕수육과 자장면이 푸짐하게 함께 나오는 중식, 초밥, 왕만두, 평양냉면, 돌솥비빔밥, 순두부, 찹쌀순대와 떡볶이도 있었다.

희경 씨는 두 눈을 크게 뜨고 세심하게 살폈다. 뷰띠크 매장에서 건성으로 옷들을 보았다면 여기서는 고개를 빼들고 메뉴와 가격을 적극적으로 탐색 비교했다. 그녀는 마치 밥 한 끼를 해결하러 백화점에 온 사람 같다. 메뉴 선택은 오래 걸리지 않았다. 희경 씨는 식권을 한 장 사 들고서 빈 의자로 다가갔다. 전광판에 번호가 뜨기를 기다리는 시간이 꽤나 길게 느껴졌다. 배가 고프다는 사실은 심각했다. 다른 무엇도 안중에 들어오지 않는 상태로 돌입한 희경 씨는 다양한 음식 냄새에 취해 엄숙하게 차례를 기다린다.

"혹 한희경 선생님 아니세요?"

지나가는 사람들의 말소리였을까. 희경 씨의 몽롱한 의식 사이로 어떤 기적이 그녀의 몸 가까이 다가오고 있음을 인지했다. 지나가는 사람들이 지껄리는 소리와는 차원이 다른 명징한 한 소리에 희경 씨는 배고픈 생각에서 잠시 헤어났다.

그렇다고는 하나 자리에서 일어설 기운조차 남아 있지 않았고 슬슬 졸음기가 침범하는 중이다. 마취되었던 잇몸은 입술을 둔감하게 움직일 정도는 되었다. 그녀는 입술을 꼭 깨물었다. 마취가 풀리면서 통증이 다시 찾아온 것이다. 통증은 그녀에게 극심한 불쾌감과 곤혹스러움이었다. 허기와 졸음에 겨운 그녀의 시선이 잠시 동안 허공에서 흔들렸다.

"어머나! 저 몰라보시겠어요?"

그 소리는 아까보다 좀 더 크고 명확하게 들렸다. 희경 씨는 비로소 자신이 앉아 있는 자리로 성큼 다가선 한 여인을 물끄러미 올려다보았다. 40대 중반쯤일까? 5센티 이상 돼 보이는 하이힐을 신은 것으로 보면 40대 초반일까 가늠이 쉽게 가지 않는 그 여인은 희경 씨 옆에 주저앉을 것처럼 서두는 기색이 여실하다.

한식 중식 일식 베트남식 등으로 한데 어우러져 얼큰 매콤 달큰 고소 짭짤 새콤하게 뿜어내는 음식 냄새가 여전히 희경 씨의 후각과 미각을 자극했다. 정체를 알 수 없는 여인의 접근보다 희경 씨에게는 그 다양한 국적을 갖고 있는 혼합된 요리 냄새에 안도와 함께 친근감이 들었다. 이때만큼은 입 안에 침이 그득 고여 와도 그리 걱정할 일이 아니다. 침샘은 본연의 조건반사라는 제 역할에 충실한 것이고, 입안에 침샘이 맑게 고이므로 희경 씨는 비로소 자신이 더 이상 쳐져있지 않게 된 사실을 수긍했다. 한 끼 식사에 대한 간절한 기대와 욕망은 이 우주상에서 한 점 먼지처럼 지극히 미미한 부분에 속하는 그녀의 존재감을 가장 확실하게 회복시켜주는 유용한 징표였다.

그리고 잠시 후에 그녀 자신도 그들 냄새 중 한 품목을 할당받을 수 있다는 희망에 치과에서 겪은 공포감과 긴장감이 스르르 사라지려 하고 있었다. 희경 씨는 손 안에 움켜쥐고 있던, 철판낙지볶음에 대한 값을 지불하고 받은 영수증 한 장을 느긋한 마음으로 슬며시 펴 보는 여유도 생겼다. 통증이 제아무리 집요하고 심각하다 할지라도 희경 씨의 한 끼 식사에 대한 가슴 설레는 기대감을 잔인하게 말살시킬 수는 절대 없을 것이다.

"어디 편찮으세요? 제가 한 번 뵈려고 했어요!"

급해진 것은 그 여인이었다. 어디서 어떻게 출현했는지 모르는 그 여인에 대해서 희경 씨는 일말의 관심도 가질 겨를이 없는 것이 아니냐. 당신도 치과에 가서 이틀에 한번 꼴로 1시간 이상 계속 견뎌 보라고. 쇄, 쇄, 쇄, 할 때 자세는 좋았냐고? 물론 그곳은 병원이고 의사가 환자에게 누우라면 눕는 것이기는 하지만 반듯이 누운 채로, 사슬에 묶인 것도 아닌데 옴짝달싹 못하고 고문에 버금가는 치과 치료를 석 달 넘게 견뎌낸 것이 아닌가. 말이 좋아 치료지, 시고 저리고 쑤시고 후유! 이건 숫제 고문이라고. 마취를 했으니 그 정도로 그친 것 아닌가. 치료가 끝나 내려올 무렵엔 눈에 아무 것도 보이는 게 없고 귀에 들리는 게 없다고 흠!

치과 치료 석 달 만에 희경 씨의 체중은 표준치에서 무려 12킬로그램이나 줄었다. 엉금엉금 기다시피 하여 간신히 L백화점 지하 식당가에 오게 된 희경 씨로서는 지금 위장이 깡그리 비어 있다. 안개가 낀 듯 시야가 희뿌옇다. 허기를 해결하는 일을 제외하면 다른 일은 쳐다볼 의욕도 없다고 말할 수 있다.

내가 내 몸 아픈데 당신이 왜? 아니, 뭐라고? 나를 한 번 보러 온다고?

희경 씨는 입속 말을 꿀꺽 삼켜버렸다. 남이야 아프거나 말거나, 전봇대로 이빨을 쑤시거나 말거나 별걸 다 참견이네. 희경 씨는 자리에서 벌떡 일어섰다. 메뉴판의 철판낙지 볶음 번호에 빨간 불이 선명하게 켜져 있었다. 희경 씨는 식사쟁반을 받아들고 그 여인을 비켜 구석 자리로 갔다.

매콤한 냄새가 식욕을 자극했다. 희경 씨는 첫 숟갈부터 매워 절절매며 혼신의 힘을 다해 철판에 담긴 낙지볶음을 빠르게 입안으로 퍼날랐다. 마취되었던 잇몸 부분이 얼얼한 것도 헤아리지 못했다.

제대로 씹을 수도 없으니 특별히 맛이 있는 것 같지는 않다. 시장이 반찬이었다. 기계적인 손놀림, 입술 운동을 얼마간 지속하고서야 희경 씨는 음식 접시로부터 얼굴을 쳐들 수 있었다.

사흘 굶어 담 안 뛰어넘는 사람이 없다던가. 목구멍이 포도청이라던가. 금강산도 식후경이랬다. 희경 씨가 철판낙지볶음을 대하는 태도에서 누구라도 그런 말 한 두 가지 쯤은 기억해 낼 수 있는 모양새였다.

접시가 대강 비워지고 희경 씨의 위장에서 버겁다는 신호가 왔을 때에 이르러 희경 씨는 좀 전에 앉아 대기하던 자리를 건너다보았다. 그 자리엔 놀랍게도 희경 씨에게 객쩍은 질문을 던져 당혹스럽게 하던 그 여인, 높은 하이힐을 신은 40대 중반보다 약간은 더 젊어 보이는 그 여인이 앉아서 긴 우동 가락을 나무젓가락으로 집어 올리는 모습을 볼 수 있었다. 그 맞은편에는 그녀의 친구로 보이는 같은 또래의 호리호리해 보이는 여자가 역시 우동 젓가락을 들고 담소하는 것이 눈에 들어왔다.

희경 씨는 아차! 싶었다. 그녀의 기억력이 빠르게 작동했다. 철판낙지볶음 한 그릇으로 희경 씨의 오감은 정상 위치로 환원하는가 싶었다. 희경 씨는 재빨리 식당가를 빠져나와 찻집으로 갔다. 식당에 가지 않고 과자 종류나 샌드위치 또는 햄버거를 음료수 한 병 들고 와서 간단하게 점심을 해결하는 사람들이 그곳에 운집해 있었다. 희경 씨는 조용한 자리를 찾아 안으로 깊숙이 들어갔다. 아메리카노 커피 한 잔은 천국의 열쇠인양 희경 씨의 지친 심신을 포근히 감싸주었다. 희경 씨는 이제는 돌이킬 수 없는 아즈라이 먼 추억의 편지, 열여섯 소녀 시절에 받은 연애편지 구절을 음미하듯 한 모금씩 커피 향을 즐겼다.

그 사람의 누이였지. 그랬어. 희경 씨의 후배이기도 한 그 여인, 앞집 남학생은 위로 누나 한 명과 아래로는 여동생이 자그마치 5명이었으니 그는 딸부자집의 외아들이었다. 여자들 속에 자라 수줍음이 많던 여자 같은 남자가 희경 씨에게 첫 연애편지를 보낸 장본인이었다. 희경 씨가 받아 본 최초의 러브레터의 주인공 K, 그는 희경 씨의 남편이 되었고, 양가에서는 쌍수를 들어 환영해 마지않는 축복받은 결혼이었다. 교회를 같이 출석했고 일요일에 만나는 것만으로는 부족해서 하루가 멀다 하고 편지를 전해주러 오던 앞집 남자의 여동생, 우동을 먹고 있는 여인은 희경 씨의 여고 후배이면서 호적상 셋째 시누이였다. 희경 씨는 어지러웠다. 베트남 고춧가루가 하도 매워서 이마에 땀방울이 송글송글 맺히도록 열심히 퍼먹은 낙지철판볶음이 위장에서 속 쓰린 증상을 유발했다. 희경 씨는 아메리카노 커피 한 잔을 다 마시지 못하고 찻집을 나왔다. 그 여인의 시계를 벗어난 희경 씨는 4층 뷰띠크 매장으로 다시 올라갔다.

에스컬레이터를 타고 올라오자 일단 매장 사이에 놓여 있는 의자에 깊숙이 등을 기댔다. 고객들이 쇼핑하다 다리가 아프면 앉을 수 있게 배려한 공간은 매장 반대쪽으로 돌아앉으면 눈을 감고 졸을 수도 있는 편리한 장소였다.

대기업의 중역인 K는 회사 업무 보다는 정치에 관심이 많은 인물이었다. 그는 모든 여성의 우상이라 할 만큼 이목구비가 준수하고 체격도 좋은 편이다. 소년 시절의 수줍고 정의감에 불타던 그의 모습은 40대 50대를 거치면서 완전 다른 사람으로 변모해갔다. 유독 정치에 관심이 많은 그가 정치계의 거물들과 어울리는 과정에서 그의 변화는 날이 갈수록 심화되었다. 어눌하던 언변이 유창한 웅변으로 바뀐 것이며, 더욱 기이한 것은 마이크를 놓지 않고 계속 목청을 뽑아대는 노래방 성향이었다. 집에 어쩌다 일찍 오는 날은 가요 CD를 왕창 사들고 와 밤이 이슥토록 새 노래 익히는데 열을 올렸다. 주말에는 정치 일선에서 활약하고 있는 사람들과 한라산 덕유산 주왕산 등 산행을 빠지지 않았으며 그런저런 일로 집에 안 들어오는 날이 비일비재했다. 거기까지는 희경 씨의 고단한 인생 전초전에 해당한다.

"저 유진이 아빠 요즘 집에 들어오시나요? 저가 북한산에 갔다가 유진이 아빠를 보았거든요. 가슴에 ○○당 완장을 차고 웬 여자하고 나란히 서서 대통령 후보 L씨를 유세하고 계시던데요.

K가 집에 안 들어온 지 보름쯤 지나서였다. 희경 씨에게 한 통의 전화가 걸려왔다. 가끔 점심을 먹거나 영화를 함께 보는 동네 친구였다.

친구의 제보가 있던 날 희경 씨가 수소문해 본 바로는 회사에서 지방 출장을 갔다는 것이 전부였다. 회사의 여직원 목소리는 매우 쌀쌀 맞아서 더 무엇을 물어볼 수 없게 차단하고 있었다. 급한 용무로 집에 알리지 못하고 가는 출장업무도 있나보다. 희경 씨의 사고는 단순소박한 데서 그치지 않고 남편이 갈아입을 옷을 걱정했다. 무지와 무능의 대명사가 희경 씨와 같은 부류, 즉 전업주부의 고정된 사고방식이었다고나 할까.

석 달이었다. 그가 집에 들어오지 않고 전화조차 끊어버린 것은 그렇다 쳐도 그의 급료 대부분이 입금되지 않고 중

발해 버린 점이다. 그의 급료는 희경 씨 가족 5인의 생계비, 중·고교에 다니는 수진 유진 영진 딸 세 명의 학비 등에 지출되는 게 대부분이었다. 희경 씨의 갸륵한 인내심은 끄떡없이 잘 버텨 나갔다. 믿음에서 출발한 인생 경영이 까짓 몇 달의 부실로 소멸되거나 위협을 받아서는 안 된다는 게 희경 씨의 확고부동한 논리였다. 사나운 비바람에도 결코 쓰러지지 않는 뚝심 같은, 그것은 긴 인생 여정을 통하여 쌓아 올린 내공의 결과는 아니었지만 희경 씨는 '한 번 믿음은 영원한 믿음'이라는 삶의 공식을 철두철미 신봉하는 축에 해당하는 이른바 벽창호 반열에 속해 있었다.

"돈 ○백만 원만 빌려 줘. 유진이 아빠 돌아오면 갚을 게."

"20킬로 쌀 한 포대만 외상으로 주세요!"

"우리 집에 신문 넣지 마세요!"

"우유 끊어 주세요."

"영진이 육성회비 다음 달에 한꺼번에 납부하도록 조치해 주세요."

"체육복 다음 주에는 꼭 사줄게."

"수진아! 학원 비 내가 원장님에게 전화해서 미루도록 할 테니깐 걱정 말아."

희경 씨의 일상은 급속도로 헝클어지고 있었다. 가장의 부재는 곧 경제 활동의 마비를 초래했고, 아이들은 학교에서 희경 씨는 가정에서 풍랑에 취약한 고기잡이 배가 난파 위험에 봉착하듯 날이 갈수록 휘청거리기 시작했다. 그것은 고난시대 중반부에 상응하는 곤란함이었다. 곤란함 정도라면 그래도 조금만 더 참고 기다리면 서서히 밝은 서광이 비쳐올 듯싶었다. 희경 씨의 사고는 더 이상 진전을 보이지 않은 채 그 선에 멈춰있다.

세 아이들은 날이 다르게 성장했고 그 성장은 물질, 즉 금전을 필수요소로 삼으면서 보장되는 것이라 할 수 있다. 고3에 진학한 수진이의 실태는 희경 씨에게 넘기 어려운 과제였다. 두 달 밀린 학원비는 희경 씨 전체 가족의 생활비를 상회할 정도였다. 미술학원에서 희경 씨에게 호출 명령이 떨어졌다.

"수진이 미술대학에 보내실 겁니까. 아예 포기하시는 겁니까? 수진이가 학원에 와서 그림도 그리지 않고 졸다만 가는데 무슨 일입니까?"

H대 미대를 수석으로 졸업, 현재는 서울 시내 모 대학의 미대 부교수로 재직하고 있는 미술학원 원장 선생님은 수진을 친조카처럼 아낀다고 말했다. 데생이나 색상 감별, 구도 잡는 폼이 다른 원생들과는 확연히 뛰어난 수진이의 수업이 요즘 와서 산만해진 것을 애석해 하고 있었다. 대학 입시까지는 불과 두어 달이 남았을 뿐이다. 여기까지는 그래도 희

경 씨의 고난시대 3기였고 열에 하나는 막연한 가운데 한 줄
기 기적을 바라볼 의지는 꺾이지 않았다고 평가해야 옳았을
까.

"딩동! 딩동!"
희경 씨는 하릴없이 TV에 눈을 주고 있다. 코에서 핏덩어
리가 자꾸 나온다며 학교를 가지 않겠다고 뻗대는 막내 영진
을 윽박지르다시피 하여 학교에 보내 놓고 손에 일이 잡히지
않았다. 희경 씨는 청소기 줄을 뽑아 놓기만 하고 무심코 아
침 드라마를 보게 되었다. 무슨 스토린지 얼른 감이 잡히지
않았으나 처자 있는 남자가 퇴근하면서 자기 집 아닌, 세컨
드가 사는 아래층으로 간다는 불륜 스토리가 진행 중이다.
흔히 세간에서 말하는 막장드라마의 한 장면이었다.
"딩동! 딩동!"
희경 씨는 귀를 의심했다. 마치 아래층으로 먼저 갔다가
저녁밥을 먹기 위해 그 드라마 속의 남자가 자기 집에 돌아
온 것처럼 한동안 긴가민가했다. 벨을 누르는 소리는 근래
의 희경 씨에게 아주 낯설었다. 세 딸들은 각자 아파트 열쇠
를 휴대하고 있었고 딩동! 딩동! 하고 벨을 당당하게 누를 수
있는 것은 오직 K 한 사람뿐이었다. 희경 씨는 청소기가 쓰
러져 소음을 내는 것도 의식하지 못한 채 현관으로 급히 달

려갔다. 반가움과 놀라움이 희경 씨 내부에서 용솟음쳤다.

"딩동! 딩동!"

벨소리는 성급하게 들려왔다. 혹 택배 아저씨인가. 여러 달 째 집에 오지 못한 K가 엊그제 생일을 맞은 막내 영진에게 선물이라도 부쳤는가. 찰라 간이지만 희경 씨의 뇌리에서는 이러저러한 망상이 구름처럼 퍼올라 현관으로 달려가는 발걸음에 날개가 달린 듯 가벼웠다. '한번 믿음은 영원한 믿음' 희경 씨는 구호처럼 이 말을 되 뇌이면서 현관문의 중앙에 있는 조그만 동그라미에 눈을 가까이 댔다.

"어?"

희미한 물체는 사람, 키가 크지도 작지도 않은 마른 체형의 여자였다. 어디서 본적이 있는 듯했고 그러면서도 생소한, 몇 차례나 위협하듯 문 밖에서 벨을 누른 것은 정체불명의 한 여자라는 것. 희경 씨는 잠시 주저했다. 숨을 죽이고 문밖에 서 있는 그 여인을 관찰했다. 여인은 등을 돌리고 있다. 일부러 얼굴을 보이지 않으려는 의도 같다.

희경 씨는 참을성을 견지할 필요를 느꼈다. 계단 아래 다른 인물을 숨겨 놓은 것은 아닐까. 아니지 이건 상상이 좀 지나친가. 혹 반상회를 알리기 위해 온 이웃집 여인일 수도 있지 않은가. 이웃집 여인 치고는 복장이 세련되고 고급한데. 혹 주예수를 믿으라고 무작정 찾아온 여인인가. 그들은 항상 짝을 지어 다니면서 함부로 이집 저집 문을 두드리던데 그런데 저 여인은 혼자가 아닌가? 에라 모르겠다. 희경 씨의 추리 작업은 더 시간을 끌지 않았다.

"누구세요?"

희경 씨는 문밖의 여인에게 질문을 던졌다. 평소의 희경 씨를 설명하는 전체적인 이미지는 침착함을 제외시키면 이야기가 성립되지 않는다고 볼 수 있다. 침착하려고 노력을 기울였으나 침착은커녕 희경 씨의 목소리는 평형감각을 상실하고 있다. 평형감각의 상실은 K의 부재에 기인하기도 했고, 그의 부재가 곧바로 가정생활의 혼란으로 연결되기 때문일 것이다. 가정생활 그것은 하루 한 나절도 유예라던가 기피란 것을 허용하지 않는 톱니바퀴 맞물리듯 일정한 제약과 규범을 준수할 때에 평온을 지탱해 갈 수 있었다. 희경 씨의 현재는 미로와 혼돈 그 자체였다.

"저, 여기 김우석金愚石 씨 댁 맞죠?"

─네. 그런데요?

희경 씨가 문을 열지 않은 상태로 현관문의 중앙에 있는 조그만 동그라미에 대고 대답했다.

"문 좀 열어 보세요. 중요한 이야기가 있어요!"

─댁은 누구시죠?

여자는 대답하지 않았다.

희경 씨는 문밖의 여자가 말한 중요한 이야기에 대하여 일말의 흥미도 갖지 않았다. 혹 도둑이거나 미친 여자일 수도 있다고 여겼다.

희경 씨는 현관에서 물러나 거실 바닥에 쓰러져 있는 전기청소기를 있던 자리에 가져다 두고 아침 드라마에나 빠지기로 결심했다. 그게 막장이든 순수이든 가릴 게 없다. 희경 씨는 TV 앞에 앉았다. 아래층 여자와 위층 남자와의 열애 신이 아침나절 하릴없이 드라마에나 정신을 팔고 있는 시청자의 말초신경을 자극하는 중이다. 해도 너무 했어! 희경 씨는 그러나 그 신에서 눈을 거두지 않고 있었다.

'아름답고 푸른 도나우 강Blue Danube Waltz' 음률을 장치해 놓은 희경 씨의 핸드폰이 울렸다. 요한 스트라우스 2세가 오스트리아의 상징인 도나우 강과 그 강을 터전으로 살아가는 사람들을 위해 작곡했다는 '아름답고 푸른 도나우 강'은 강줄기를 따라 흘러가듯 거침없이 흘러나왔다.

♪고요하게 딴따 딴따, 흘러간다 딴따 딴따,
바닥 깊으게 딴따 딴따……♪

'아름답고 푸른 도나우 강'이 계속 울려왔다. 제아무리 명

곡을 내장한 것이라도 아무 때나 울리는 핸드폰이 희경 씨는 성가셨다. TV도 마음 놓고 못 본다니까. 누가 찾아오지를 않나, 전화가 시끄럽게 울려 대지를 않나. 희경 씨의 마음속으로부터 짜증과 울분이 울컥 터져 나왔다.

♪하얀 눈 쌓인 알프스 산에 산골짜기 흘러나와
끝도 없는 곳 푸른 바다로 영원히 흘러가누나♪

'아름답고 푸른 도나우 강'은 쉽게 멈출 것 같지 않았다. 끝도 없이 이어질 것이었다. '아름답고 푸른 도나우 강'은 이제 아름다운 음률이 아니라 공해였다. 희경 씨는 더 참지 못하고 핸드폰을 손에 들었다.

"아들 병원에 입원했다고 당신 남편에게 전해 주세요!"

앞뒤 말을 생략한 채 빠르게 S대 병원의 내과병동과 병실 번호를 말한 후 전화는 끊어졌다. 위협적이고 험상한 말투였다. 조금 전에 문밖에 찾아온 그 여인이라고 여자가 말했다. 홀연 안개 같은 물질이 희경 씨의 전신을 포위했다. 검은 보자기로 두 눈을 가린 듯 희경 씨 망막은 지척을 분간할 수 없도록 캄캄했다. 이른 바 동작정지 상태였다. 그 순간 희경 씨에게 다른 방도는 없어 보였다.

♪도나우 도나우 아름답구나
그리운 이름 도나우 도나우⋯⋯♪

희경 씨의 핸드폰에서 '아름답고 푸른 도나우 강'이 쉬지
않고 울려 퍼졌다. 희경 씨는 조금 전까지 몰입했던 막장 드
라마도, 전화 벨소리도 방치하고 있다. 그저 막연한 두려움
에 휩싸여 있다.

♪그 옛날 어떠한 시절에 찬란히 장식한 배를 타고
어여쁜 궁녀들 뱃놀이를 한 때도 있었지 라라라라 랄라
라♪

희경 씨 앞에 닥친 암담의 골이 하얀 눈 쌓인 알프스 산의
골짜기보다 더 깊었던 것일까. 아름답고 푸른 도나우 강이
알프스 산골짜기를 흘러나와 끝도 없는 곳 푸른 바다로 영원
히 흘러가는 중인데도 희경 씨의 의식세계는 혼돈에서 깨어
나지 못했다.

희경 씨는 S대 병원으로 차를 몰았다. 뒷좌석에 한 여자가
보인다. 그 여자는 미아삼거리역 L백화점 지하식당가에서
만난 바 있는 K의 여동생이다. 소시 적에 연애편지 배달 뿐
아니라 K의 여동생은 지금 K의 아들을 낳은 여인과 절친한

친구로서 모두의 증인인 셈이다.

핸들을 잡고 있는 희경 씨는 호젓한 산사의 석불처럼 근
엄해 보였다. 그녀의 가방엔 규격이 큰 누런 봉투 한 장이 삐
죽이 드러나 있다. 그 안에 이혼 소송의 명해결사로 소문난
황○○ 변호사가 작성한 이혼서류 일체가 들어있었다.

S대 병원은 혜화동 로터리를 돌자 지척으로 다가왔다. 갑
자기 희경 씨의 치아가 욱신욱신 쑤셔오기 시작했다. 치통
도 극심한 스트레스의 결과물이었던가. 희경 씨는 치과 예
약을 다음 기회로 연기한 것을 후회했다.

갑자기 쇄. 쇄, 쇄, 하는 소리가 희경 씨의 귀에 들려오기
시작했다. 치통으로 일그러진 희경 씨의 얼굴에 외도外道의
종점이 또렷이 그려지고 있었다.

봄미나리

골목길에 봄 햇살이 춤추듯 일렁이고 있다. 라일락꽃은 벌써 지고 아카시 꽃이 오월 훈풍에 풀풀 떨어져 이리저리 꽃나비가 되어 날아간다. 폭이 2미터가 될까 말까한 좁은 골목엔 아무도 지나가는 사람이 없다. 물을 뿌린 듯 조용하다.

생선장수 아줌마들이 두 서넛 지나간 후였고 남편들은 직장으로 출근하고 아이들도 학교로 갔다. 집안에는 이른 바 전업주부라는 타이틀을 가진 아줌마들이 남아 있을 법한 시간이다.

"얼갈이배추 열무 시금치 미나리 도마도 딸기 사려!"

창을 하듯 길게 외치는 야채장수의 음성이 멀리서 들려왔다. 야채를 가득 실은 리어카 바퀴가 미처 열대여섯 가구가 모여 살고 있는 골목 안으로 들어오기도 전에 오식悟植이 엄마는 똥똥한 몸매를 좌우로 할랑이며 제일 먼저 뛰어나온다.

야채 리어카에는 언제나 빼꼭하게 각종 채소와 과일을 실었다. 대개 위쪽으로 갈수록 야채장수의 물건 중에 가장 상품이거나 금세 상할 듯싶은 미나리 다발이 그 꼭대기에 자리하고 있는 것을 볼 수 있었다. 오식이 엄마는 그런 야채장수 총각의 속내를 진작 알아버린 듯 골목으로 가장 먼저 달려나오곤 했다. 그녀는 욕심껏 맨 위에 얹혀진 싱싱한 미나리와 함께 과일과 야채를 사들여갔다.

다른 집에서도 TV의 아침 드라마 보기를 멈추든지 설거지통을 미뤄두고 집 밖으로 나온다. 식구들 저녁 반찬거리를 구매하기 위해 야채장수 리어카 주변으로 하나 둘 모여들었다. 하지만 최상품에 해당하는 때깔 좋고 물 좋은 물건들은 오식이 엄마가 선점하거나 비교적 집이 가까운 사람들 몫이었다. 어쨌거나 골목 안 흥정이 와자하게 진행되고 난 끝에는 집집의 대문들은 다시 굳게 닫히고 골목은 공허함으로 가득 찬다.

따스한 방바닥에 등허리를 누이고 달콤한 토막잠에 빠져 있거나 커피 한 잔 마주하고 조간신문에 골몰하고 있는지도 알 수 없다. 또 다른 부류들은 문화센타의 강의에 참석하기 위해 매무새를 단장하는 시간이다. 하루 중 그것은 전업주부가 누릴 수 있는 지극히 행복한 시간이라 할 수 있었다.

순자李順慈 씨는 대문을 빼꼼히 열고 대문 밖을 잠시 쏘아본다. 아침 햇살이 골목 안에 자유와 평화를 질펀하게 깔아놓은 게 보였다. 지극히 자연스러운 태양의 밝음이 골목 안 곳곳에 고루 펼쳐져 있다. 그것은 아이들을 학교로 보내놓고 안방에서 쉬고 있음직한 아줌마 군群에게 있어 일말의 폭풍우 뒤에 밀려오는 정적처럼 위안이나 휴식 같은 종류로 해석해 볼 수 있었다. 그 자유와 평화는 그리 오래 머물 것 같지는 않았다.

순자 씨는 골목으로 한 발을 내디뎠다. 그녀는 햇살 속으로 살포시 몸을 던지듯 다가섰다. 등허리에 닿는 햇살의 감촉이 새삼 첫사랑의 가슴 두근거리는 손길처럼 포근하다. 이내 간밤의 피로가 스멀거리며 옆구리로 치고 올라왔다.

하마터면 아이들 아침밥은커녕 그들이 학교에 가는 것조차 놓칠 뻔한 지독한 피로감이었다. 예전에는 하루 이틀 밤새우는 건 누워서 떡먹기였다면 요즘은 하룻밤 잠을 설치는 게 보통 액운이 아닌 것으로 변해 있었다. 저녁마다 퇴근시간이 늦어지거나 아예 전화 연락도 없이 집에 오지 않는 박정호朴征狐 부장을 기다렸다. 소파에 주저앉은 채로 꾸벅꾸벅 졸거나 서가에 있는 책을 되는대로 꺼내들고 그냥 읽는 등 마는 등 한밤을 고스란히 지새우는 일은 근래의 순자 씨에게 매우 잦은 주간행사에 속했다.

어제도 그제도 달갑지 않은 불면의 밤은 지속되었다. 웬만하면 잠시 눈을 붙여도 무방하다 싶은데 순자 씨는 골목 밖으로 나와 두리번거리며 다소 불안한 눈빛으로 서 있다. 햇살은 순자 씨네 골목에 머물 수 있는 시간이 다한 것일까. 골목안의 밝음과 포근한 기운이 점차 스러져가는 중이었다.

"이 봐요! 누구 기다려?"

골목 끝에서 오식이 엄마가 소리쳤다.

순자 씨는 머리를 좌우로 도리질을 했다. 그때 순자 씨의 그림자도 잠시 흔들렸다. 열어놓은 대문에 사선으로 누운 햇살은 점점 순자 씨네 작은 뜰을 통과해 장독대 위로 이동, 처마와 인접한 장독대 한 귀퉁이로 기를 쓰고 기어 올라갔다. 그 햇살이 순자 씨는 반가운 손님처럼 정다웠다. 오식이 엄마가 재차 질러대는 큰소리에 놀란다. 햇살에서 눈을 뗀 순자 씨 입가에 엷은 미소가 떠돌고 있었다.

"그냥 나왔어요. 햇살이 너무 좋아서."

오식이 엄마는 어서 오라는 듯이 손을 흔들었다.

"우리 집에 와. 차나 한잔 해 알았지?"

오식이 엄마가 목청을 크게 돋우었다. 순자 씨는 대문을 닫아걸고 골목 끝에 있는 오식이네 집으로 달려갔다. 지난 봄에 새로 지은 오식이네의 이층 건물이 봄볕을 받고 아담한 모습을 드러냈다. 이층 창문에 드리운 핑크빛 커튼이 바람을 못 이겨 하늘하늘 몸부림쳤다. 벽의 물빛 페인트와 어울려 집 전면은 화사하고 밝았다. 지하실 통로 쪽에도 반쯤은 해가 비쳐들어 그 주위 역시 두루 환해 보였다. 대문 옆에 바로 붙여 심은 넝쿨장미가 목련꽃에 이어 새빨간 봉오리를 터트린 것도 있다. 어떤 것은 곧 터트릴 듯 싶게 잔뜩 부풀어 있었다. 그 아래 화단 모퉁이에는 봉선화 몇 나무와 할련화 과꽃 분꽃 나팔꽃 같은 일년초 화초들이 서로 경쟁이라도 하듯 무럭무럭 자라고 있었다.

"우리 집 새로 짓고 나서 민우엄마 첨 오지 아마?"

오식이 엄마가 현관문으로 들어서는 순자 씨를 보며 생긋 웃었다. 허리 굵고 얼굴이 동글납작한 용모임에도 오식이 엄마는 애교 있고 귀여운 형의 여자다. 언젠가 집들이 한다고 골목 안 사람들을 다 불렀다고 했다. 순자 씨는 공교롭게도 그날 다른 볼일이 있어 참석하지 못했다. 무슨 잔치 집처럼 유행가 소리가 온 골목에 진동했고 오식이네 집 외등이 밤새 골목을 밝혔다고 하던가. 순자 씨는 그런 이야기를 전해 듣기는 했다.

오식이네는 아들만 둘을 두었는데 오식이 엄마는 주로 자신이 낳은 장남에게만 공을 들인다는 소문이었다. 차남이 성격도 좋고 학업성적도 우수하다는 이웃들의 평이지만 오식이 엄마는 차남에 대해서는 언제나 침묵을 지켜왔다. 실제로 그 댁 차남은 실업고를 졸업한 뒤에 인천의 무슨 공단에 취직하여 침식을 거기서 해결하고 있다고 했다. 오식이네 아빠는 중앙부처의 고급공무원으로 인물도 미남인데다 아코디언을 즐기는 일종의 풍류객 기질이 농후, 한때는 가정을 등지고 풍류 한 세월을 살았다고도 했다. 어쩌면 오식이네 집의 차남에 관한 이야기는 오식이네 아빠의 젊은 날의 행적을 설명해주는 좋은 예가 아닐까 싶었지만 순자 씨는 더 이상 알려고 하지 않았다.

거실 바닥은 파리가 앉으면 미끄러질 정도로 반들반들 윤이 났다. 마루 형태의 도배지를 바른 것이 아니라 그야말로 오리지널 나무를 사용하여 마치 어린 시절 한옥 집 대청마루에 올라 선 것 같은 기분이 들었다.

"천년만년 이 집에서 살 사람 같네요. 요즘 흔하지 않은 비싼 목재를 다 사용하고."

나이로 보아서는 서너 살 쯤 오식이 엄마가 더 많은 듯 했다. 순자 씨는 똑떨어지게 경어를 쓰는 것도 아니고 그렇다고 무턱대고 반말을 조심 없이 내뱉는 스타일은 아니었다. 순자 씨가 안방으로 건넌방으로 돌아가며 집안 곳곳을 둘레둘레 살핀다. 오식이 엄마는 주방에서 과일과 차를 가지고 왔다. 벌써부터 준비를 완료하고 있었던 것처럼 그것은 실로 잠깐 사이에 이루어졌다.

"글쎄올시다. 내 평생에 집을 또 지어보겠어? 처음이자 마지막으로 투자 좀 한 거지. 오식이 아빠 정년퇴직하면 그냥 눌러 살 요량하고 내 딴에는 정성을 들였는데."

물이 팔팔 끓는 소리가 나자 오식이 엄마는 컵 두 개에 물을 따르고 순자 씨 앞으로 차 쟁반을 밀어놓는다. 커피 향내와 함께 뜨건 김이 솔솔 퍼올랐다.

"이 동네가 그렇게 마음에 들었어요? 나는 한 곳에서 오래 살면 실증날 것 같은데."

연희동으로 들어온 지 1년 남짓 밖에 되지 않는 순자 씨 발언에 오식이 엄마는 예의 애교스럽고 귀여운 미소를 그리며 물끄러미 순자 씨를 바라보았다.

"글쎄 사람마다 다 취향이 다르겠지만 이 동네야말로 이상적인 것 같은데. 내가 앞장서서 돌러(춤추러) 가자고 하면 누구도 암말 않고 다 따라나선다니까. 민우엄마도 한번 같이 가보자고. 그래야 그 편두통도 낫고 이 동네에 정을 붙일 거구만."

오식이 엄마는 연희동에 오래 살았다고 했다. 그녀는 새로 이사 오는 사람들과 쉽게 친숙해지는 재능을 타고 난 듯했다. 동네 여인들 누구누구 할 것 없이 완전히 장악해 놓은 솜씨는, 그게 춤의 마력이든 살가운 인정이든 순자 씨가 매번 감탄해 마지않는 점이었다. 사과 한 쪽을 포크에 찍어 순자 씨에게 주며 오식이 엄마는 순자 씨가 춤의 세계를 외면하는 데 대해서 정말 알 수 없다는 표정을 지었다.

따스한 커피 한 잔의 위력은 대단해서 간밤의 불면으로 으슬으슬 한기 나던 순자 씨 몸이 슬며시 긴장을 내려놓고 있었다. 순자 씨의 고질이다시피 굳어버린 불면증의 시발은 결혼 이후 변함없이 새벽 2시 아니면 4시나 되어서야 어슬렁거리고 귀가하는 박정호 부장 덕분이라고 할 수 있었다.

"교통 편리하지, 학군 좋지, 그리고 시장 안 나가도 싱싱한 야채며 생선 과일 사먹기 좋지, 은행 구청 우체국 학교 병원 없는 게 없어. 이렇게 오박자가 맞아 떨어지는 동네가 흔한 줄 알아? 없다니까."

오식이 엄마의 연희동 예찬론은 미리 연습이라도 한 듯이 유창하게 이어졌다. 그 점에 있어서는 순자 씨도 수긍할 점이 있기는 하다. 큰 시장에 나가지 않고서도 가장 쏠쏠한 야채며 생선 등을 입맛대로 골라 살 수 있다. 전업주부 입장에서는 대단히 유익하고 앉아서 덕을 보는 것과 마찬가지 이치였다. 굳이 대형 마켓까지 원정 가서 난리북새통을 헤집고 다니며 눈에 보이는 대로 꼭 필요하지도 않은 물건들을 마구잡이로 사들고 오는 미련은 떨지 않아서 좋았다. 바로 몇 걸음 나가면 동서사방으로 연결되는 버스 노선이며 오식이 엄마 말대로 은행, 우체국, 학교, 병원, 구청 등 실생활에 필요한 편의시설을 제대로 갖추고 있는 동네였다. 그 점은 순자 씨도 대강 만족하는 편이었다. 그렇다면 무엇이 문제냐 하는 점에 있어서는 아무리 한 골목에서 고만고만한 애들 엄마로서 서로 이웃하여 살고 있는 오식이엄마라고 해도 툭 터놓기에는 워낙 깔끔한 순자 씨 성격으로는 망설임이 앞섰다.

순자 씨는 경산에 사는 오식이네 친척이 택배로 보내왔다는 부사사과를 집어 든다. 오식이네 엄마의 살가운 말솜씨에 부사사과가 입안에서 절로 녹았다.

"물론 그렇죠. 저도 그 점은 인정해요. 그런데 말이죠."

순자 씨가 말에 꼬리를 달며 늘어뜨리는 기색이 보이자 오식이 엄마가 벌떡 일어나서 주방으로 갔다. 한참 부스럭대더니 이번에는 파리그라샹의 케이크상자를 들고 왔다.

"아침은 먹었어요? 어째 민우엄마는 키는 껑충 커 가지고 보리죽 한 보시기도 못 먹은 사람처럼 기운이 하나도 없이 아시시하고 가냘프게 보인다냐? 그래야 남정네들 관심을 끄는 것인가?"

"갑자기 웬 남자? 누가 남자 관심 잡아끌라고 보리죽을 못 먹었대요?"

마흔네 살 순자 씨가 곱게 눈을 흘긴다. 아닌 게 아니라 박정호 부장 측근에 사흘씩이나 보리죽 한 보시기도 못 얻어먹은 아시시하고 가냘픈 젊은 여성이라도 있는 것인가. 순자 씨는 퍼뜩 정신이 들었다. 대다수 남자들은 기운 없고 외로워 보이는, 그래서 뭔가 보호해주고 싶고 지켜주고 싶은, 기사정신을 유발시키는 그런 여성이라야 관심을 가지는 것일까. 순자 씨는 커피 한 잔에 그만 취한 기분이었다.

"케이크 좀 들어봐요. 어제가 우리 장남 생일이었거든. 재수한다고 집에서 끼니도 변변히 못 찾아 먹는 게 불쌍해서 생일상 거하게 차려 준다는 게 그만."

오식이의 생일 날 오식이는 모의고사 준비한다면서 집에 오지 않았다는 설명이었다. 잠은 학원에서 책상에 앉은 채 자고, 밥은 학원 근처 식당에서 점심 겸해서 라면이나 쫄면 떡볶이 종류로 때운다고 했다. 오식이 엄마의 불쌍하다는 말엔 일리가 있어 보였다. 다 먹고 살자고 하는 일인데 밤잠과 식사 순서가 뒤죽박죽이라면 종내 그게 무슨 소용이란 말인가. 가족이 다 함께 안락하게 살기 위해서 직장에 나가 한밤중까지 뼈 빠지게 일하는 것도 정도가 지나치면 결과적으로 순자 씨의 불면증이 더 나빠진다거나 다른 이름을 가진 질병으로 발전하지 않는다고 누가 장담할 수 있단 말인가.

순자 씨는 오식이 엄마가 언니처럼 친근감이 들기 시작했다. 그런 감정은 이사 와서 바로 느낄 수 있었다. 오식이보다 네 살 아래인 민우도 머지않아 생일 밥이나 미역국은커녕 생일 축하 케이크 한 조각 마음 놓고 먹지 못하고 학교에서 학원으로 전전할 것이 아닌가. 그들의 나이 20은 인생설계의 중요한 분기점인가. 오식이가 친구들과 함께 먹을 케이크를 순자 씨는 오식이 대신 먹으며 대학입시로 시들고 있는 이 땅의 젊은이들을 떠올렸다.

"오식이 아빠는 오식이가 힘들어 보인다며 차라리 개인교사를 집에 두자고 하는데 내가 반대했어요. 그 시중을 누가 들겠어요. 그렇게 되면 온종일 내가 꼼짝할 수가 없어요. 그리고 그 비용이 학원보다 몇 배는 더 먹힐 거구요."

순자 씨는 오식이 엄마의 수더분하고 넉넉해 보이는 얼굴에서 걱정근심이란 찾아 볼 수 가 없다고 여겼다. 알고 보니 그게 그렇지가 않았다. 입시생 장남의 건강과 학업이 그녀의 가장 중요한 관심사였고 순자 씨를 청한 이유도 그 속에 포함된 듯 했으니 말이다.

"말씀 듣고 나니 그렇군요. 아들에게는 오직 공부해라. 남편에게는 돈, 돈, 돈. 결국 이런 악순환이 계속 맞물려서 돌아가는 거군요. 그래도 목표를 달성하고 나면 한시름 놓이잖아요. 기쁨도 따르고."

순자 씨는 맥심 커피향이 온몸 구석구석에 퍼지는지 점차 나른한 증상이 몰려왔다. 어젯밤에도 박정호 부장의 귀가시간은 새벽 4시에서 한 치의 오차도 없이 정확했다. 어디서 애벌 잠을 자고 오는지 그의 뒷머리가 길섶에 듬성듬성 돋아난 풀잎이 땅바닥에 눕듯 납작하게 누워있는 몰골이었다. 외투자락은 구겨진 채였고 외투 소매를 둥둥 걷어 올리고 결투라도 하고 온 사람처럼 외투의 앞깃은 어떤 물체로 더러워진 것 같기도 했다. 술에 담뿍 취해서 술잔을 쏟았다든지 게다가 그의 와이셔츠 어깨 부위는 온통 벌건 자국, 좀 더 상세히 기술하기로 한다면 그것은 키스마크 흔적이 틀림없어 보였다. 그는 두어 시간 겨우 잠자리에 들었다가 날이 밝기가 무섭게 회의에 참석해야 한다면서 허둥대며 집을 나섰다. 그런 일이 연희동으로 이사 오고 나서 더욱 잦아졌다고 할까. 순자 씨가 연희동에 정을 못 붙이는 가장 큰 이유 중 하나라고도 할 수 있었다.

입시생과 그 입시생을 뒷바라지 하는 어미나 아비들 역시 괴롭고 힘들기는 거기서 거기인 셈이었다. 순자 씨는 민우가 중3이 되자 경기도 남쪽에서 서울 연희동으로 주소를 옮기게 된 데에는 사연이 있었다. 앞에서 거론한 바와 같이 편리한 교통조건도 빼놓을 수 없었지만 그보다 더 절실한 이유를 댄다면 박정호 부장의 출퇴근거리와 유관하다고 볼 수 있었다. 집이 멀리 있어 회식이라도 걸리는 날에는 경기도에 있는 집까지 오는데 상당한 시간이 소요된다고 했다. 회사 가까운 동네를 물색하다가 운 좋게 경매로 나온 지금 집을 매입하게 되었다. 상당한 시간이 소요되고 차가 막히고 하는 식의 핑계거리가 없어졌음에도 박정호 부장의 한밤중 퇴근과 한달이면 근 20여 일 이상 출장 가는 습관은 별로 변화의 기미가 없다. 따라서 순자 씨의 불면증도 차츰 심각한 국면에 접어드는 양상이었다. 불시에 전학 온 중3 민우의 학업성적도 호락호락 빠른 진전은 보이지 않았다.

"나는 자식에게 별로 기대 안 해. 일류 대학 가야만 효자 탄생한다고 누가 그래요? 다 팔자야! 남들 다 하는 거니까 대학까지는 밀어주고 그 다음은 본인이 알아서 하는 건데. 그런데 그 대학까지가 이리 힘들어서 원!"

오식이 엄마는 아들 얼굴 본 게 몇 날이 됐는지 기억이 안 난다고 푸념했다. 한 달에 한 번 세금 물듯이 용돈을 지급하는 날 외에는 목소리도 못 듣고 지내는 게 오래 되었다고 했다. 도시락을 챙겨주려고 해도 오식이는 그딴 것 필요 없다고 했단다. 돈만 주면 만사 오케이였다. 도시락 싸는 번거로움 대신 오식이 엄마는 오식이 용돈을 대폭 올려준 것으로 만족해했다.

대부분의 여가시간을 그녀는 홀에 나가 춤추는 것으로 소진했다. 뚱뚱한 몸매에 어울리지 않게 오식이 엄마의 지르박 트로트 부르스 솜씨는 근방의 댄스홀에서 인기라는 소문이었다. 중앙관서의 점잖은 고급공무원의 사모님으로서 오식이 엄마는 사교상 춤을 익혔다고 한다. 그것은 변명이었고 그녀는 타고난 춤꾼이었다. 그녀의 애교스러움과 귀여운 미소는 춤 동작에서, 그리고 춤 동지들과 어울렸을 때 유감없이 발휘되었다. 그녀의 작고 똥똥한 몸체에서 울려나오는 목소리도 봄바람처럼 감미롭기 그지없었다. 평안도 사투리가 섞인 비음은 매력 만점이었다.

특이한 것은 그녀의 식탁에는 하루도 빠짐없이 미나리 반찬이 올라온다고 했다. 그게 다 피를 맑게 유지하기 위한 고육책이었다. 땀을 흠씬 흘리면서 사교춤에 열광하는 것도 그녀의 맑은 피에의 염원이 깃들어 있는 것이라고 했다. 피가 맑아야 건강하다는 주장은 오식이 엄마에게 있어서 어떤 불굴의 신념 같은 것이었다고나 할까.

아침 일찍 오는 야채장수에게서 하루도 거르지 않고 사들이는 식품재료에 미나리가 빠져본 일이 없을 정도로 오식이 엄마의 미나리 사랑은 지고했다. 그녀는 매일 사들이는 미나리를 무쳐서 먹고, 강판에 갈아 즙을 내 마시거나, 미나리 강회라고 해서 날것을 그대로 먹기도 한다고 했다. 그들 가족은 미나리에 인이 박혔다고 하던가.

순자 씨는 오식이 엄마의 미나리 요리에 관한 설명을 경청할 때 미나리 대궁 속에 박혀 있는 찰거머리에 대해서 감히 질문하지 못했다. 미나리에 피를 보호, 맑게 하는 성분이 함유되었다는 것은 순자 씨도 이미 알고 있는 상식이었다.

김장 때 배추 속에 넣는 양념에 미나리가 들어가야 김장김치가 싱그럽다는 것도 알고 있다. 그러나 순자 씨는 미나리와 함께 공생하는 찰거머리가 겁나서 매년 김장을 할 때가 되면 미나리를 양념 속에 포함시킬 것인가에 대해서 심사숙고한 끝에 결국 미나리라는 품목을 주저 없이 삭제해 온 터였다.

미나리가 담긴 함지박에 그득 물을 채우고 놋숟가락 하나를 그 물 속에 담근다. 얼마 후 함지박 밑바닥에 검정색 실오리, 아니 그보다 더 조끄만 물체들이 꼬무락거리는 걸 보게 된다. 꼬무락이 아니라 놈들은 동그란 점처럼 몸을 말아 올리고 죽은 듯 엎드려 있어 혹 흙인가 싶어 건드려 보다가 기겁을 한 적도 있다. 먼지처럼 조그만 것이 손끝에 닿는 바로 그 순간이다. 그것으로 끝나느냐 하면 그게 아니다. 그 눈곱만한 것이 몸을 도르르 말고 있다가 사람의 손이 닿자마자 순식간에 손등으로 달라붙는 데는 덩치 큰 인간의 간담도 어쩔 수가 없다. 덩치하고는 아무런 상관성이 없는 위협과 공포를 여러 차례 경험한 바 있는 순자 씨였다. 때문에 순자 씨는 특별히 '○○미나리의 탁월한 맛', 어쩌고 하면서 TV에서 우비 같은 옷과 긴 장화를 신고 미나리꽝에 들어가 봄미나리를 채취하는 광경을 반복해서 보여주어도, 복매운탕 냄비에 올린 새파란 미나리 잎새도 섬뜩하게 여겨지곤 하던 것이다. 생미나리를 초고추장에 무쳐먹는 상큼한 맛을 순자 씨도 모르지는 않았다. 거머리족속들을 미나리로부터 이탈하게 만든다는 놋숟가락이 순자 씨네 살림목록에 없기도 하지만 순자 씨는 부식 메뉴에서 미나리만큼은 아예 삭제시킨 것이 오식이 엄마와는 다른 점이다. 긍정적인 측면으로, 거머리가 나쁜 피를 제거하는 수단 즉 의료 수술용으로도 쓰이는 것을 TV에서 본 일이 있으나 순자 씨로서는 미나리와 거머리를 떼어놓고 생각할 수가 없었다.

순자 씨가 연희동 골목에 터를 잡고 살면서 오식이 엄마의 이런저런 정보를 듣게 된 건 전혀 뜻밖이었고 그 내용 편편에 흥미를 가진 일도 없다. 순자 씨야 말로 내 코가 석자 넉자 되다 보니 이웃의 시시콜콜한 사연까지 순자 씨 마음속에 담아두라는 것은 매우 무리한 주문이었다. 그냥 흘려듣고 그 자리에서 즉시 잊는 게 상책이었다. 성인의 하루 수면 시간이 보통 7~8시간이 적정량이라고 할 때 순자 씨의 수면량은 턱없이 부족했기 때문이다. 잠을 못자는 사람이 몽롱한 상태로 대체 무슨 일을 도모할 수 있단 말인가. 오식이 엄마의 맑은 피에의 열망도 미나리 탐식도 춤추는 취미도 순자 씨에게는 아득한 강 건너 일이었다.

오식이 엄마는 거의 모든 날 동안 집을 비우는 일이 많았다. 대대로 자손이 귀하다는 사대독자인 오식이 아빠의 집안 내력을 염두에 두지 않고 자기 의사대로 한 아이만 낳은 처사에서도 오식이 엄마의 선진형 주부로서의 야심과 배포는 상상이 가능하다. 잘은 모르지만 오식이 아빠가 외부에서 낳아 데려왔다는 차남의 존재는 오식이 엄마의 일상에 자리 잡고 있지도 않은 눈치였다. 남아도는 게 시간이었다. 집 밖에서 소비해야하는 경제적인 요건에서도 오식이 엄마는 풍요로웠다. 그럼에도 불구하고 그녀는 순자 씨에게 남편과 한 명의 재수생을 뒷바라지 하는 게 힘들다고 한껏 엄살을 피우고 있다.

"근데 왜 재수를 시키셨어요? 웬만한 데 그냥 보내지 않고."

슬슬 졸음기가 밀려오는 순자 씨가 재수라는 대목에 이르러 질문했다. 하긴 자신이 생산한 하나뿐인 아들인데 아들이 재수를 하겠다면 할 수 없는 일이긴 하다. 순자 씨의 경우라도 마다할 명분이 서지 않을 것이다. 뻔한 질문을 던져놓고 순자 씨는 무심히 창밖으로 눈을 돌렸다. 순간 창 앞에 어른거리는 그림자 하나를, 아니 다른 또 하나의 그림자를 본 것 같았다. 그림자는 도합 두 개이거나 그것보다 더 많을 수도 있었다.

어른거리는 실체가 햇빛과 바람과 한데 어울려 한 개가 두 개로 혹은 세 개로 보이기도 한 것일까. 아니라면 목련나무 가지에 까치가 앉았다가 날아간 기척일까. 그림자의 형태로 보아 그것은 한 마리가 아니라 까치가 여러 마리의 가족들을 동반한 경우 아닐까. 순자 씨는 엉거주춤 일어서서 머리를 조금 쳐들었다. 창문 밖 풍경을 자세하게 관찰하고자 하는 의도가 있었다. 그때였다. 순자 씨의 귀에 무슨 소리가 들린 것도 같았다.

"혹시 집에 고양이 있어요?"

고양이란 녀석이 제 권속들을 거느리고 와서 블럭 담장을 훌쩍 뛰어 넘어가는 소리인 것도 같아 순자 씨가 여전히 두 귀와 신경을 창밖에 집중한 채 오식이 엄마에게 물었다.

"고양이? 있긴 있지. 그 웬수 놈의 고양이새끼들이 잡으라는 쥐는 안 잡고 매일 밥이나 훔쳐 먹고 도둑질만 하잖아. 얄미워 죽겠어!"

오식이 엄마도 뒤란의 움직임에 대해 아는 바가 있는 것 같았다.

"요즘에 쥐 잡는 고양이 보셨어요? 쥐란 놈이 고양이를 무서워해야 말이지요. 하하하."

순자 씨가 말을 해놓고 혼자 웃었다.

그 말이 신호라도 된 듯 순자 씨는 자리에서 벌떡 일어났다. 마음속으로부터 알 수 없는 불안감이 엄습했다. 오식이네 집으로 건너올 때 대문을 잠근 것 같았지만 왠지 긴가민가 아리송해지는 것이다.

"같이 나가요. 나도 춤추러 나가야 할 시간이 됐어. 새로 온 여사님들 손잡아 주는 것 내 차지거든."

오식이 엄마는 화장대 앞에서 볼 두덩에 보얗게 분첩을 두들기며 서두는 기미였다. 친구에게 이끌려 홀에 나온 주부들 중에 생전 처음 보는 남자와 손잡기를 꺼려하는 순진파가 가끔 있다는 얘기를 오식이 엄마가 했던 것 같다. 순자 씨에게 같이 가자는 말끝에 나온 말이었다. 남녀 간의 호흡, 즉 음양이 맞아야 춤도 더 잘 배울 수 있는 건데 꽁무니로 호박 씨 까는 사람들이 있다나, 얌전한 사람이 더 내숭을 떤다고 했던가.

"그래요. 아주 좋은 일을 하시는 것 같군요. 남자친구들도 만나고."

"좋은 일은 무슨, 그냥 운동 삼아 돌고 오는 거지 뭐, 스트레스 확 날려 버리고 오식이 아빠 퇴근시간까지는 즐겁게 춤을 출 수 있어."

오식이 엄마는 즐겁게를 반복 강조하더니 즐거워 못 견디겠다는 듯이 현관을 나오면서 뚱뚱한 몸을 좌우로 사뿐히 돌렸다. 그들은 골목으로 걸어 나와 각자 헤어졌다. 언덕을 오르는 오식이네 엄마의 얼굴은 더없이 행복해 보였다. 바로 그때였다. 오식이 엄마의 행복해 보이는 얼굴이 순자 씨의 시야에서 채 사라지기도 전에 예의 그림자, 오식이네 창밖에서 어른거렸던 그 그림자와 흡사한 것이 순자 씨가 막 자신의 집 대문 안으로 발을 들여놓는 시점에서 발견되었다. 후다닥거리는 거친 동작과 더불어 순자 씨는 장독 너머로 사라지는 그림자를 목격할 수 있었다. 그림자는 하나가 아니고 두 개였고 그리고 그것은 한낱 허깨비나 무형의 그림자가 아닌 사람이 확실했다.

순자 씨가 급하게 마당으로 뛰어들어왔다. 슬리퍼 한 짝이 벗겨져 나가는 것도 모르고 허겁지겁 달려왔을 때 순자 씨 네 안방 문은 활짝 열려 있었다. 순자 씨의 가슴이 콩닥콩닥 거칠게 뛰었다. 오식이네 엄마는 이미 구청에서 홍제동 방향으로 가는 다리를 건널 즈음이었다.

순자 씨 네의 거실 바닥엔 커다란 운동화 발자국, 즉 남자 것으로 추정되는 발자국 서너 개가 선명하게 찍혀 있었다. 장독 위에 내려앉아 있던 오월의 평화를 상징하는 따스한 햇살은 구청 뒷산 자작나무 숲속으로 원정 간 것일까. 장독 주위와 크고 작은 화분 위에 서늘하게 그늘이 드리워져 있다.

순자 씨는 집안의 진풍경에 화들짝 놀랐다. 제멋대로 어질러 놓은 옷가지며 방안의 물건들이 귀퉁이가 부서지거나 박살난 채 나뒹굴고 있다. 안방 역시 가히 어떤 말로도 형용이 불가능한 형편이었다. 서랍장 장롱 경대 문갑을 뒤지고,

심지어는 아이들 공부방 책상 위까지, 심지어는 큰 도자기 밑창에 숨겨둔 반지 목걸이 등속이며 책갈피에 모셔둔 현금까지 알뜰살뜰 싹쓸이를 해간 경우였다. 은행에 가서 일부러 빠삭한 신권으로 교환해다 놓고 소중하게 사용하던 지폐까지 한 장 남김없이 털린 데 대하여 순자 씨는 전율했다. 무엇이 더 없어졌는지 어디를 어떻게 뒤졌는지 일일이 살펴볼 겨를이 없었다.

순자 씨는 온 몸에 소름이 돋았다. 미나리의 찰거머리가 몸피에 달라붙은 듯 부르르 경련을 일으켰다. 무엇을 생각해야 하는지 아무런 묘안도 떠오르지 않았다.

"여자가 집구석이나 잘 돌보지 않고 어디를 싸 댕기다가 그 꼴이야? 지금 바쁘니까 전화 끊으라우!"

박정호 부장은 바쁘다고 했다. 얼마나 놀랐느냐 정도는 물어볼 수 있다고 생각하는 것은 순자 씨의 착각에 불과했다. 일단 경찰서에 신고를 하라든가 신고해 봤자 득이 있을 리 없으니 조용히 처리하는 게 옳을 것이라는 사려 깊은 이야기 따위 아예 기대하지 않는 것이 현명했다. 전화를 당장 끊으라고 호통을 치지 않더라도 순자 씨가 전화기나 붙들고 있을 만큼 하품 나게 한가롭거나 벌어진 풍경이 그걸 허용할 상황도 아니었다.

순자 씨는 방에서 나와 장독 너머 그 위로 이어진 구청 뒷산을 올려다보았다. 6·25때 연희고지 싸움이 치열했었다는 그 산에 은사시나무의 미끈한 자태가 멀리 바라보였다. 그 연희고지 높다란 언덕에서 아카시 꽃 향내가 바람을 타고 뭉클뭉클 번져왔다.

순자 씨는 두 다리가 후들거려서 장독대로 오르는 계단에 털썩 주저앉았다. 주저앉기가 무섭게 치달려오는 발걸음 소리가 났다. 순자 씨는 자신도 모르게 몸을 반쯤 일으켰다. 대문 안으로 들어오는 사람, 그는 오식이네 엄마였다. 남성 파트너 대신 춤추러 오는 여인네들 손을 잡아주러 조금 전 댄스홀에 간다고 언덕을 오르던 오식이네 엄마의 얼굴은 사색이 되어 있었다. 순자 씨가 아니라도 그 안색을 보면 필시 불길한 사건이 발생했으리라는 예감은 누구에게나 쉽게 들게 하는 모양새였다.

"민우엄마! 글쎄 우리 오식이 아빠가 쓰러지셨대. 직장에서 회의하다가 졸도해서 지금 119로 S대 병원으로 실려 가셨대요."

오식이 엄마는 뚱뚱한 몸매를 흔들어대면서 온몸으로 말했다. 가쁘게 숨을 내쉬며 한 마디 한 마디 털어놓는 말은 순자 씨에게도 청천벽력이었다.

"얼른 병원으로 가보셔야죠. 옷 갈아입으시고."

오식이네 엄마는 집에도 들르지 않고 순자 씨 네로 먼저

온 것 같았다. 진한 꽃단장에 울긋불긋 별난 그 옷차림으로
는 병원 방문은 부적합할 것이다. 순자 씨는 돌아서 나가는
오식이네 엄마를 배웅하고 대문 기둥에 한참을 서 있었다.
뒤통수를 쇠망치로 얻어맞은 듯 어질어질했다.

"아이그머니! 이 꼴이 이게 뭐야?"

격렬한 울부짖음이 한동안 지속되었나. 골목 끝 오식이네
집에서 터진 괴성이었다. 골목 안은 벌집을 쑤셔놓은 듯 소
란하기 이를 데 없다. 단잠을 즐기거나 TV 연속극에 폭 빠져
있던 이웃들이 하나 둘 대문 밖으로 얼굴을 드러냈다.

그날 아침 도둑을 맞은 것은 오식이네와 순자 씨네 두 집
이었다. 두 집 다 거의 같은 시간대에 털린 것이 수상했다.
오식이네 엄마의 보석함은 아예 상자 째 없어진 뒤였다. 적
지 않은 현금도 증발했다고 했다. 문 단속 돈 단속이 허술했
다면서 오식이네 엄마는 고함도 지르지 못하고 눈물만 뚝뚝
흘렸다. 무엇인가를 알고 있는 듯 혹은 아예 체념한 듯 차분
하리만치 조용한 태도였다. 오히려 순자 씨의 타격이 더 컸다.

순자 씨는 정신이 멍한 가운데서도 예의 그림자에 관해
부쩍 의심이 증가하는 것을 느낄 수 있었다. 불현듯 매스컴
에 등장해서 사건 전말에 대하여 브리핑하는 수사관의 모습
이 떠올랐다. 순자 씨는 자신의 판단력을 총동원해서 고찰
해 보았다. 이는 분명 동일범의 소행임이 확실하다. 범인은

주변인물일 가능성도 배제할 수 없다. 도둑맞은 집의 인적 구성이라든가 출타시간을 정확히 꿰뚫고 있는 면식범일 것이라는 데에 베테랑 수사관의 소견이 아니더라도 이의를 제기할 필요는 없어 보였다.

오식이 엄마는 택시를 불러 S대 병원 응급실로 달려갔다. 순자 씨는 어질러진 집안 정리에 하루해를 보냈다.

골목 안은 적어도 표면상으로는 전과 달라진 게 없었다. 오식이네 아빠는 정밀검사 결과 치매나 중풍은 아니었다고 했다. 우뇌의 한 부분과 그리고 혈액 속에 미세한 물질, 즉 살아 꿈틀대는 기생충으로 추정되는 작은 벌레가 요동치고 있어 이따금 간질 발작과 유사한 어지럼증, 졸도 현상을 유발한다는 닥터의 소견이었다. 더 정확한 진단은 시간이 걸릴 것이라고 하였다.

오식이 엄마의 행복한 춤 나들이는 그 후로 더는 계속할 수 없게 된 사실은 부연할 것이 없다. 오식이네 아빠의 병간호와 음식 시중에 전력을 기울인다는 후문을 순자 씨는 강남으로 이사한 다음 가끔 듣고 지냈다. 더하여 오식이 엄마가 애지중지하던 재수생 오식이는 현재 J교도소에서 복역 중이라는 심란한 소식도 전해졌다. 입시학원에서 같이 공부하던 여학생과의 동거 비용을 충당하기 위하여 오식이는 자기 집과 그리고 자기 모친의 절친한 이웃인 순자 씨 네를 턴 대가로 얼마동안 수감생활을 이어갈 것이라는 반갑지 않은 일련의 뉴스였다. 강·절도 외에 부녀자 폭행 강간 상해죄가 추가되었다고 했다.

그 즈음 순자 씨의 새 장편소설 『봄 미나리』는 서점가를 장식하며 불티나게 팔려나가게 되었다는 희소식도 연희동 골목에 전해졌다. 봄 미나리는 나른한 봄철의 미각을 돋우는 장점이 있다. 일면 미나리 속에 살고 있는 찰거머리가 징그러워 순자 씨는 미나리 먹기를 단념하였지만 봄 미나리의 매력은 딴 데 있는 것 같았다. 연초록의 잎새와 미끈한 줄기가 품고 있는 미나리의 향훈은 찰거머리의 존재를 상쇄시키고도 남는 듯했다.

싱싱한 봄 미나리를 생으로 무쳐 먹거나 강회로, 혹은 데쳐서 매일같이 먹어 둠으로 하여 오식이의 학업을 돕고, 즐겁게 춤을 추며 땀 흘리면서 건강한 피를 보존하고자 했던 오식이네 엄마의 갸륵한 시도는 종을 칠 수 밖에는 도리가 없게 되었을까. 봄 미나리에 기생하는 철거머리처럼 집 살림을 점점 축나게 하던 스무 살 오식이가 머지않아 애기아빠가 된다는 소식도 곧 전해오지 않을까. 순자 씨는 오식이네 엄마와 봄 미나리를 회상하며 온갖 상념에 젖어 들고 있다.

"얼갈이배추 미나리 도마도 오이 상추사려!"

이른 아침 연희동 골목에 등장하여 골목 안 사람들에게 반찬 재료를, 특히 오식이 엄마에게 싱싱한 미나리를 차질 없이 공급해주던 야채장수 총각도 지금쯤은 학부형이 되어 있을 것만 같다. 바야흐로 봄 미나리 철이다.

매지리에서 꿈꾸다

초판 1쇄인쇄 2017년 11월 27일

초판 1쇄발행 2017년 11월 30일

저   자 변영희

발행인 박지연

발행처 도서출판 도화

등   록 2013년 11월 19일 제2013-000124호

주   소 서울시 송파구 중대로34길 9-3

전   화 02) 3012-1030

팩   스 02) 3012-1031

전자우편 dohwa1030@daum.net

인   쇄 (주)상현디앤피

ISBN I 979-11-86644-46-1*03810

정가 13,000원

도화道化, fool는

고정적인 질서에 대한 익살맞은 비판자,
고정화된 사고의 틀을 해체한다는 뜻입니다.